SHANG SHAN RUO SHUI
楚建锋作品集

楚建锋 著

中国长安出版社

图书在版编目（CIP）数据

上善若水／楚建锋著. —北京：中国长安出版社，2014.6
ISBN 978－7－5107－0735－3

Ⅰ. ①上… Ⅱ. ①楚… Ⅲ. ①杂文集—中国—当代
Ⅳ. ①I267.1

中国版本图书馆 CIP 数据核字（2014）第 141322 号

上善若水

楚建锋　著

出版：中国长安出版社
社址：北京市东城区北池子大街 14 号（100006）
网址：http://www.ccapress.com
邮箱：capress@163.com
发行：中国长安出版社
电话：(010) 85099937　85099938　85099939
印刷：北京市兆成印刷有限责任公司
开本：787mm×1092mm　16 开
印张：17
字数：250 千字
版本：2014 年 7 月第 1 版　2014 年 7 月第 1 次印刷

书号：ISBN 978－7－5107－0735－3
定价：35.00 元

前　言

2000多年前，老子观井得到这样的感悟：有道德的上善之人，就像井里的水一样的柔性。水性柔顺，明能照物，滋养万物而不与万物相争，有功于万物而又甘心屈尊于万物之下。

为此，老子在《道德经》中云："上善若水。水善万物而不争；处众人之所恶，故几于道。居善地，心善渊，与善仁，言善信，正善治，事善能，动善时。"

老子告诫我们：水的性格、品质和行为，正是我们人类应效法的。

南朝文学理论批评家刘勰在《文心雕龙》中曰："心生而言立，言立而文明"。刘勰还指出，正确的批评态度应该"无私于轻重，不偏于憎爱。"

德国古典哲学创始人康德也指出，美就是在现象与本体之间架起一座桥梁，以现象透析到本质。德国著名哲学家黑格尔也认为，美是理念的感性显现！

《上善若水》，正是带着古今中外这些大智大贤的人生理念，怀着孔子提出的"鉴于止水，唯止能止众止"的人生情怀，乞求以现实社会的批评眼光，去观照社会、认识人生，思考当下的美丑善恶！乞望在批判中呼唤中华传统文化的回归！

本书收录的作品，虽然大部分创作于10年前，但历史学家吕思勉先生曾说："历史是前车之鉴！"这些对10年前发生在中国大地上林林总总的事件的评说和批判，不但对当下的社会发展有萤火微光之鉴，而且很多问题至今仍在延续，有更深厚的观照现实作用。

如10年前，作者在《警惕异地腐败》一文中，提出防止腐败者在异地（境外）腐败问题；在《公众人物的权益与社会责任》一文中，提到公众人物的社会担当问题；在《举手之劳与城市精神》一文中，提出人与人之间的帮扶问题；在《说圈子》一文中，提出防止腐败的网络问题；在《拉莫斯扔讲稿和一句话总结》一文中，提出精简文山会海问题；在《莫把文化当个筐》一文中，希望莫颠覆传统文化精髓问题；在《在为官与为人》中，呼吁官员们多一些品行锤炼，人性磨砺……等等，如今看来，这些问题仍然是社会关注的焦点、热点话题！读来令人震撼、催人思考，让人突破思维局限，能够在"上善若水"的大爱大美思绪里，去感知社会、洞察人生、呼唤真善美、贬斥假丑恶，呼唤积极的人生、高尚的境界和"诚于中，形于外"（《大学》语），"德在心，不在形"（庄子语）的精气神的回归！

上善若水，但愿水的性格、品行和行为，像本书中期待的那样，成为我们每个人的行为规范。

目录
CONTENTES

前言 // 1

A篇：心善渊 // 1

  老子建议，人类应效法水沉静没有物欲，应限制自己的欲望，不贪图，不强求！应保持自己心灵的透彻明净，抛弃众多物欲的束缚。

1. 说表现欲 // 3
2. 说财富 // 5
3. 便宜多自吃亏来 // 8
4. 贪鸟与臭弹 // 10
5. 警惕异地腐败 // 12
6. 镇长的绝活与畸形消费 // 15
7. 当媚俗成了主流 // 18
8. 谁在亵渎处女的初夜权？// 21
9. 天价金票与博鳌效应 // 23
10. "人造美女"的悲哀 // 26
11. 十大"性新闻"与少女"卖初吻" // 29
12. 选美泛滥的思考 // 32

B篇：言善信 // 35

  老子建议，人类应效法水值得信任。水自高而下拥有规律，潮涨潮落如期而至，这就是信。人是社会中的人，人离不开交往，交往离不开信用。守信是取信于人的第一方法。

1. 微博也要有担当 // 37
2. 文化开发莫颠倒道德荣耻 // 40
3. 公众人物的权益与社会责任 // 42
4. 平民相声与歌星假唱 // 45
5. 明星的嘴与记者的笔 // 47
6. 虚构的武林与真实的文坛 // 50
7. "满票干部"与"老好人" // 53
8. 人格尊严与职业操守 // 55
9. 道德考试的误区 // 58
10. 切莫轻信零举报 // 60
11. 副市长遭殴打和劫持的反思 // 63
12. 以孝评官的思考 // 66

C篇：与善仁 // 71

老子建议，人类应效法水以仁爱普施于人。水润泽万物而不奢求得到回报，因此而成就了自己的伟大。做人也一样，你真心地关心别人，帮助别人，但不求别人的任何回报，别人会知道，他自会真心对你。人人为我，我为人人。

1. 说奉献 // 73
2. 举手之劳与城市精神 // 76
3. 媒体道歉是社会的进步 // 79
4. 请给落榜状元点人文关怀 // 82
5. 群众能找得到　感情才贴得近 // 85
6. 孩子天真应知邪 // 87
7. 100个鲜活生命遇难的警示 // 90
8. 性氛围与性教育 // 93
9. 莫让"爱心"变了味 // 96
10. "班花"性无知引出的话题 // 98
11. 北大才子卖肉与女状元选美 // 101
12. 人性光辉的绽放 // 104

D篇:正善治 // 107

老子认为,人类应效法水平正而善于约束自己。水性平正而善于约束甚至委屈自己,通过约束和调整自己适应万物!

1. 说圈子 // 109
2. 说霸 // 112
3. 说监督 // 115
4. "治治病"须"四诊合一" // 118
5. 让"权力经商"退出市场 // 120
6. 诸侯政治与贪官网络 // 122
7. 敢选人 善选人 选对人 // 125
8. 副省长假日办公该不该宣扬? // 128
9. 国外治理以权谋私的启示 // 130
10. 打黑除恶切忌沾沾自喜 // 133
11. 公务员考核细化好 // 135
12. 教师挂牌上课与校长当班主任 // 137

E篇:动善时 // 139

老子认为,人类应效法水行动之时善于把握时机,顺其自然。应期而动,不失天时。

1. 怀才待遇与三年不鸣 // 141
2. 智商与情商 // 143
3. 拉莫斯扔讲稿和一句话总结 // 146
4. 舆论监督与胡润制造 // 149
5. 法官宣誓与法律素养 // 152
6. 业余爱好与腐败内幕 // 155
7. 市场呼唤"作家明星化" // 158
8. 和谐社会的现实观照 // 160
9. 一美元年薪与公权意识 // 163

10. 违法犯罪与人格尊严 // 166
11. 八小时外与无心插柳 // 169
12. 社会贡献与法律平等 // 172
13. 喜闻人才柔性流动 // 175
14. 警惕影视暴力误导社会心态 // 177

F篇：事善能 // 181
　　老子认为，人类应效法水具有柔弱的形体，能方能圆，无所不及。就是说，凡事要讲究做事的方法，才是智慧与通达的成功之道。

1. 莫把文化当个筐 // 183
2. 文艺批评的异化 // 185
3. 大众审美泛化下崇高精神的思考 // 188
4. 说学习 // 194
5. 说幸福 // 198
6. 百官共廉与取信于民 // 200
7. 巨款买村官为何无人管 // 203
8. 村官能值几个钱 // 206
9. 郭光允事件给官员们敲响的警钟 // 209
10. 郭光允的先见之明 // 211
11. 当"陪"成为官员的职责 // 214
12. 市场不相信学历 // 217
13. 学学美国富翁的法律观 // 220

G篇：居善地 // 223
　　老子认为，人类应效法水甘居卑下的地位。"人往高处走，水往低处流。"水流善下而不居于高处，这就是水的法则。人类的立身处世应如此。

1. 说经历 // 225
2. 说境界 // 227

3. 说浪漫 // 230
4. 井冈归来思责任 // 232
5. 在自律中涵养清正 // 235
6. "把前门"与"守后门" // 237
7. "唯上"与"唯下" // 240
8. 总统的学历与才子的勇气 // 243
9. 开放"南霸天"旧址,悠着点 // 245
10. 为官与为文 // 247
11. 美与美文 // 249
12. 纯美的心　纯美的文 // 251
13. 不老的岁月　成熟的歌谣 // 254

后记 // 259

A篇　心善渊

老子建议，人类应效法水沉静没有物欲，应限制自己的欲望，不贪图，不强求，应保持自己心灵的透彻明净，抛弃众多物欲的束缚。

表现欲在某种程度上决定着人生的成败，支配着人生的命运，制约着人生的发展。恰如其分的表现，能创造一个平台。反之，毁掉个人施展才华的机会。

——《说表现欲》

财富对一个人来说固然重要，但是一门心思往"钱眼"里钻，必然要被穷奢极欲的钱财观而葬送前程甚至生命。

——《说财富》

用只有付出才有收获，只有踏实付出了、让他人获利了，自己才能获利的朴素人生观、价值观，去赢得自己的幸福和财富！

——《便宜多自吃亏来》

在异地这个诉之不尽、梦之不竭的"世外天地"里，腐败者们可毫无顾忌地醉生梦死、巧取豪夺、一掷千金。

——《警惕异地腐败》

公款消费走进高档场所，"吃"伤了人心，"洗"掉了信任，严重损害着党和政府的形象。

——《镇长的绝活与畸形消费》

当媚俗成了主流，用"身体"写作的"妓女作家"和作品可以登堂入室，姐弟恋、三角恋、多角恋、吸毒、嫖娼、撞车等影视艺员的绯闻可以成为最有"卖点"的新闻而粉墨登场。

——《当媚俗成了主流》

反省被亵渎的处女初夜权，治根治本之策，是提高民众的男女平等意识，崇尚积极健康向上文明的生活观念。

——《谁在亵渎处女的初夜权》

爱美之心人皆有之，无可厚非。若把女性的美貌当成女人唯一的砝码，去追腥逐臭，"千刀万剐"，就使美的标准失之偏颇，值得警惕了！

——《人造美女的悲哀》

美少女"拍卖初吻"事件和评选十大"性新闻"做法，都给我们一个强烈的信号：人们的社会价值观正在向更加庸俗、功利的方向裂变。

——《十大"性新闻"与少年"卖初吻"》

说表现欲

每个人都渴望得到重视，每个人都希望得到尊重，每个人都盼望怀才能遇，每个人都期望心想事成。为此，每个人在实现这些渴望、希望、盼望、期望的人生向往时，都要使尽浑身解数让人们认识、认知、认同他的某些接近期望值的长处，而后，被别人发现、发掘，以求实现人生目标、创造人生价值。所以，在这个过程中，表现欲就成了不可或缺的重要因素，主宰着每个人成功与否的命运。

你看，恋人求爱，要表现出真诚、真挚、真情；朋友相交，要表现出义气、实在、友谊；单位工作，要表现出积极、上进、认真；孝敬师长，要表现出忠诚、虔诚、尊敬；商场购物，要表现出细致、负责、实惠。……总之，人只要一生下来，一来到这个世界，表现欲就无所不在、无所不包。婴儿出世时的第一声哭啼，表现着他（她）已出世了，已来到了这个世界。所以，在纷繁复杂的人世间，表现欲已成为一种立足于世的特殊的表现形式，伴随着人生起起浮浮、扬扬落落，随一而终。直到去世，表现欲也告示着周围的人们你想说的最后一句话，想做的最后一件事，想留下的最后一份嘱托。

为此，表现欲终其人的一生，是人生寸步不离、形影不去的"影子"；守候着你思维和皮囊，为你的一生喜怒哀乐、相伴到老。

正因为表现欲的特定性，所以表现欲在某种程度上决定着人生的成败，支配着人生的命运，制约着人生的发展。恰如其分的表现，能赢得周围人群的赞赏和关注，能谋得一份机遇，打开一条通道，创造一个平台。反之，表现过度而引人讨厌，只能令周围人群反感。这种反感，轻者丧失人生的机遇，重者引起周围人的嫉妒，最终毁掉个人施展才华的机会。把握不够火候的表现，又会使周围人感到你一无是处、唯唯诺诺、缺乏涵养和骨气，使你的才华埋没在不善表现的缺憾中。

所以，表现欲的学问视同人生的舞台，定什么调、唱什么腔、作什么动作，行什么路，都十分深奥和变化万千。一是表现要随特定的自然环境而定；二是表现要随周围人群的喜好而定；三是表现要视你的表达的内容而定；四是表现要看你个人的意愿而定……等等。总之，为什么有些人的表现让人感到幼稚可笑、急功近利，有些人的表现让人觉得恰到好处、恰如其分，还有些人的表现令人顿生反感、厌恶不已，着重就是每个人在表现中把握"度"的水准不同，达到的结果也就不一。所以，没把握好表现的"度"，让人们把你个人良好的意愿给误解、曲解了！所以，在表现欲这门学问中，劝君要细细研究，审慎待之。

党的十六大提出了坚持改革开放和与时俱进的方针，党的十六届三中全会又进一步提出了"坚持以人为本，树立全面、协调、可持续的发展观，促进经济社会和人的全面发展"的总目标。这些方针、政策和指导思想，其本质就是促进人的全面发展，号召和鼓励人的表现。因而，在发展和表现中，我们就要研究表现的方式、方法，不要单一的为表现而表现，更不能不注重表现的客观条件，和表现之后别人是否能接受，是否能顺着你的表达方式正确领会你的意图等等，去盲目地表现、幼稚地表现、令人反感地表现。因此，在社会越来越进步，时代越来越开放，物质文明、精神文明、政治文明建设越来越强劲的今天，我们个人的行为表达方式也要随着时代的步伐去修饰、调整、补充、完善；力求使我们每一个表现都能符合时代要求，促进时代发展，并在时代的大熔炉里实现我们的人生价值。

我们期待着每个人的表现欲都与时代接轨，都更加符合时代的节拍。同时也期待着我们成熟的表现欲能够洞开人生追求的"天窗"，使用我们创新的思维在时代的主旋律中更加引吭高歌，响彻云霄。

（2003年12月）

说财富

说起财富，很容易让人联想到堆积如山的黄金白银，大把大把的美元英镑。仿佛财富就是金钱，财富就是锦衣玉食，财富就是香车美女，财富就是豪宅名苑，财富就是挥金如土，财富就是穷奢极欲！财富就是脑满肠肥、富得流油，享之不尽、用之不竭的滚滚金银财宝！

其实，这是人们固有财富观对财富的曲解和原始而本能的对财富的认同。因为人生在世离不开吃、喝、拉、撒、睡，离不开一日三餐，衣食住行。因此，人们的潜意识中就认为财富是生死相随，须臾不能相离的"命脉"。君不见，一分钱，难倒英雄好汉！隋唐时期的秦琼卖马就是典型一例。再如在现实生活中，打一斤醋、买一斤酱油，少一分钱，商家能让你提着醋和酱油离开吗？故而，古人才有钱财通人心的古训！面对钱财才演绎出"人为财死、鸟为食亡"的争权夺势、争名夺利而不惜兄弟反目、父子反目、夫妻反目、亲朋好友反目的一幕幕人生活剧和闹剧。难怪古人有云：天下熙熙皆为利来，天下攘攘皆为利往。所以，正是有了这些自古至今的金钱观，才使人们把财富看得如同"命脉"一样宝贵；才以为人生非财不能寸步，非富不能显贵。

其实，人生在世，一个是物质生活、一个是精神生活。舍其一便不能称其为高级动物。尤其是片面地讲求物质生活，那又与禽兽有何区别呢？！美国是当今世界经济最发达的国家之一，物质财富的丰富已令全球瞠目结舌、艳羡不已。然而，英国小伙子胡润在给美国《福布斯》杂志推荐大陆富豪时，不仅仅看你个人拥有的财富多少，还有几项硬指标：比如说你的企业给所在地区上缴税金多少？解决当地劳动就业而带领大家共同富裕的指标多少？带动当地产业更新换代而使当地产业革命推动如何？……等等。物质财富极其富有的西方社会看待财富都不仅仅局限在拥有金钱的数额上，那么，我们中国人又为何会走入财富即金钱误区而不能自拔呢？

其一，人的生存本能所使。人生在世，再高尚、再伟大、再神圣的人，都是凡胎肉身、都要实实在在地生存。为此，"人是铁饭是钢，一顿不吃饿得慌"，离开财富是不实际的；其二，我国经济尚不发达，虽然国民经济已整体达到小康水平，但尚有一部分群众尚未脱贫、尚处于解决温饱问题的状态；其三，向往富有是人之本能。孔圣人都有"富而可求也、虽执鞭之士、吾亦为之"的盼富思想，何况我们常人呢？其四，自古以来"不患寡而患不均"的均贫富思想作祟！因此，这些思想和观念之下，必然滋生"富在深山有远亲、穷在闹市无人问"的嫌贫爱富思想。

这些财富观，既是我们泱泱大国的五千年儒家"均贫富"思想观所形成的，也是我们过于追求物质财富的思富盼富求富心态所决定的。要想改变这些片面的观念和看法，唯有校正我们的财富观——正确认识富与贫，实事求是地看待富与贫，合情合理合法地追求富裕。

粪土当年万户侯。也许在你的脚下，埋葬的就是当年的伯爵和侯爷。曹雪芹在《红楼梦》中也写道："赤条条来，赤条条去，无牵无挂"。人生在世，来时光着身子，去时也光着身子。短短几十年，就是富可敌国，富得流油，死后不也是赤条条一个吗?！大贪官和珅富可敌国，满门查抄之后不也是一枕黄粱？巨贪戚火贵拥有千万个人资产，琅王当入狱之后又能享受吗？新华社记者曾就戚火贵现象撰文指出，金钱对戚来说不是享受而是负担，不是富有而是一堆枯燥的数字。如今被推上审判台的牟其中、仰融、周正毅、杨斌之流们，撕下非法所得的"巨富"外衣，他们又得到了什么呢?！

为此，《现代汉语词典》对财富的解释是：具有价值的东西。如自然财富、物质财富、精神财富。毛泽东早在1949年3月5日就告诫我们："可能有这样一些共产党人，他们不曾被拿枪的敌人征服过，但却经不起用糖衣裹着的炮弹的攻击,在糖弹面前打败仗。"张子善、刘青山之流,正是片面追求物质财富而被"糖弹"所击倒,成为财富的俘虏的。江泽民同志 2002 年 1 月 25 日在中央纪委七次全会上也告诫我们:"有的党员干部慢慢忘记了自己入党、当干部的初衷,脑子里升官发财的思想滋长,贪图享乐、花天酒地、贪赃枉法…,最终栽了跟头。"刚刚被推上人民审判台的原云南省省长李嘉挺、原贵州省委书记刘方仁,就是典型的两例。

　　故而,财富对一个人来说固然重要,但是一门心思往"钱眼"里钻,只唯钱,甚而为了钱而不择手段、不顾法纪,必然要被穷奢极欲的钱财观而葬送前程甚至生命。为此,在时代进步、社会文明、科技发达,人们崇尚积极、健康、美好生活,全面建设小康社会的前景下,树立正确的财富观,以胡润式的财富筛选为借鉴,以几代领导人的谆谆教诲为指南,在合情合理合法追求物质财富的同时,崇尚积极、向上的精神财富,崇尚人人为我,我为人人的现代财富观,使物质财富与精神财富有机地统一,才是我们这个时代所提倡的!你拥有物质与精神的双财富,才是真正的富有,真正的显贵,真正的"取之不尽、用之不竭"!

(2003 年 12 月)

上善若水

便宜多自吃亏来

"快乐每从辛苦得,便宜多自吃亏来"。悬挂在世界文化遗产地——西递村"瑞玉庭"中的这副楹联,是讲述清康熙年间,安徽绩溪县有个叫洪金有的人,从小读点书识礼,长大后因家庭困难前往浙江兰溪经营酿酒生意,长年辛苦,积劳成疾,加上没有经验,生意亏了本。妻子辛月娥赶到兰溪后,主动提出替酿酒师傅烧饭,同时开垦酒坊中的空地种菜,用卖不出去的酒糟喂了20多头猪,猪粪用来做肥料,猪肉和蔬菜一部分售出,一部分用来改善工人伙食,因此工人也更加卖力了。夫妻俩起早摸黑,酒坊生意很快转亏为盈。此时,洪金有见酿酒价格降了三成,就决定将售价降两成,妻子认为价格降得太多,吃了那么多苦,不仅自家没赚几个,还会招同行嫉恨,岂不吃亏?但洪金有却开导妻子说:做生意不只是自家得利,还要让利给顾客,生意才做得长久!就这样,付出辛苦多一点,经营利润少一点,让利别人多一点,不仅赢得了声誉,而且其酿酒生意越做越红火。

这则发生在中国民间的真实故事,正应了清代著名书画家、扬州八怪之一、曾任山东范县县令的郑板桥的一句警句:"吃亏是福"!说吃亏是福,便宜多自吃亏来,可能有人摇头、有人漠视、有人感到说此言者迂腐!这正如当今媒体频频曝光的一系列恶性食品安全事件一样。如"毒奶粉"、"瘦肉精"、"地沟油"、"染色馒头"事件刚刚被总理温家宝痛斥,日前又冒出了广州"牛肉膏"、北京"毒爆米花"、中山"墨汁红薯粉"等事件。这些唯利是图、坑蒙拐骗、出卖良心、见利忘义的丑恶行径,正是一部分人急功近利、漠视诚信、违背人伦天理,信奉金钱至上而抛弃道义、良知、德行,违背自然辩证法的真实个例。

中国有句谚语叫"种瓜得瓜、种豆得豆"。瓜和豆不可能一夜之间混种，更不可能一夜之间瓜秧上结出豆、豆苗上长出瓜。这个浅显的道理谁都明白。然而，在目前市场经济的竞争中，有些人视这些浅显的道理于不顾，一门心思寻思着如何一夜暴富，一夜挣个盆满钵满。为达到个人膨胀的欲壑，不惜造假制假售假，不惜拿成千上万条人的生命做赌注。久而久之，这种昧良心、出卖良心、出卖道德、出卖天理的假冒伪劣之风不但在商界横行，而且也一味侵蚀到神圣的文化领域、神圣的科学殿堂。如前不久揭露的海南一对夫妻非法自办了20余种刊物，雇佣一批只有中学文化程度的员工组成编委会"审核"论文来稿，两万多名真正拥有中高级职称者自愿掏腰包在这些子虚乌有的非法出版物上发表论文。除此之外，近年来被媒体曝光的还有一大批剽窃、抄袭、占有他人科研成果，或者伪造、修改研究数据等学术腐败行为。这些直接违背科学精神、学术道德的行径，也充分反映出造假和急功近利之风对当今社会方方面面的波及和危害已到了不能不正视、不能不整治、不能不视为过街之鼠众人喊打的程度！

当然，剖析这些丑恶现象的根由，不能泛泛去评说行此行径者的道义和良知，从更深的文化层面上去解析，正应了前不久温家宝总理对新聘任的国务院参事和中央文史馆馆员所指出的："一个国家、一个民族，总要有一批心忧天下、勇于担当的人，总要有一批从容淡定、冷静思考的人，总要有一批刚直不阿、敢于直言的人"！当今，在浮躁的心态下，在花花绿绿的钞票诱惑中，在满眼飘来的名利、金钱、世俗的蛊惑里，关键是我们如何去做一个清醒的人、有担当的人、有分辨能力的人、有哲学思维的人！考问我们如何守得住清贫、耐得住寂寞和能够抵御住各种诱惑！催促我们每个中华民族炎黄子孙认真思索、思考、对待当下的人生！

因此，我盼望大家都能像洪金有夫妇一样，用浅显的事理、踏实去做好自己的每一件事，用自身的良知去感知做出的每一件事！用只有付出才有收获，只有踏实付出了、让他人获利了，自己才能获利的朴素人生观、价值观，去赢得自己的幸福和财富！

（2011年4月）

上善若水

贪鸟与臭弹

一个寓言，让人遐想联翩。寓言是老坛装新酒，经现代人改良过的。寓言说，有人出了一道智力测试题，问一棵树上歇了10只鸟，猎人瞄准一只鸟捕杀，枪响后树上还有几只鸟？众答曰：零。但出题者却大失所望，摇头不止。最后，在众人争议中，出题者说："10只！"众人听后惊诧不已。出题者见状解释说，因为这10只鸟都是贪鸟，都明白猎人枪中装的是臭弹，所以开枪只不过是吓唬吓唬不知内情者而已！

听了这则寓言，不知你做何感想？但细细品味一下，启发颇多，感慨颇多、受益颇多，试想，时下的反腐败问题不也如同这则寓言一样，有如出一辙之妙吗？你想想为何腐败问题像割韭菜一样，割了一茬又长一茬，前赴后继，愈演愈烈呢？都是因为"臭弹"的缘故，使腐败分子已见怪不怪、见怪不惊。你反你的，我腐我的！

所以，在现实生活中，反腐败就如同猎人拿着装了臭弹的枪去捕杀树上的鸟儿一样，这些鸟儿在第一次枪响时还担惊受怕。怕被瞄准，怕被命中，怕被猎杀。但久而久之，这些贪婪的鸟儿已摸索出了个中奥秘，已不再担惊受怕，不再为猎人的瞄准而惊慌失措地飞走。所以，猎人举枪也好，瞄准也好，开枪也罢，贪鸟们都敢拿生死攸关之性命赌上一把，不再从栖身的树上飞走。所以，透过这个演绎过的寓言，使我们看到了反腐败愈演愈烈的另一面：猎人枪中的子弹是真还是假；反腐败在有些官员们观念中是真反还是假反！就因为我们一些地方和部门领导对腐败之风放任自流，甚而在真正的腐败分子面前心慈手软，拿着制度的真枪，却装上假反的臭弹冲锋上阵，结果，只能使腐败分子的胆子越来越大，腐败的风气愈演愈烈。

为此，对腐败分子这类民族的败类，人民的公敌，必须痛下决心，同仇乱忾，铁面无私，决不姑息。否则，放纵的是个把腐败分子，贻害的是党风政风民风；迁就的是个别败类，贻误的是党和人民的事业。最后，不是腐败分子乱了党纪国法，就是腐败分子撼动了党和人民的事业根基；最终对腐败分子的心慈手软，就是对自己的扼杀；对腐败分子的放任自流，就是对自己的毁灭。为此，这又使我想到了一个发生在现实生活中关于臭弹的故事。电影《甲午风云》很多人都看过。影片最悲壮、最激烈的场面大家也都记忆犹新：当民族英雄邓世昌率领的北洋水师旗舰与日本侵略者吉野的战舰作最后拼杀时，邓世昌舰船上的炮弹却是作假的臭弹。最后，义愤填膺的邓世昌只好亲自驾驶战舰与吉野同归于尽！看着这悲壮的一幕，看着因臭弹而使北洋水师全军覆没的凄惨结局，大多数有良知的中国人都为清廷的腐败咬牙切齿、深恶痛绝！试想，如果不是臭弹作祟，邓世昌能以身殉国、北洋水师能全军覆没吗？

因此，从邓世昌遭遇臭弹戏谑而壮烈牺牲的教训中使我们看到，面对腐败分子这类公敌，就如同邓世昌面对侵略者吉野一样，是一场你死我活、危及安定、危及中华民族伟大复兴的斗争，必须痛下决心、毫不手软、真枪真弹地上阵较量。否则，装进枪的臭弹只能使我们在反腐败这场没有硝烟的战争中败下阵来，祸及党、国家、人民和民族的大业！

党的十六大报告指出，在长期执政的条件下，在对外开放和发展社会主义市场经济的环境中，党必须十分注重防范各种腐朽思想的侵蚀，维护党的队伍的纯洁。各级党委既要充分认识反腐败斗争的紧迫性，又要充分认识其长期性，坚定信心、扎实工作、旗帜鲜明、毫不动摇地把反腐败斗争深入进行下去。因而，我们希望大家能从这个寓言和这则故事中清醒过来，对那些心存侥幸的腐败分子坚决打击；对那些敷衍推塞、蒙混过关的假反腐者坚决查处；对那些完全丧失党性原则者毫不留情地绳之以法，能够使我们各级党委、政府和每名共产党员都能脚踏实地、认认真真、毫不留情、义无反顾地同腐败现象做坚决的斗争，确保反腐倡廉取得新的更大的胜利。

(2003年9月)

上善若水

警惕，异地腐败

异地腐败，是指一些官员怕在本地搞腐败"影子大"、影响大，容易被周围熟知的人发现甚而举报，便离开工作生活的环境，去另一地（省内、国内甚至国外）腐化堕落，贪赃枉法。

据新华社日前报道，江苏某工程队包工头施某为拍某建筑公司经理成某、副经理柴某的"马屁"，利用"双休日"邀请两人驾车由南京去常州游玩。当晚，施某将成某、柴某安排在宾馆休息，并找到卖淫女柳某、卞某为其提供性服务。几天后，尝到"甜头"的成某再次受施某之邀去常州"故伎重施"。不久，常州公安机关在"扫黄打非"活动中，抓获卖淫女柳某、卞某，又顺藤摸瓜牵出成某、柴某的嫖娼案。

其实，类似成某、柴某"异地腐败"的行径，早已见诸报端，只不过这类新型腐败尚未引起人们重视而已。譬如沈阳"慕马"大案中的马向东，若不是在澳门涉赌而东窗事发，谁又能知道堂堂的副市长是"赌徒"、是腐败分子呢?！再如巨贪胡长清，若不是趁去昆明出席世界园艺博览会之机"遛"到广州会见情人，能露出腐败的马脚吗？又再如四川乐山市原副市长李玉书，若不是因索贿中箭落马，其在成都建"二奶宫"包养小情妇双儿之事能暴露在光天化日之下吗?！……所以，细细分析这些腐化堕落者的行径，都与"异地腐败"不无关联！那么，这些官员们为何敢在异地为所欲为，花天酒地，挥金如土，贪赃枉法呢？

其一，异地向块遮羞布、遮挡着他们的腐败行径。在异地腐败的官员们，大多在当地手握重权，一言九鼎，天天在报纸上露面、在电视上露脸、在广播里露声，可谓是公众人物，政治"演员"。因此，他们十分注重在本地的形象，举手投足之间都掌握着尺度，拿捏着分寸，生怕公众形象不好而影响仕途和前程。但是，灵魂中的贪婪邪念却时时在诱惑着他们，在他们的意志和观念着进行着有力的拼杀。最终，他们被贪婪的欲念夺去了堂堂正正的为人信条。最终，他们走上了贪婪的行径。为了使这些行径不为人所知，他们便玩起掩耳盗铃的游戏而去异地腐败，把异地当成自己腐败的遮羞布而大行贪婪之行径。

其二，异地是个"世外园"，向孙悟空回到花果山、水帘洞一样，使这些腐败分子为所欲为，原形毕露。这些腐败分子以为，在自己当权的"一亩三分地"里，是受限制和压抑的，是需用伪装的，是身不由己的。因此，他们一边告诫"一亩三分地"里的人们要廉洁自爱，好自为之，一边又心猿意马地艳羡着能有供自己寻欢作乐，满足欲望的"世外园"。终于，他们感到离开"一亩三分地"之后，外面的世界很精彩。为此，他们便借故去"世外园"疯狂寻欢作乐，穷奢极欲。在"世外园"，他们可以不受任何拘束而任意为之。

其三，异地是个保险柜，任腐败分子怎么腐败也无人去理喻。这些官员们以为，离开熟知自己的地域去异地胡作非为，就像鸟儿飞出了笼子，鱼儿归入了大海，便可在腐败的天地里任我飞翔任我跃！为此，这些腐败者视异地为保险柜，是满足欲壑的游乐场，便毫不顾忌，恣意妄为地腐败起来。

其四，异地是个"黄粱枕"，闭上眼睛就能衣食无忧、享乐无虑、妄为无度。为此，这些官员们一旦踏入异地就仿佛进入了"天国"，便于可美梦成真，好梦连连，好事一桩接着一桩地接踵而至。为此，在异地的梦境里，他们生怕被别人打扰、被别人惊醒！生怕一枕黄粱后便好梦不在，颓废而惬意的人生不在！

为此，在异地这个诉之不尽、梦之不竭的"世外天地"里，腐败者们可毫无顾忌地醉生梦死、巧取豪夺、一掷千金。

因而，透视官员异地腐败的现象，不得不引起我们的重视和警惕。一是要注意官员们八小时以外的生活方式、生活圈子，教育和约束他们奉公守法、畏于法纪；二是要逐步建立健全官员们的异地监督管理机制，使他们无论在何时何地，都能受到党纪国法的监督和管理；三是要引导和教育官员们端正人生观、世界观、价值观，明白"要想人不知、除非己莫为"和"手莫伸、伸手必被捉"的古训和俗语，坚守人生光明磊落的信条，走好人生每一步；四是要加大惩治力度，对那些当面一套，背后一套；当地是一个形象，异地是另一个模样的官员，要严肃处理，杀一儆百，遏制这类腐败现象的滋生和蔓延。

（2003年9月）

镇长的绝活与畸形消费

最近，听友人讲了一则东北某省某镇镇长奇招治理公款吃喝的故事，听后令人拍手叫绝。友说，这个镇素以公款吃喝而闻名。新任镇长为制止吃喝风潮，便以吃治吃，收效显著。

"治吃镇长"上任后，每天最重要的工作就是吃饭时间到镇上最豪华的几家酒店门口等"请吃"。因镇长刚上任，本镇地盘上大大小小的头头脑脑们还都不认识镇长，因此镇长只好在各酒店门口"碰"机会。每遇"公款"模样的人进酒店消费，镇长便会自我介绍一番。这一下，搞得来人不好意思了，请镇长同席就座吧，一是怕镇长不赏脸，二是怕冲淡既定的宴会主题，因此只好客气地问镇长有没有安排？镇长听罢也不含糊，便说安排是有，就是还没人埋单。来人见镇长这么爽快，便说把账记在我的名下就是了。这一说不要紧，镇长更不客气了，说给酒店打"白条"影响镇政府形象，这一餐也花不了多少钱，不如先帮着把菜点了，账付了就是了。一来二去，来人只好照镇长的吩咐办，点了菜、付了款，便匆匆去自己既定的包间应酬。

但来者哪里知道，他前脚一走，镇长紧跟着就告知酒店这桌已付款的酒席客人来不了了，把钱退给自己算了。酒店见是镇长大人的意思，只好照办。久而久之，这个镇长吃遍全镇大大小小数十家酒店无"敌手"，月进账高达10余万元。再久而久之，全镇上上下下都知道了镇长的嗜好，都怕了镇长的绝活，都忌讳去酒店被镇长"宰"，都不敢到酒店消费了。

不须时日，镇上人们才明白了镇长的厉害——一是二三个月过后，这个镇的公款吃喝风被渐渐刹住了；二是镇长把从吃喝风潮中"清理出来的钱都用于全镇希望小学的建设。

　　以上这则故事听起来有点玄乎,但对当今治理公款消费来说的的确确是一招绝活。

　　回味镇长"治吃"的绝招,又联想到一条"畸形消费"的新闻,让人感慨颇多。新闻是新华社记者采写的,也发生在东北。新闻说,东北部分城市"畸形消费"堪忧:公款消费走进高档场所,有的党员干部利用各种机会出入豪华酒楼、夜总会,吃高档菜、喝高档酒、吸高档烟、洗高档浴、打高档牌,被群众戏称为"五高干部"。这些做法,"吃"伤了人心,"洗"掉了信任,严重损害着党和政府的形象。

　　面对"畸形消费",再细细琢磨琢磨镇长的绝活,让我们深受启发。因此,对于治理公款消费,其一,要"以毒攻毒",痛下决心根治。在治理中我们不妨学一学这名镇长的做法,"以吃治吃",毫不手软。镇长的做法虽然武断了些、粗俗了些、厚着脸皮了些,但对吃喝风这种顽症就得这么治,就得出奇兵、亮绝招。否则,是禁而不止,刹而不绝的;其二,要因地制宜、采取灵活战略以逸待劳。这位镇长治理一个镇的吃喝风用了二三个月,用了常人意想不到的招数,达到了应有的效果。那么,我们在治理中就不能机械地效仿,更不能急于求成,要针对本地具体情况出其不意、攻其不备。只有如此,才能达到治理的效果;其三,要放下"架子",深入一线治理。"绝活镇长"的一条突出经验就是每到吃饭时间去饭店"堵","堵"中厚着脸皮要别人"请吃"。久而久之,镇长真正把"吃喝风"的漏洞给"堵住"了。所以,我们治理公款消费,不但要在嘴上讲、文件上强调,更重要的是、循序渐进地把"畸形消费"这个大漏洞堵塞好;其四,要动真格。镇长刹"吃喝风"之所以立竿见影,关键就是他没玩"虚招"。说刹就动真格。因此,刹"吃喝风"成了他每天的主要工作,而且一"刹"就是二三个月不停留。毛泽东曾经说,世界上怕就怕认真二字,共产党最讲认真二字。所以,只要我们拾起"认真"二字的法宝,"畸形消费"的歪风就不愁治理不了。

我们相信，各地只要把治理公款消费提高到落实党的十六大精神，真心诚意为人要在消费一线去"堵"。要不辞劳苦地堵漏洞，才能一点一点地民群众办实事、办好事的高度来抓，就不愁没有"绝招"、"绝活"，就不担心"畸形消费"的问题得不到根治！

我们期盼着这一天。

（2003年11月）

上善若水

当媚俗成了主流

　　当媚俗成了主流,影视大腕"皇阿玛"可以赤裸裸地抛出入行的'规矩'——性交易。

　　当媚俗成了主流,《水浒传》可以被译成《一个女人和一百零八个男人的故事》。

　　当媚俗成了主流,严肃作家毕淑敏的新作《癌症小姐》被改名为《拯救乳房》。

　　当媚俗成了主流,用"身体"写作的"妓女作家"和作品可以登堂入室,姐弟恋、三角恋、多角恋、吸毒、嫖娼、撞车等影视艺员的绯闻可以成为最有"卖点"的新闻而粉墨登场。

　　……

　　由此,这些有伤人伦风化,有违天理道德的绯闻和其绯闻的角色们,借此可以"火"上一把,而且很有可能会由此而"一炮"打红,红遍大江南北。

　　因此,对这些惊已不惊、见怪不怪的绯闻、花边,不论登上媒体的什么位置,有"承受力"的老百姓都已习以为常了!而且习以为常的只当是茶余饭后的一撮笑炳而不屑一顾!

　　当文娱界的社会风气走上这种没落的境地,把丑当美、把恶当善、把羞耻当荣耀而炫耀时,你说你心里是个什么滋味?你说你将如何看待这种现象?!

　　毕淑敏的新作《癌症小姐》被出版社改名为《拯救乳房》,其原因是出版社认为读者一看"癌"字就会"犯醋",就会产生抗拒心理。为了销路、为了出版,出版社和毕淑敏之间不得不为市场这只无形的

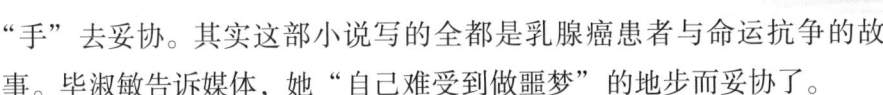

"手"去妥协。其实这部小说写的全都是乳腺癌患者与命运抗争的故事。毕淑敏告诉媒体,她"自己难受到做噩梦"的地步而妥协了。

据悉,还有一批严肃作家的作品被冠以《丰乳肥臀》、《有了快感你就喊》、《别把我当人》等媚俗的书名,其作法并非出自出版社与作者本来意愿,而是被"逼良为娼"。

由此看来,成都歌手周璇和"皇阿玛"张铁林之间扑朔迷离的性交易事件,就不难理解了!这个事件被"习以为常"地见怪不怪也就实属"正常"了!

然而,对这些媚俗的做法,不论老百姓如何反映、不论舆论如何炒作、不论当事人如何巧舌如簧,都不重要!重要的是透过这些桩桩件件的事件,让我们为这些现象正在形成的可怕倾向而担忧!

其一,人们追踪一种什么样的文化理念和文化消费?孔子曰:食色,性也。《三字经》曰:人之初、性本善。性相近、习相远。先贤们告诉我们,食和色是人之天性。人的天性是相同的,但如果引导的不同,其结果也就不同。所以,在中华民族崇尚"君子怀德、小人怀土;君子怀刑、小人怀惠"的几千年文明史的今天,人们热衷于追逐性的放纵。有人窥视到这一点,就把有违纲常伦理的性放纵作为"怀惠"的手段灌输给大众。这样做,一是有买方市场,二是逐渐形成了卖方市场。因此在一定程度上透视出我们的文化理念正在悄悄转轨,文化消费正在朝着低级、庸俗的方向发展。

其二,文化市场的"流俗"倾向越来越明显。大众文化理念的悄然转轨,使文化市场的卖家们不得不"摸熟"读者和观众的口味去迎合市场。为此,卖家们为了赚钱便把糟粕当成"卖点"和步入市场的"敲门砖",冒着违规和处罚的风险想千方设百计去打擦边球、去提炼最能勾起买方市场欲望的"性"话题。要么是三角恋、要么是多角恋、要么是婚外恋、要么是娼妓成群嫖客成堆。这还不够,还要生拉硬扯。只要与这些煽情的滥爱滥恋能沾上边的,不分良莠,统统与媚俗的东西套在一起,摆放出来。没有这些内容,可以用书名片名去误导;有了这些内容，更要大肆渲染，淋漓尽致！因为这些就是市场的"看点"、"卖点"；这些就是大把的黄金白银！

其三，利欲熏心者不顾廉耻，兴风作浪，大出风头，搅混一潭清澈的文化泉水。有大众欣赏和喜欢媚俗的文化，又有卖家们打擦边球赚取昧心钱而提供的"舞台"，故然就有利欲熏心者粉墨登场，或搔首弄姿露"三点"，或拍写真集赤条条"叫欢"，或赤膊上阵搞真人秀，愣是把好端端的文化市场搞得乌烟瘴气，媚飞色舞，"性事"一片！

为此，如果我们不能静下心来观察这些现象背后的深层次原因，仅停留在对某某演员、某某出版商、某某作家或某某导演等的指责上。那么，这些"污染眼球"的文娱闹剧只能向割韭菜一样，刚割掉一茬另一茬又起来了，防不胜防！

所以，对这类媚俗文化可能演变成主流文化的动向和趋势，我们仅用愤慨、谴责、叫骂去抵制是远远不够的。我们要静下心来分析这类现象为何屡禁不止，并按照"三个代表"重要思想提出的"永远代表先进文化前进方向"的主旨，去分析成因、寻找对策，从观念上、制度上、体制上、分配上等去加以引导、加以防范、加以管理，才能正本清源、净化风气，唱响主旋律，打好主动仗，培育出德艺双馨的文化氛围。

（2003年7月）

谁在亵渎处女的初夜权？

写下这个标题，是物化时代尊严、贞操、良心、灵魂都被某些扭曲心态的人们亵渎和出卖的情况下，处女也被"名码"示价的呐喊！

我们在不绝于耳听到处女被某些执法机关中的败类诬陷卖淫而身陷囹圄，最后不得不以验证处女膜是否完整而沉冤昭雪的同时，又不断读到一拨拨纯情少女"误入"歧途，以初夜权换取大把大把金钱的丑闻。

在这个市场化程度越来越高，金钱几乎万能的转轨时期，处女的初夜权仿佛成了"稀有"的商品，已从神秘的闺房中半遮半掩地走入了林林总总的商品交易柜台，以博取买方市场的购买欲。请看，前不久有一富豪在国内几家畅销媒体刊登广告，公然征寻处女女友。这位已经有过婚史并带有一子的富翁，凭借的就是金钱的"鬼力"在诱惑和寻找卖方市场。我们权且不说引起很多"有识之士"口诛笔伐的这场"处女征婚秀"孰是孰非，但从这则广告中也可管窥处女被物化的一斑。

近日在《民主与法制时报》，笔者又读到一则处女以初夜权诬陷被一残疾有钱人强奸，要挟父母同意与残疾人结婚的丑闻。文说，20岁的处女范某2001年随父母从吉林到大连打工。今年5月9日，范某被章某聘为家庭保姆。范某发现，男主人章某虽然腿部有点残疾，但人特别谦和、慈祥，还特别有钱，对自己也特别好，遂产生了嫁给章某的念头。这个念头遭到父母的强烈反对，于是范便说被章某强奸了，以此要挟父母以达到个人目的。没想到父亲硬带她去报案。报案后，民警带范某到医院检查。结果，范某仍然是处女。从这一则消息中，给人以当头棒喝——连一名涉世未深的妙龄女子，都能拿初夜权去要挟父母以达到个人目的，试想：处女的初夜权又能值几个钱?!

上善若水

　　笔者并非要让现代女性去固守封建礼教的三从四德。但是，世风沦落到拿圣洁的处女初夜权去"交易"，就不得不议了。这不但是对妇女贞操的亵渎，也是对道德良知的贱卖！不但是对初夜权的蹂躏，也是对女性尊严的践踏！不但是对妇女族群的轻视，也是对民族风尚的乱伦！

　　据有关方面调查，修补处女膜业已成为妇产科的一大"卖点"。听此讯，联想初夜权成为明里暗里的商品被有形无形地摆上柜台，看来，女性的贞操已越来越不值钱了！

　　究其因，物质社会的冲击固然是一个方面，新旧思想交锋碰撞产生的五颜六色的火花也是一个方面，但重要的方面还是人们世俗的大厦中矗立的男尊女卑思想在作祟！女人是玩物，是男人的附庸品的封建残余思想，主导着部分人的脉络。为此，这些受封建遗毒侵害者就要去寻求初夜的刺激，寻求第一次的占有欲。久而久之，这种不健康的思想便形成了地下黑色买方市场，以此拉动和助长了卖方市场的产生。因此，形形色色的亵渎和贱卖初夜权的个例便在无奇不有的大千世界崭露头角、甚而愈演愈烈，令人目不暇接！

　　反省被亵渎的处女初夜权，治根治本之策，还是提高民众的男女平等意识，提高公民的道德法律意识，提高男女公民的自尊、自爱、自省、自强的民族自尊意识，引导和教育国民崇尚积极健康向上文明的生活观念，在千变万化的凡尘俗世中固守一份纯净的心灵田园。

（2003 年 6 月）

天价金票与博鳌效应

最近，两件事把海南再次推向世界：一是刚刚落幕的博鳌亚洲论坛2003年年会；二是11月9日至12月6在三亚举行的第53届世界小姐总决赛。

在我国首次举办的世界小姐总决赛，还未开幕，拍出的天价晚会第一套金票便把人搞得振聋发聩。据介绍，这套金票11月1日在三亚以6000美元起价拍卖，最后以2.8万美元的天价被台商、三亚西岛海上游乐世界董事长陈明哲赢得头筹，拍出了中国票务拍卖史的最高价。又据悉，这次总决赛共设置金票4套，第一套已拍完。第二、第三、第四套将在广州、北京、上海拍卖。11月4日，第二套金票在广州也拍得1.2万美元的天价。天价金票的创意和拍卖，使得本来颇具影响力的世界小姐选拔赛更加蒙上了一层神秘的面纱。

用赢得世界小姐选拔赛的主办权和天价金票创意来洞悉海南对其资源优势的开发，可见其无出其右的高超智慧。那么，震惊世界的大手笔博鳌亚洲论坛，更使我们不可小觑其高人一筹的运作力。

从一般程序来看，刚刚结束的论坛年会，才显露出博鳌效应的冰山一角。用论坛秘书长龙永图的话来诠释本届年会：精彩、成功、热烈。但是我们深度来透视论坛带来的连锁冲击力和孕育的一个个充满新的经济增长点的潜在力，博鳌效应是无穷期的，是一茬接一茬的，是芝麻开花节节高的，是滚雪球般不断壮大成长的。

首先，年会的思想成果将无法估量。这些成果将为推动亚洲经济的区域性合作，保持亚洲经济发展的良好势头，发挥积极的作用。这些思想成果，有新加坡总理吴作栋在年会提出的亚洲区域一体化面临的三大

上善若水

挑战，有韩国副总理金振钧提出的以互利合作方式推进区域发展，以及香港特别行政区行政长官董建华提出的应高度重视亚洲金融安全和老挝副总理西苏里提出的区域化使亚洲国家联系更紧密……等等。这些思想成果紧扣亚洲经济形势，为扩大亚洲经济影响力寻脉问诊，使亚洲论坛由一般的"会场"转向亚洲乃至世界经济发展的"智囊地"。这正如论坛理事长拉莫斯说，论坛已从雏形初具的会议组织发展为解决亚洲问题的智囊机构。因此，博鳌已不再是单纯的地名、地点、行政区域，而是超地名、超地点和超区域的亚洲经济导向发源地和晴雨表。

其次，年会的声音将响彻世界。博鳌亚洲论坛成立短短两年，已有30多个国家和地区的政界、商界、学界、国际组织及新闻媒体1200多人参加"论剑"。这个交流合作的平台已显现出巨大的震撼力和强大的生命力。就本次年会来看，研究、探讨的问题涉及经济、社会、文化、外交、生活等领域的方方面面。人们通过论坛把亚洲人民乃至世界各地对亚洲和世界经济、社会、文化、外交、生活等方面的问题和看法切磋交流、达成共识，推动亚洲乃至世界经济的发展。因此，博鳌也就不再是海南区划上的一个镇、中国版图上的一块平凡之地，已是产生和造就亚洲新纪元的电磁场和扬声器，是永载中国、亚洲、世界史册的圣地。

再次，亚洲的拳头在这里捏紧。论坛的开设，使中亚、南亚、西亚在内的整个亚洲人民，在博鳌寻求共识、对话交流、促成理解、达成信任。因而，博鳌是亚洲人民扬长避短、相互理解、优势互补的大平台。在这里，亚洲人民达成共识。在这里，亚洲人民进一步信任。在这里，亚洲人民形成强劲的合力，逐步走向世界大舞台。因此，本次年会与会亚洲国家领导人信心十足地预言，再过20年，亚洲将一片繁荣，将成为世界经济的火车头和外资最大的流入地。中国国家总理温家宝也呼吁："让我们携起手来，共同建设一个持久和平、普遍繁荣的新亚洲！"因此，博鳌的凝聚力、感召力、向心力和权威性，将随着这个平台的搭建愈发生机勃勃、巍然屹立。

故而，通过博鳌这些效应，带来的海南经济商机是无法估量和预测

的。海南因为博鳌的推出而名彪青史；海南经济因为亚洲论坛的永久定址而一发不可收；海南人民因为亚洲论坛年会的周而复始而眼界大开、茅塞顿开！

总之，天价金票的创意和博鳌论坛的手笔，使我们为生活在海南而骄傲！更使我们为经济特区的成熟成长而欣喜！我们相信，这些只是个开始，海南大的发展才刚刚拉开帷幕，崭新的篇章将在我们的手中悄然创立，走向世界。

（2003 年 11 月）

|上|善|若|水|

"人造美女"的悲哀

据媒体报道,历时近200天,耗资30万,全身10多处进行全面整形的中国第一"人造美女"、北京姑娘郝璐璐,将于今年底正式完成"变脸"。

据悉,"人造美女"郝璐璐1979年出生于北京,19岁考入中国地质大学,大学毕业后赴英国留学、攻读珠宝硕士,回国后至今担任自由撰稿人、并出任北京"美人治造"形象代言人。

中国第一例"人造美女"的新鲜出笼,惹得社会各界十分好奇和惊喜。除国内媒体趋之若鹜外,连美国CNN电视台、英国路透社等国外媒体也竞相报道,全程记录"人造美女"的诞生过程。

对"人造美女"的惊喜和好奇,关键在于她是中国第一例。至于她的社会价值,社会效应,人们并不关心和关注。但是,笔者却恰恰相反,不但好奇不起来,而且为这种"唯美"的风潮所悲哀!

俗话说,爱美之心人皆有之,但对这种纯粹以美为根本标准,打破天然的"真美"去刻意弄虚作假而雕琢的"假美"而悲哀。

首先,科技日新月异,连人都可以克隆,何况美丑呢?但是,正因为如此,保持人们内心的洁净,把父母"天生"的相貌完整地保留下来,才是一种至高无上的美。据悉,"人造美人"8月做隆胸手术后,人疼得厉害,而且不停地呕吐,老妈一边心酸地为女儿擦身,一边哭道"活该"!因为这次整形手术后,郝璐璐鼻子挺了,双眼皮凸现了,胸部丰满了,但原来与父亲一个"模子"的样子却不再了!所以,"人造美女"的父母对郝璐璐的做法充满了无奈和反感。因而,"人造"之后,"样儿"变了,亲情却在"人造"中被人为地"割裂"了。俗话说，儿不嫌母丑、狗不嫌家贫。"人造美女"一刀"割断"了养育之恩的亲情。

其次，"人造美女"亵渎了美。美的标准是什么？不同时代由于审美观念的不一，美的标准不同。从我国古代的环肥燕瘦，到当今的骨感美人，曲线玲珑美人，风姿绰约美人……等等，由于人们欣赏水平的不同，对美的看法也各异。因此，"人造美女"单纯用一个固定的模式去衡量美，"修补"美，本来就不符合历史规律，是对美的曲解和篡改。同时，也是对美的破坏和亵渎。俗话说，璞玉之美贵在无雕无饰。对万事之灵的人来说，其美也是天然的，与生俱来的，是不需用修补和人为再造的。故而，对人类这种万物之灵的"修补"，本身就是对美的不恭不敬和恣意亵渎。

再次，"人造美女"是利欲熏心的表现。"人造美女"的终极目标是使自己美起来，个人价值在美起来中更加大起来。所以，人造美女实际目标就是追求个人价值最大化，并在最大化中获取最大利益。为此，不论隆胸、开双眼皮、拉皮返老还童等等，都是女性一味追求外表价值最大化的表现。这种唯美思想之下透视出的价值观，其根本标准就是"花瓶"标准。这些女性们把自身看作是"花瓶"、"摆设"和"玩物"，丧失了人格尊严，是男尊女卑封建残余思想的回潮。因此，她们妄想通过"改头换面"做出的美来蛊惑人心，迷乱世俗，妄想"做个花瓶"而"傍个款爷"而一夜成名！

再则，崇尚"人造美女"是对人类身心的摧残。崇尚"人造美女"，是自我鄙视的表现，是忍受千刀万剐的自我摧残。据第一例"人造美女"说，躺在手术台上，就像是赌博，忍受着巨大的身心痛苦。"人造美女"工程主要成员、北京伊美尔健翔医院院长、郝璐璐眼袋手术主治大夫冯立哲教授也说，像郝璐璐这样全身10多处整形的手术，不仅风险大，而且极为复杂，在国内尚属首次，乃至全球也屈指可数。因此，郝璐璐忍痛去再造美，本身就是自身自信心不足，对个人容貌缺乏自信的实足表现。因而，忍受着痛苦躺上手术台，更是一种自我的摧残。

　　所以，透过"人造美女"的风气，使我们悲哀不已！其一，是对人类自然美的践踏；其二，是对女性自尊的伤害；其三，是对女性健康身体的摧残；其四，是对美的标准的扭曲；其五，是对女性立足于社会标准的误导；其六，是对女性平等意识的人为分割；其七，是对家庭亲情的分化。总之，"人造美女"是可悲、可叹，令人嗤之以鼻而不屑一顾的！

　　因而，我们这个社会要崇尚什么、抨击什么，应提倡什么、阻止什么，应该到了反思的时刻了。

　　爱美之心人皆有之，无可厚非。但若把女性的美貌当成女人唯一的砝码，去追腥逐臭，"千刀万剐"，就使美的标准失之偏颇，值得警惕了！

（2003 年 11 月）

十大"性新闻"与少女"卖初吻"

被称为"花边"、"丑闻"、"下脚料"的十大"性新闻",11月11日被北京、上海、青岛等地23位专家学者组成的"权威机构"——中国某某大学性社会学研究所"2003年中国性领域十大新闻评选"组委会评选揭晓。《日本人珠海集体买春　媒体爆炒》、《沈阳警方捣毁"交换情人俱乐部"》、《四川规定:男领导不得配女秘书》、《重庆市两大学生因女方怀孕被开除　家长诉校方侵权》、《北京首次性文化展刚开幕即被要求关闭》等荣登榜上。

中新社在报道这条消息时说,评选组织者称:希望通过评选活动引起公众注意到新闻所蕴藏的社会意义与文化意义,从而引导与推动大众性意识的进步和对性问题的研究。组织者还表示,这一评选活动今后将每年举行一次。

评选十大"性新闻",组织者到底想告诉公众什么呢?把这些"花边"、"丑闻"、"下脚料"再热炒一次,其社会效果又是什么呢?难道真的能达到组织者所说的引导与推动大众性意识的进步和对性问题的研究码?中国人的性意识、性修养、性文化真的到了评选十大"性新闻"的时候了吗?……行文于此,又使笔者想起近日美少女"拍卖初吻"的事件!

据悉,京城一名21岁的女大学生在西祠胡同网站"南京娱乐圈"BBS上发出帖子,以10元底价拍卖自己的初吻。仅几天时间,跟帖报价、发表看法的网民增至百余人,价格蹿升至2万美元。记者与这名拍卖初吻的少女联系后了解到,其实她的初吻已给了前任男友,失恋后感到失落空虚,出于对前男友的"报复"心理,她决定"拍卖初吻",同时也验证一下自己付出的初吻价值究竟几何。

评选十大"性新闻"与美少女"拍卖初吻"虽然没有必然的联系，但暴露出的问题却有异曲同工之妙。

其一，都有冠冕堂皇的理由。组织评选十大"性新闻"者称，评选是为了引导与推动大众性意识，是在为人类社会做贡献。而美少女"拍卖初吻"的理由也是"验证一下自己付出的初吻价值究竟几何"。两者乍一看无可厚非，都理由正当，"行为端正"。然而深度思考就可得出截然不同的结论：一个拿"丑闻"当"美闻"，另一个拿"纯真"当"商品"，你说应该提倡吗？！

其二，都戏谑社会，调侃生活。评选十大"性新闻"者，其动机是想推动中国性文化建设，但评出的十大新闻却无一不是"丑闻"、"奇闻"、"下脚料"新闻，看不出是在为社会进步、人类性文明做贡献。说穿了是在满足和盘点人们一年来的"性猎奇"。美少女"拍卖初吻"的动机和过程就更加幼稚、荒唐、可笑。完全是对"前男友"的报复，和对社会的报复。所以，两者之间的行为只能是在戏谑、调侃生活，"玩弄"社会和公众的情感。

其三，拿"无耻"当"纯真"，拿"猎奇"当"新闻"。拍卖初吻，换回的是2万美金，失去的是良知和童贞（虽然"童贞的初吻"已给了前任男友）。是在皮肉交易中对人生的嘲弄和侮辱。评选十大"性新闻"，采撷人们一年来的"猎奇"，再炒一遍，以求"关注"、"轰动"，以求"引导"、"推进"，其效果又当如何呢？想必"群众的眼睛是雪亮的"！

其四，社会价值导向的裂变。美少女"拍卖初吻"事件和评选十大"性新闻"做法，都给我们一个强烈的信号：人们的社会价值观在向多元化发展中，正在向更加庸俗、功利的方向裂变。不管这两起事件中的"主人翁"如何标榜自己，其本质还是想"一鸣惊人"以引起世人的关注和好奇，并以此来达到提高自身知名度，在知名度提升之下提高自身社会价位和价码，由此而达到自身经济追求。为此，不管这些现象多么令人眼花缭乱，终极目标还是一个：钱、钱、钱！为此，裂变之下社会价值是不计较手段和方式方法的追求经济利益最大化。

  总之，两起事件仁者见仁、智者见智，笔者不揣浅陋地评介和说法毕竟是一家之言，其事物本质还要靠读者去判断和梳理。

（2003 年 11 月）

上善若水

选美泛滥的思考

一夜之间,当各种各样的选美活动充斥我们这个社会时,眼花缭乱的美女如雨后春笋、破土而出、蓬蓬勃勃,好不惬意。

然而,回过神来,一些肥皂泡沫般的选美秀又使我们陷入了深深的思索。

首先,选美泛滥令人目不暇接,良莠混杂。时下,选美风潮伴随着经济的浪涛来势汹汹、波涛澎湃,令人目不暇接。大到跨国界、跨地域的,小到一个商场一条街道一场活动的,可以说是百日之内必有选美赛事,百步之内必有美女弄姿,百人之中必谈论选美事宜……真是百谈不厌、百选不腻、百看不烦。选美狂潮的风起云涌、经久不衰,使得通晓经济弄潮术的弄潮儿们纷纷抢班搭车,抢戏搭台;使得各种名目的选美活动万紫千红、争奇斗艳,好不绚丽多姿。所以,选美活动成了非官非民、非商非文、非公非私的综合体。是个人物都可以策划选美,是个实体都可以招徕选美,是个团体都可以参与选美……使得选美活动鱼目混珠、良莠掺杂,不但谈不上规格、规模、档次、层次,更谈不上社会效果,使得本来积极、向上的健康选美活动变成了素质低俗、亮大腿扭屁股的搔首弄姿,严重污染了人们的生存环境和视觉。

其次,功利思想作祟,亵渎了选美的本意。纵观选美活动,正正规规的由有影响力的团体组织并有地方政府参与的选美是十分有限的。比如跨国界的世界小姐选美、跨地域的中华小姐选美、跨行业的新丝路模特大赛等,都有比较规范的选美条件、规定、程序、方法、步骤等,其宗旨和目的也十分鲜明,使参与组织者、参加竞选者,都能本着既定的方针并在公众和舆论以及社会各界的监督下有效进行。然而,除此之外，令人眼花缭乱的选美就十分牵强附会了。而且组织者的目的十分鲜明——就是赚钱。比如房地产推不出去了，来一把选美；产品积压了，来一场选美；商场开业了，来一次选美；新项目奠基了，来一场选美……总之，不一而终的选美活动其目的就是利用美女来促销。用选美的幌子来把美女的美腿、美臀、美肤、美胸、美手、美发……等一一展示，以此制造"效应"，推销产品，达到盈利之目的。所以，这类选美使得真正意义上的选美活动饱受牵连、郁郁寡欢。

再次，另类选美已蜕变成一种软暴力，摧残和折磨着参与者的身心。以功利为目的的另类选美活动的蓬勃兴起，使妄想一夜成名的女孩子们梦寐以求、蠢蠢欲动。所以，在功利思想和虚荣心的驱使之下，大部分涉世未深、是非界限尚不完全清楚的纯情少女们，纷纷被为艺术献身，为时代弄潮，为明天鲜花、掌声、桂冠、钞票、锦绣前程献身的谎言给弄"晕"了，在咫尺舞台上，在五颜六色的聚光灯下，便不顾羞耻和廉耻地大胆脱起来、舞起来、卖弄起来！在脱中、舞中、卖弄中，她们不顾寒冬、不计酷暑、不论天南、不谈地北，只管把一切的一切全然望去，只知迈着猫步、掂着空空的皮囊，麻木地做着各种机械的动作去迎合台下的人群。所以，一场选美下来，对她们的折磨是可想而知的。——好端端一个花样年华的少女，为了明日虚无的名利，就这样遭受着比"劳其筋骨、苦其心智"还要累几倍的心灵乃至肉体的摧残！

再则，在另类选美的追风逐浪中，满足了部分人的意淫需求。选美摆在什么地方，就有一群人呼啦啦涌去；美女走到哪里，就有人追踪到哪里。在这些追美女一族中，他们谈不上新潮、说不上艺术、更论不了欣赏美的水准，他们只知道在美女扭动丰满的屁股中粗俗地狂喊乱叫。为此，这些选美的响应者欣赏的不是美的瞬间、美的肌肤、美的健康，而是戴着另类思想在满足狂热的意淫兽欲。所以，泛滥的选美使看台下的人群狂欢不已、欣喜不已、张扬不已、满足不已。

为此，选美风潮之下的个中缘由需用你去细心品味，不论组织者、参与者、观赏者，抑或是欲参与选美者，都要冷眼看选美！

| 上 | 善 | 若 | 水 |

　　我们期待如世界小姐的这类选美活动多起来,盼望以赢利为目的随意性选美降降温,使选美活动名副其实,把女性真正的美展示给世人、展示给时代!

(2003 年 11 月)

B篇　言善信

老子建议，人类应效法水值得信任。水自高而下拥有规律，潮涨潮落如期而至，这就是信。人是社会中的人，人离不开交往，交往离不开信用。守信是取信于人的第一方法。讲信用的人能够前后一致、言行一致、表里如一。

晒隐私、揭绯闻、追八卦、展开口水战等，在微博客上不时兴风逐浪、肆意炒作！纷纷希望通过自己横溢的炒作，能成为微博名人、意见领袖！但是，微博客们，今天你的一言一行，就是中华民族明天的历史！希望你能担当起这个时代的社会责任！

——《微博也要有担当》

近来，一种借继承和开发民族传统文化而大行价值观失衡、荣辱观颠倒的商业运作，大有蔓延和泛滥之势，值得商榷和警醒！应快快止步！

——《文化开发莫颠倒道德荣耻》

司法机关在受理公众人物名誉侵权案时，应站在公众人物合法权益与其承担的社会责任的高度，进行必要的审视和人性化的判决；公众人物在诉诸对其名誉侵权时，也应站在个人对社会高度负责的角度，理性地分析侵权者的目的、意义、危害，用一定的包容心态去抉择。

——《公众人物的权益与社会责任》

观众听众是不可欺的，生活的意愿是不可违的。愿假唱尽快在歌坛消失，愿歌唱艺术永远在人民大众的阳光雨露滋润下茁壮成长。

——《平民相声与歌星假唱》

我奉劝那些明星们还是审慎行事，莫违了道德的规又去闯法线的限。明白这个道理，名人与记者的官司就会少起来！

——《明星的嘴与记者的笔》

金大侠笔下的武坛是虚构的，当今说不清道不明的文坛却是真实存在的。由于李肇正没有入"坛"，没有拜师，没得到"坛主真传"，所以他就是"武功"盖世，也是旁门左道！

——《虚构的武林与真实的文坛》

把"满票干部"中的"老好人"从当选的席位中"拉"下来，不失为端正党风、净化政风、求是民风的有效之举；也是时代进步、政治昌明、人类发展的必然之举！

——《"满票干部"与"老好人"》

道德考试，只能劳民伤财，坐而论道，给投机钻营者制造机遇！

——《道德考试的误区》

由于不掌握民情，没有应对突发事件的对策，最终把一起简单的矛盾纠纷上升到流血事件！

——《副市长遭殴打和劫持的反思》

微博也要有担当

"忽如一夜春风来，千树万树梨花开。"微博，自2009年7、8月随国际互联网潜入饭否、新浪网站以来，一年多时间已如雨后春笋遍布网易、腾讯、新浪、搜狐、百度等各大中文网站，深入到数千万中国老百姓的工作、生活里。

刚刚过去的2010年，有人戏称为"中国的微博之年"。这一年，从方舟子微博上打唐骏"学历门"的假、到宜黄"血拆"中的微博救助、舟曲泥石流的微博救援、"3Q"大战、"大小恋"、金庸在微博上"死而复生"……等，见证了信息爆炸时代背景下，微博神奇的传播力、影响力、渗透力、聚合力！

"今天你微博了吗"，如今已成为一句时代标记性的语言，走入中国社会的各个阶层。尤其是政府和官员越来越多的开通微博，以及今年全国"两会"期间122位全国人大代表、166位全国政协委员微博专区的开通，更提升了这一现代传播媒介的社会普及力。日前，《2010中国网络舆情指数年度报告》显示，微博去年一跃成为继新闻、论坛之后的中国互联网第三大舆情源。而在2010年网络舆情中，微博报料的征地拆迁、反腐倡廉、涉警形象已位列中国网民关注的前三甲。有人戏称微博不仅"围"出了技术进步，也"围"出了人们之间的沟通。是人们看得见的文字交流，看不见的感情交融！

究竟什么是微博呢？据有关资料显示，微博就是每次发布都不超过140字的微型博客，是表达自己、传播思想、吸引关注、与人交流的最快、最便捷的网络传播平台。是2007年初，由推特的"推神"杰克等三人发起创立。2009年上半年，王兴创建的"饭否"带着对这一新生

上善若水

事物敏锐的认识上线试水。瞬间，100多万网民注册上线。之后，新浪推波助澜，形成了今天势不可挡的滚滚"微流"！

据笔者分析，微博之所以如此受公众关注和追逐，是"沉默的大多数"在微博客上找到了展示自己的舞台！而且在微博客上，140字的限制将草根和莎士比亚拉到了同一水平线上，使人们像拉家常一样，无须完整的逻辑、华丽的文字、严谨的结构，只要原汁原味、原始原创地把想说的话"微"出来就行了！因此，没有任何门槛、无须任何包装，只要想说，就可通过微博客说出来。所以，微博的原创性、现场感、即时性，使任何普及过中小学教育的人，都能发表各自的喜、怒、哀、乐，表现自己的酸、甜、苦、辣，展示自己的名言警句！正因如此，这一传播手段迅速被社会各界广泛运用。

正因为如此，处于初期阶段的中国微博，各种声音、各类观点、各种思潮，如井喷泉式不时涌现，让人目不暇接、令人时时惊诧！大凡微博者，都希望自己的观点、心情、感悟能瞬间传播，引领风尚，受人关注！甚而有一部分微博客"语不惊人死不休"，以语言越新奇、行为越离奇、思想越传奇作为吸引眼球、炮制轰动、引起反响的立足点！晒隐私、揭绯闻、追八卦、展开口水战等，在微博客上不时兴风逐浪、肆意炒作！纷纷希望通过自己横溢的炒作，能成为微博名人、意见领袖！

殊不知，小小微博、大大世界！每个微博客在各自小天地里的一言一行，都是一个人每时每刻行为轨迹、内心世界的记录和折射！微博见证着历史、印证着微博客的文化内涵、考证着微博客的价值趋向、传承着微博客的责任担当、拷问着微博客的人生态度！微博小世界，随岁月的轮回、时光流转，映证出一个族群、地域、民族、甚至国家在这一时期，对社会、对生命、对资源、对生活……等等的思考！

微博客们，今天你的一言一行，就是中华民族明天的历史！因此，希望你怀着对历史、对时代、对国家、对民族、对未来高度负责的态度，尽情抒写你的微博！让你对人生、对时代、对生活、对未来的积极思考，转化为中华民族伟大复兴的历史责任，在微博的世界里展露中华！所以，微博客们，盼你的每一篇微博都能担当起这个时代的社会责任和中华民族的历史责任！

（2011年4月）

文化开发莫颠倒道德荣耻

近来,一种借继承和开发民族传统文化而大行价值观失衡、荣辱观颠倒的商业运作,大有蔓延和泛滥之势。如近日不少地方借今年农历闰七月,纷纷上演"牛郎"争登场、"织女"迷人眼的闹剧,大搞"相亲大会"和"情人速配",使原本神圣、美丽的历史传说演变为庸俗不堪的商业利诱,误读了传统,背离了"七夕"的历史价值,颠倒了人们的荣辱观,亵渎了民族传统文化。

随着经济全球化下的西风东渐,亚洲各国的文化尤其是以中华文化为代表的东方文化日渐式微、失语和没落。究其因,就是我们在文化弘扬和开发中没有找准与市场为伍的切入点,没有去粗取精、去伪存真,没有在继承精华中创新发展,而是以眼球经济、商业利诱为目的,把糟粕的东西一味放大,走向了助纣为虐,自取消亡的不归之路。如有人把《周易》编成一个男人和三个女人的故事"渔利";有人争相开发与《金瓶梅》有关的"武松杀嫂旧址"、"西门庆与潘金莲约会旧址",以及"武大捉奸"、"西门约会潘金莲"等娱乐节目;有人把《林海雪原》中的侦察英雄杨子荣亵渎成为营救情人而赴威虎山的情种,把地下党员阿庆嫂丑化成靠色相周旋于一群男人中的性开放者,把雷锋与一位女士的书信来往炒作成"姐弟恋";还有人搞"日本鬼子大屠杀"生活体验、"刘文彩人奶乳"商标等以吸引消费者。凡此种种,都在文化开发中以低级腐朽、早已被历史所不齿、所淘汰的文化糟粕为诱饵,大肆进行商业炒作,误导误引了消费者,混淆了视听和价值道德观念,使人们在社会生产生活中错把糟粕当精华、把渺小当高大、把低俗当高雅,使人们在低俗、恶俗、庸俗中崇高精神和高尚品德被矮化!

在文化观念渐进多元化的社会里，公众智慧固然需要尊重和宽容。然而，以开发文化的名义亵渎传统文化、混淆价值观、颠倒荣辱观，违背道德伦理秩序，就值得商榷和警醒了！因此，颠倒荣辱、亵渎崇高、践踏传统的文化开发应快快止步。

（2006年4月）

上善若水

公众人物的权益与社会责任

据《检察日报》报道，文化名人余秋雨因一篇文艺批评文章说其"受赠豪华别墅"侵犯名誉权案，日前被北京市东城区法院一审驳回。

报道说，《北京文学》编辑肖夏林发表于2000年第2期《书屋》一篇针对余秋雨的文艺批评说："他做深圳文化顾问、为深圳扬名，深圳奉送他一套豪华别墅。文化在这里已是具体的名利。"余秋雨以该篇文章捏造事实侵犯其名誉权，将肖夏林告上法庭。被告认为，自己写的文章属正常的文化批评范畴，没有对余秋雨进行恶意攻击的故意。"深圳送别墅"是文化界盛传，并非自己蓄意捏造。法庭经审理认为，文章中所涉"深圳送别墅"内容不具有贬低、损害原告名誉的性质，对原告关于被告侵犯其名誉权的主张，法院不予支持。

法院的审理结果，为我们提出了一个严肃的话题：公众人物的合法权益与社会责任。

笔者以为，余秋雨的败诉是法治社会进步的表现。长期以来，隐私权和名誉权相对于普通人来说，涉及少、受法律保护的也少。然而，对知名人士的公众人物来说，常常是关爱有加，保护有加。动辄不是某演员就是某作家，抑或是某某家，为丁点的芝麻小事也要动用法律武器去寻求"正名"。有时，不论是对的错的还是对错各占一定成分的，只要惹得这些公众人物不高兴，都会在法庭上见。为此，公众人物完全成了"芝麻花"，碰不得、惹不得、说不得、看不得；只要谁在其不高兴、不愿意、心情不好的时候去碰了、惹了、说了、看了，都会有吃官司的危险。再则，有些公众人物沉寂一段时间后苦闷了，也以告上法庭为乐为由头，借机再"火"上一把。所以，时下对公众人物的批评完全成

了"雷区"和"高危区"。

然而,隐私权和名誉权对普通老百姓来说,却没有公众人物这么"精贵"和"高傲"。有些老百姓不要说被批评了,就是被指着鼻子骂了、打了、羞耻了,也告状"无门",有理难以伸张!

为此,在名誉侵权的法律条文实际运用中,法律面前人人平等的原则往往是只句空话和口号;往往在老百姓最需要法律保护时却被法律遗忘了。而对哪些"特殊"的"角儿"、"脸儿",法律的面子却大得很!为一句口角、为一条绯闻、为一段自我炒作的往事、为一些类似鸡鸣狗盗的笑料,也要在法律面前买足面子,告上法庭,以示"与众不同"。

所以,笔者以为对余秋雨一案的审理,给我们发扬"批评与自我批评"的优良传统开了个好头。因为公众人物之所以出众,就因为其一言一行一举一动都是表率、榜样、模范。因而,受众关注就多,监督者就众。所以,在仁者见仁、智者见智的社会熔炉里,在从善如流、闻过则喜、广纳百川的社会胸襟中,就有关心、爱护、帮助公众人物"走好人生每一步"的民众们,怀着善意的目的去提醒、帮助公众人物。在这种情形下,公众人物的社会责任就超出了自身喜、怒、哀、乐的范畴,就承担着现身说教、以身示教的为人师表作用。一句话,社会责任特别重大。为此,公众人物就应谦以为怀、广纳百川(当然,笔者这里并不是让公众人物无原则的去为某些侵权而妥协),把个人合法权益与承担的社会责任相统一,不要那么脆弱、那么弱不禁风、那么斤斤计较,要通过个人的"大度"和"海量",去倾听赞扬声之外的善意批评和友好提醒。

故而,余秋雨一案告诉我们,司法机关在受理公众人物名誉侵权案时,应站在公众人物合法权益与其承担的社会责任的高度,进行必要的审视和人性化的判决;公众人物在诉诸对其名誉侵权时,也应站在个人对社会高度负责的态度,理性地分析侵权者的目的、意义、危害,用一定的包容心态去抉择。只有如此,我们固定的法律条文,才能在实际社会运行中合情、合理、更合法化起来,才能把"法律面前人人平等"的法定宗旨和原则,更加有效地实施好。

(2003年9月)

平民相声与歌星假唱

据《广州日报》日前载，对日渐式微的相声，著名相声演员姜昆经过"八年抗战"，率先对相声进行自救，推出了相声剧《明春曲》，超过一百场的演出，让观众为之倾倒。姜昆认为相声不能仅仅作为综艺晚会的"凑趣"，还是要回归剧场。为此，他将在北京推出《明春曲》的"平民相声专场"，让普通市民能花上20元看一看《明春曲》。

著名相声演员姜昆八年持之以恒地"让"相声回归剧场，和"平民相声"观点的提出，让我们深受启发；尤其是面对歌坛的假唱现象，让我们思索再三。

毛泽东在延安文艺座谈会上提出的文艺"两为"方针和中央有关领导同志前不久提出的宣传工作要贴近实际、贴近生活、贴近群众的"三贴近"思想，其本来观点就是告诫我们广大文艺工作者：一切文艺工作都要实事求是，面向实际、面向生活、面向人民大众。

笔者非曲艺工作者，对相声艺术也是门外汉，但就姜昆的"平民相声"一说，笔者作为一名普通观众来讲，是十分赞同的；也是十分欢喜相声作为民族灿烂文化的一种的返璞归真！

由说相声起家并享誉海内外的姜昆，要让相声从"凑趣"到"回归"，从远离生活的肥皂"闹剧"回到笑声朗朗的平民大众"正道"上来，使我们感叹起艺术的原创性和高于生活但扎根于生活的生命力来。譬如假唱，从因一曲《一无所有》而成名的崔健呼吁歌坛告别假唱，到今天为止还有几乎所有演唱都靠假唱"混日子"，拿假唱来糊弄观众听众，让人悲之又悲！

我们的一切艺术，之所以成为艺术，成为人们精神食粮的精髓而源

上善若水

远流长，就是因为她根植于广袤的社会生活，又在丰富的社会生活中得到广大人民群众的滋润并逐步改进、改良、变革，一步步成为人们喜闻乐见、充满遐思遐想的精神食粮。所以，任何一种艺术都是大众化的、平民化的、生活化的。故而，相声也不例外，唱歌更不例外。所以，对于歌坛的假唱，人们是不屑一顾、嗤之以鼻的。但是，人们又拿这些假唱的歌星们没辙。

因此，姜昆的"平民相声"一说，对广大歌星来说，是到了该反思的时候了！假唱的危害除了让人们无法从情感上接受之外，最根本的问题还不是歌坛声誉的日下，更重要的是使歌坛艺术渐渐脱离群众脱离生活，走上一条可怕的不归路。因而，歌星假唱一时，润了歌星的嗓子，爽了歌星的身子，鼓了歌星的钱袋子，但亵渎的却是歌星的人格，败坏的是歌坛的声誉，摧毁的是歌唱艺术。

所以，我们呼吁歌星们好好反思一下自身的假唱行为，尤其是比照相声泰斗姜昆八年如一日为日渐式微的相声艺术寻脉问诊、率先自救、回归平民本体的做法，去反思我们的做法！为了使歌唱艺术的生命之树常青，为了使我们的歌星们永葆艺术本色，呼吁歌唱家们千万不要成名之后忘了成名之前的艰辛，忘了是谁把您捧"红"的！忘了谁是您的衣食父母！与此同时，建议歌星们更要反思为何有的歌星昙花一现，很快凋落、凋敝，难道不是他（她）们妄想糊弄观众听众恣意假唱而结下的恶果吗?！

因而，观众听众是不可欺的，生活的意愿是不可违的。我们只有像姜昆一样，老老实实地向生活请教、向生活学习、向生活真真实实地奉献，生活才会报我们以厚重的回报，才会使我们真真切切地在歌唱艺术的海洋里自由翱翔、展翅高飞。

愿假唱尽快在歌坛消失，愿歌唱艺术永远在人民大众的阳光雨露滋润下茁壮成长。

（2003年11月）

明星的嘴与记者的笔

进入深秋初冬,多事之秋的俗语就在诸明星身上得到了印证。这个多事抛去车祸、遭劫、受伤、患病等不去说,光是众明星与记者之间的冲突升级已到了巅峰时刻。

你看,这边巩俐与孙红雷在北京秀水街手牵手购物被媒体曝光,那边吴启华在北京召妓"一拖三"又被香港某杂志记者拍下,另一边刘嘉玲赴台湾被台湾前中华开发董事长刘泰英以60万港币"包下"又被某周刊报道,还有一边又有香港某周刊报道吴宗宪对一名20岁女子Linda始乱终弃……面对这些被媒体曝光的丑闻、绯闻,众明星对记者的现场写真非但不脸红、不心跳、不缄口不言,而且恬不知耻地拿起他(她)们高超的演技,用惑众的三寸不烂之舌鼓噪起来。巩俐对追问的记者说:"如果你一直追问,只能表示你心理不健康。"吴启华对记者说:那都是你们的虚构,我和比自己年轻15岁的女星罗泳娴正在谈恋爱,打算明年结婚,这种时刻,又怎会嫖妓呢!深受媒体溺爱的刘嘉玲更是棋高一着,当即对某周刊回应并对某周刊的道歉启事发出"很好、谢谢"的外交辞令。沉不住气的吴宗宪则气急败坏地在记者招待会现场表示要控告 Linda 和某周刊,表示记者的报道纯属乌有。

用嘴解决不了问题,还是用拳头更省事、更解气,更能说明自己的高尚和清白。你瞧,陈小春在香港殴打开车跟踪的记者被以500港币保释;《北京青年报》记者在采访毛宁遇刺事件时被毛宁公司一女子打了耳光、抢了相机、曝光了胶卷;香港某周刊记者因采访周星驰"发花"事件被人重重打了一棍子……等等。日前,又传出电影《疑神疑鬼》女主演大S徐熙媛在大连拍摄现场疑神疑鬼被记者偷拍如厕而大打出手，致使《大连日报》记者钟启纲的包被抢，眼镜被打飞，另一记者满脸是血，鼻梁骨被打断，眼镜被打碎……

因偷税漏税嫌疑而刚刚走出深牢大狱的亿万富姐刘晓庆曾用"成也萧何败也萧何"来形容记者与明星的关系。因而，对记者的"笔头子"，明星们常常既爱又恨、既推又拉、既褒又贬。为何，因为明星想成名得靠记者的"笔头子"。此时，一些明星们对记者趋之若鹜，极其拉拢之能事。然而，这些明星们一旦成为明星，就开始大牌起来，性格起来，抖起来，开始"隐私"起来。因而，他（她）们生怕自己的"大牌"、"性格"和"抖"中的隐私被记者的"笔头子"曝光。因为他（她）们深知，记者的职业操守不会把隐情中的"丑闻"写成"美闻"，龌龊之事扭曲成正大光明。所以，他（她）此时最怕记者；怕记者一针见血，公正无私，为事实，为光明，为正义说话的"笔头子"。

因而，在一些明星的角色转换中，他（她）往往想把记者当成自己行私利、填欲壑的工具，"顺我者昌，逆我者亡"。为此，他（她）一旦出名，行为就开始放浪，品德就开始哗变，生活就开始颓废。在这些蜕变中，他（她）们遇到的记者往往不是他（她）们想象中的利益之徒，不可能与他（她）们同流合污。所以，他（她）就开始视记者为眼中钉、肉中刺，就开始对记者"用脑子"。

在"用脑子"中，他（她）先是耍大牌，端架子，拿明星的样子去糊弄人，吓唬人，恐吓人。然而往往适得其反！试想，他们不离婚而与情人出双入对，记者对其曝光有何不对？召妓嫖娼被媒体揭露又有何过错？要怪，也只能怪他（她）们不遵规守纪，不品行端正，不以"偶像"的标准要求自己！

但是，这些成名的明星们不这样认为，他（她）始终感到是媒体多事，是记者惹事。所以，与记者较量之下，个别"聪明"者也渐进由耍嘴皮子的颠三倒四、颠黑倒白，转变到拿谎言去欺骗法律，妄想用法律去保护自己的违法行径，愣说记者侵犯了自己的隐私权。试想一下，法律保护的是正义，保护的是合法行为。难道你搞婚外恋，搞嫖娼

狎妓，搞骗色骗财等等这类违法行径，记者予以曝光也侵犯了你的隐私权吗?！

所以，几个回合较量下来，这些明星们发现动用其巧嘴如簧之舌也遮掩不了自己的丑行，指责记者笔下胡来也是一招败棋。所以，最后只好由动嘴中伤发展到动武要挟。然而我想，这应该是一招更臭的棋。这样做，分明是图穷匕见，走投无路的垂死挣扎吗！这样做，非但解决不了问题，扼杀不了记者正义的笔，而且只能给自己的丑行尽快曝光多一份催化剂。所以，最终的结果只能加快其丑恶嘴脸暴露在光天化日之下的速度。

所以，我奉劝那些明星们还是审慎行事，莫违了道德的规又去闯法线的限。这样只能事与愿违，既要为说谎埋单，还要为行凶赎罪，是赔了夫人又折兵的下下策。所以我再奉劝那些明星们要保护好自己的嘴巴，校正好自己的行为，要为自己的名誉、身份、地位负好责！不然，就是记者的"笔头子"不管你，也有法律在管着你，有人民大众在监督着你。

名人呀，不好当！要不我们百姓咋出不了名呢?！所以名人就要注重和管好自己的言行，不然百姓在看着你呢！明白这个道理，名人与记者的官司就会少起来，就会化干戈为玉帛。但愿如此。

(2003年11月)

上善若水

虚构的武林与真实的文坛

　　读金庸大侠的作品，常常在刀光剑影、尔虞我诈、出神入化的各门各派争斗中，眼花缭乱地欣赏着各派坛主争强好胜、争雄称霸。为此，我常常想，什么华山派、武当派、东邪西毒、南帝北丐……等等之类的武林较量，打打闹闹、冲冲杀杀，煞是惊险、好看，其实都是金大侠笔下虚构的人物和故事，在现实生活中是不存在的。为此，我常常抱着切莫看戏流眼泪替古人担忧的心情，随着金大侠的故事热热闹闹一阵后便"一笑泯恩仇"了。

　　故而，在前不久某些媒体为金大侠策划的"华山论剑"中，还专门在华山主峰选一块石头刻上"华山论剑"字样，并力求能把金大侠虚构的武林争霸回归到现实生活中。为此，刻字定"论剑"的同时，又专门征集"南帝北丐"等武林坛主，上华山与金大侠"对垒"。

　　想必，宋辽金时期、明清时期的武林是否真如金大侠想象一样，刀光剑影、暗藏杀机，危机四伏、互不相让、互不服气呢？但毕竟金大侠用高超的智能、通达的想象力和耐人寻味的一个接一个的伏笔，把这些时期的武林故事写活了；写得人们半信半疑、真真假假、不分彼此了。为此，金大侠笔下塑造的各色人等、各类武林派别，也成了数十年来人们常谈常新的话题而不绝于耳。

　　为此，在谎言重复千遍便是真理的影响下，金大侠笔下的虚构武林已成为人们心灵上的武林，已被现代的人们所接受、所认可，所津津乐道。所以，人们对武林的凶险，连小学生都能说出"江湖险恶、好之为之"的警世名言。

　　但是，不论怎么样，虚构的武林毕竟是金大侠笔下的故事和人物，是几百年以前的事。然而，当今生活中真实的文坛却让人望而生畏。

我想，文坛的产生可能与人类科技发达、文明程度的提高有关。因为现代人的争斗已远远不需要刀剑搏杀、血肉拼斗了。是在用智能、用头脑、用计谋、用能够影响人们理念、思维、行动的"锦绣文章"。为此，凶险的武林随着人类的进步、开化、文明隐退了；不见硝烟弥漫、刀光剑影、冲冲杀杀的文坛却"杀"出"江湖"了。这是人类从野蛮不断走向文明的必然。是人类有别于其他低级动物的必然。因此，在移步换景、斗转星移的历史长河里，文坛又神不知鬼不觉地向我们现实生活中走来。

在现实社会中，真实存在的文坛又在明争暗斗地争抢着"霸主"的位子。笔者才浅学疏，不能描述出当今文坛的众生相，也说不清文坛在哪里，都有哪些派别，这些派别又是谁在掌管。然而，试举现实生活中的一例，你便可知晓文坛的真实存在。据媒体报道，上海48岁的中学教师李肇正近10年来于教书育人之余废寝忘食地进行创作，创作了深刻反映平民生活的小说300多万字，但直到今年3月他突发心脏病遽然辞世前，在上海评论界竟没有被发现，更谈不上被重视。有评论家遗憾地说："上海有这样优秀的小说家，竟然与我们擦肩而过！"为此，近段时间来，李肇正被称为文坛的一种现象，引起了上海评论界的反思。

我想，李肇正这位文坛"高手"生前被埋没的原因是多种多样的，但主要一条可能是他未加入执牛耳的某派某别的文坛。为此，他只好含恨而死、名不见经传，空练得一身绝世"武艺"而含恨九泉。因此，你能说当今文学界无坛无派无别吗？！

所以，金大侠笔下的武坛是虚构的，当今说不清道不明的文坛却是真实存在的。由于李肇正没有入"坛"，没有拜师，没得到"坛主真传"，所以他就是"武功"再高超、再绝世，也是旁门左道，也不能入正宗正门正派正别！因而，他笔下那些真正源于生活最底层的国企困难下岗女工，夕阳里相依相扶的老人，弄堂口摆水果摊的阿姨……等等，再逼真、再朴实、再动人、再回归生命的本体，也比不上美女化、商业化、时尚化的"坛"内二流三流"写手"们的垃圾之作。

所以，我劝九泉之下有知的李肇正不要气馁，不要沮丧，不要怪东怪西。怪来怪去，还是怪自己"生不逢时"；怪自己没有"悟"出真实存在的文坛；怪自己空练得一身好"武艺"而不知有文坛的存在，不知去"良禽择木而栖、良臣择主而事"?!如果早知有一个庞大得足以能扼杀"功力"的文坛存在，在练"内功"的同时注重加大"外功"的能力而入坛称臣，保不准他早已成为文坛巨擘、某某大师了！

悲哉文坛！醒哉文坛！

(2003年11月)

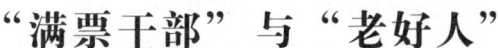

"满票干部"与"老好人"

　　据新华社报道,浙江省委书记习近平日前提出:在干部选拔任用上,不能形成"惟票"是尊,更不要引导领导干部当"满票干部";否则就会引导干部当"老好人",甚而出现拉票、贿选等不良风气。

　　"满票干部"与"老好人",是城隍庙的瓜垂——一对。习近平掷地有声的呼吁,说到了时下政风不纯、民怨不断的干部选拔与任用的点子上。试想,一个在工作中敢想、敢干、敢闯,在"三个代表"指引下与时俱进的领导干部,能够不为公利而伤私利,不为大的国家利益而挫伤某些个人的小利吗?因而,这些敢想、敢为,敢于为国家利益承担责任的领导干部,往往在有形与无形中得罪了一小部分心存私利者;往往在民主选举中不可能"满票"当选。所以,在干部选拔与任用中,不"惟票"是尊,不引导干部当"满票干部",实在是当前政风建设中一剂一分为二、实事求是的良药。

　　剖析"满票干部"的缘由,其正面因素不言而喻。比如说这名干部确实是榜样、是模范、是时代所推崇的骄子和楷模。因而,其白璧微瑕的一点点不足和缺点,已不被人们所计较和提起,甚而被人们所忽略和忘记。人们在发自内心的真诚学习和膜拜中,已经被其高尚的情操,超乎常人的奉献精神,利人利己利国家的光辉业绩所倾倒。所以,人们自发地、情不自禁地、不约而同地向其投了"满票"。然而,一切事物都是一分为二的。在日常生活中,发自人们情真意切的"满票"毕竟是有限的——因为现实生活中不是人人都是英雄、楷模、典范。所以,"满票"的另一面:人为制造的"满票干部",值得警惕和重视。

　　故而,在现实生活中,"满票干部"的另一种成因是与"老好人"

| 上 | 善 | 若 | 水 |

画等号的。这些人在工作中只为自身利益而明哲保身、装聋作哑，贪图你好我好大家都好。在这种"老好人"思想指导之下，其过程是：工作安于现状、不求上进。因为这种人知道每个单位、每个团体、每个人群中都有"不公"和矛盾，都有或多或少的"不平事"。所以，这些"不平事"就是马蜂窝；捅不得、惹不得、碰不得。所以，这些人视这些事关国家、单位、个人的事为"不平事"，为"他事"，非自身之事，是事不关己之事，要高高挂起。只有这样，才能求得"安宁"，求得你好我好大家都好！故而，这些人在工作中便不求上进，便四平八稳地"任凭风浪起、稳坐钓鱼船"；便对工作有创造性者不鼓励，对不求上进者不鞭策，对违规违纪者睁只眼闭只眼而不追究。久而久之，这些人受到了各方的认同和拥戴，受到各种心态、各种利益人士的好评。所以，在群众举手表决中，在人们投票选举中，便不约而同地投了这些人的满票。这些"满票干部"的当选，在某种程度上也顺了"民心"、得了"民意"，体现了"民情"。然而，对党的事业、国家的利益和社会的发展却是不利的，有害的，是伤筋动骨的！

因为"老好人"的当选，其一弱化了社会风气，毒害了民族的奋斗精神和民族活力；其二助长了人人都"明哲保身"和"各人自扫门前雪，莫管他人瓦上霜"的消极社会风气；其三贻误了党的事业和国家利益。与此同时，伤害了与时俱进者的求实、奋进之心；其四产生了不可估量的危及民族上进心的负面影响。鲁迅先生说得好，如果一个民族没有了骨气、没有了上进心，这个民族必将走向灭亡。所以，我们正确分析"满票干部"，一分为二地看待"满票干部"，把"满票干部"中的"老好人"从当选的席位中"拉"下来，不失为端正党风、净化政风、求是民风的有效之举；也是时代进步、政治昌明、人类发展的必然之举！

我们盼望浙江的做法能够尽快被全国各地所接受、所推崇，能够成为我们这个时代求真务实的又一举措而兴旺发达。

(2003年8月)

人格尊严与职业操守

我国《宪法》规定，中华人民共和国公民的人格尊严不受侵犯。禁止用任何方法对公民进行侮辱、诽谤和诬告陷害。

这项条文、这个规定，谁都心知肚明。谁都在现实生活中小心翼翼地遵守着。同时，又小心翼翼地用法律条文捍卫着自身的人格尊严。然而，当一个人由家庭成员、学校学子步入社会、成为单位成员时，单位的一系规章制度勒令你恪尽职守、践行单位"行规"，可是这些"行规"又与法律条文相冲突，履行"行规"、在一定程度上就践踏着你的人格尊严，你将如何对待？

毋庸置疑，任何人都会异口同声地回答：坚决捍卫人格尊严！

然而，在现实生活中往往事与愿违。很多人为了保住"饭碗"，为了那份来之不易的工作，还是把人格尊严屈服于单位"行规"之下。试举一例：据浙江某报报道，因误以为信用社错登了自己的存折，浙江上虞一顾客气势汹汹地辱骂信用社一女职员长达一个多小时，而这名始终保持礼貌态度、当顾客骂累离开时还职业化地说"没关系、欢迎下次光临"后才忍不住流下委屈眼泪的女职员，近日被所在单位授予"委屈奖"并号召其他员工向其学习。

得一个"委屈奖"，保住了"饭碗"，却受到长达一个多小时的人格侮辱，你说值不值？可能还是有诸如这名女职员一样的大部分人，感到是值得的。因为在银行工作的机会毕竟不容易，如果沉不住气、与谩骂顾客对骂，或采取其他过激方法，按"行规"轻则奖金工资被扣，重者留职察看或被"炒"，那才不值呢！所以，忍一忍风平浪静，退一步海阔天空。要骂你就骂吧，反正你骂累了还得走，骂又骂不掉我一根

上善若水

汗毛，我何必与你计较呢！

正是因为中国人这种自古以来形成的道德观念和患得患失的利益倾向，使现实生活中这类公然违法之举往往堂而皇之地大行其道。所以，在强化法制观念，增强法律意识的过程中，每个人因为身处环境不一，对待法律的观念、结果也就大相径庭。所以，往往是感情战胜了理智，道德观念、职业操守大于了法律条文。

正因为如此，使得我国的普法工作任重而道远。与此同时，也使很多单位的"行规"、"陋习"在与法律条文相悖的情况下还大行其道。我们试想一下，如果那名拿"委屈奖"的女职员不是慑于"行规"的约束，不是苦于"饭碗"意识，而是换一个生存环境，她是一名个体经营者，面对一个"挑刺"顾客的无端谩骂，她能"沉住气"，能打掉牙齿和血咽吗？回答是肯定的，肯定不能！面对一名顾客的"挑刺"，她的第一反应就是说明情况、查明情况，而后彬彬有礼地向客人解释。如果客人还胡搅蛮缠、无礼谩骂，她肯定会要么以骂还骂、要么向110报警，寻求依法解决的途径。所以，看来中国人的法律意识、法制观念，往往受制于环境，受制于某些客观因素的制约而"黑白颠倒"、"良莠不分"！

所以，面对人格尊严与操业操守这样不闻自鸣的话题，也在现实生活中变得"离奇"起来。而且往往让人们对这类公然的违法行径，还表现出极大的崇敬和羡慕。更让人不可思议的是，这类公然制定与法律条文相悖的单位及其领导，还对人格权受践踏者的无法行为给予肯定和奖赏，号召其他人员向其"忍辱负重"的无法意识学习，你说可悲不可悲！

俗话说，事不过三。我想，这名受辱而保住饭碗又得了"委屈奖"的职员迟早会在普法教育下醒悟，而且会为当初自己"无法"行为后悔不已！与此同时，那些无视国家法律法规而妄之推行单位"行规"的法盲单位和法盲领导们，也会在现实生活中渐进清醒，明白自身制定的条文哪些合法、哪些违法、哪些需用在法律的轨道上修改和调整。所

以，我们期盼和告诫那些无视国家法律的单位们，赶快整理一下已出台的"土政策"，切莫成了法律的牺牲品！与此同时，更要告诫和提醒每一位公民，当你遇到难题时，千万不要患得患失地以人格尊严为代价去换取一时的利益，要学会用法律武器捍卫人格尊严。尤其对那些约定俗成的职业规范，凡是与法律有冲突、相悖者，你要毫不犹豫地依法与其做斗争。只有如此，你的小利益暂时受损了，大的合法权益却得到了保障，个人整体利益却依法得到了保护，何乐而不为呢?!

（2003年11月）

上善若水

道德考试的误区

据新华社消息，目前我国已对90多个职业实行了就业准入制度，这些职业不仅技术性强，服务质量要求较高，而且覆盖面广、流动性大，因此国家职业资格培训中特别突出了职业道德内容，职业道德考试是学员必经的"一道门槛"，如果这道"门槛"迈不过去，其他课程成绩再好也是"白搭"，因为没有通过职业道德考试的学员将不能获得由国家权威部门颁发的职业资格证书。

培养公开、诚实、守信的从业人员，是每个行业的要求和愿望。然而，把这些职业道德准则用考试方式进行"把关"就失之偏颇了。首先，考试只能考出记忆力，而考不出道德水平线。用死记硬背的方式去参加道德考试，是什么结果谁都心知肚明。凡参加考试者，其心理准备不是对本职业道德要求的逐条理解、融会贯通并力求运用到实际工作中，而是怕考试过不了关而拿不到"一票否决"的职业准入证。所以面对考试，考试者只能穷于应付，谋求过关；是为考试而考试，不是在考试中提升个人道德素养和道德水准；其结果只能使自己记忆中的道德条文背得滚瓜烂熟了，行动中的道德水平还停留在起跑线上原地不动。所以考试无论结果如何，都是虚无的道德伪装。

其次，博大精深的道德规范，用数道题目、数个小时的时间来考，又能考出什么呢？这样的做法只能是坐而论道，甚至连坐而论道的效果都达不到。因为坐而论道还是在人们盎然的兴趣之下再探讨某个问题。而应试的结果就不同了，是强迫人们在极不情愿（当然，也不能否认有一部分人还是心甘情愿的）的情况下，被动地、记忆式地回答某些问题。中国的道德文化源远流长、涵盖广泛，堪称国粹。把博大精深、民族精髓的东西用几道题目来概括和测试，又能测试出什么呢？是要告诉人们中国的道德就在试题范围之内呢，还是考试者有意在限定人们的道德范畴？总之，考试是对中国道德文化的人为限制和误导，其结果只能使用人们在博大精深的道德文化里更加"不学无术"，在只知皮毛中沾沾自喜而荒废"学业"。

再次，考试只能使人们的道德理念更加淡化。在无形无矩无规无则的道德范畴里，人们时常为道德观念的薄弱和道德意识的低下，在祈祷和忏悔，在想方设法弥补道德的不足和差池。然而，今天我们却把道德用几道试题来表述，并当作"门槛"来人人过关，不但亵渎了道德的神圣，破坏了道德的崇高，而且使人们本来一知半解的道德意识更加模糊起来。长此以往，人们对道德考试开始逆反，对道德文化开始厌倦，渐渐地从对道德的顶礼膜拜中走向冷漠和恐惧，甚而走向逆道德的一面而行之。

再则，考试给投机钻营者制造了机遇。考试的结果只能越考人们的道德观念越冷漠，道德意识越淡薄。因为考试提供的看似平等却根本不平等的机遇，只能使那些善于钻营者多了一条投机的路了，使他们的功利思想在考试中得到极大的满足和张扬。所以，考试是功利的诱导，是对灵魂的践踏，是把崇高的道德放在市场经济的舞台上当了一回小丑让人们违心地表演。故而，用考试的方法拷问的不是灵魂而是功利。因为过了这道功利的"门槛"，就进入了一个准于执业的"名利场"，是人们把无价的道德有价化、功利化。因而，一旦现实生活需要道德规范时，人们只能用功利的杠杆去撬动道德之门，这样的结果是可想而知的。所以，考试是考不出良心、道德的，反而只能使良心、道德在考试中逐渐扭曲、变形和消亡。

总之，开设道德考试误区种种，笔者在这里就不一一赘述，相信"明眼人"会看破"机关"、道破"天机"、改变做法而向善向美。

(2003年11月)

上善若水

切莫轻信零举报

据《检察日报》日前报道，总投资10.56亿元，被山东省有关部门确定为"一号工程"的济南市顺河高架路北园立交桥工程于近期正式通车。迄今为止，该工程举报箱空挂了18个月，实现了职务犯罪的"零举报"。

该报道还说，这座连接京沪、济青高速公路的重要枢纽，备受社会各界关注。有人曾经预言：投资额如此之大，想不出事实在难！然而，该工程从拆迁征地到竣工，检察机关未收到一封举报信，没接到一个举报电话。

零举报，举报箱空挂18个月、举报电话变成了"哑巴"，是值得庆幸呢，还是应该反思呢？

我想，说庆幸未免幼稚，而且为时过早。其一，零举报只是暂时的。正如世人瞩目的河南三门峡工程，没有这次渭水泛滥，又岂能发现有工程瑕疵；再如前几年的重庆綦江大桥惨案，隐情也暴发在大桥竣工的若干年后，以及这次衡阳大火20名消防官兵用生命换来的大厦工程质量问题等等。为此，零举报不能说工程没有设计上、建筑施工上的"隐情"，万万不能高兴太早；其二，零举报不等于没举报。有没有举报，不能看"空"着的举报箱和"哑"着的举报电话而以偏概全、依一而论十。对这样一座投资10亿多元，坐镇京沪、济青的重要工程，群众没有意见反而是不正常的。越是如此，越让人深思和担忧。因此，万一有举报就是大事、急事、紧迫之事，将是不亚于三门峡、綦江、衡阳的社会震撼力和影响力的"猛料"；其三，零举报隐藏着可怕的后患。零举报没有提醒各级工程质量监督部门去不断跟踪工程进度、监督工程质量、严把工程漏洞，使工程质量监督部门在一种"稳妥可靠、万无一失"的状态下"高枕无忧"，疏于监督。因而，如此"放任自流"之下的工程必将存在难以预防的质量隐患，其结果是可想而知的。因此，零举报不是捷报而是一种危险的信号，不应高枕无忧而应小心入眠。

所以，零举报提供给我们的不但是小心谨慎的对待零举报，而且还提醒我们如何去面对零举报、预防零举报，把职务犯罪的举报工作搞得更好。

首先，理性分析举报的工作环节，查找零举报的缘由。一是举报宣传到位没有，家喻户晓没有，群众发动起来没有；二是举报箱和举报电话这类连接举报的纽带和桥梁真正发挥作用没有，是不是举报箱天天有专人开验，举报电话24小时有人值班。开验和接听的结果有没有监督等等；三是检察部门举报工作的"阵地"前移没有，是不是检察机关工作人员与这项重大工程设计、建设施工单位的人员"打成了一片"，深入建筑一线与广大群众无话不说、无事不谈、无论什么隐情都熟稔于胸，真正知道此工程举报为"零"。

其次，深度剖析零举报的社会因素，为零举报把好脉。一是零举报是否预示着这项庞大的工程已成为一个腐败的"窝案"，其工程设计部门、承建单位、施工部门等等，已成为一个利益共同体、已相互"摆平"了各自利益的分配值，为此在静悄悄地享受着利益"蛋糕"，不再相互监督、相互制约呢？二是是否检察机关的个别负责此项工程的监督者已被工程相关人员"摆平"，把群众举报"化整为零"，使群众呼声人为"变"成了"哑语"，妄想蒙混过关呢？三是群众不举报，是否说明是暴风雨来临的前夜，是"不在黑夜中爆发呢"？！

再次，给零举报的举报工作来一次"回头看"。对凡是零举报的举报工作，我们都要怀着辩证唯物主义和历史唯物主义的观点，一分为二、实事求是地来一次"回头看"。对譬如像山东省确定为"一号工程"的北园立交桥工程，就很有必要从立项、设计、搬迁、施工直到竣工的每一个过程、每一个环节，来一次征询民意的调查。不是说不相信这个工程是"零举报"，而是通过回头看来为这么庞大的工程再次号脉、把关，以免若干年后暴露隐情甚而危及生命而措手不及。这样做，既为工程负责，为工程建设者负责，也为历史和人民负责，是一着两全其美的"高招"。

　　总之，对零举报我们不能简单地持以否定，而应透过这一社会现象进一步分析社会变革中各类新生事物的复杂性和多样性，从而使我们更加理智地、一分为二地应对各类事物、把握各类事物，把全面建设小康社会的工作做得更好。

（2003年12月）

副市长遭殴打和劫持的反思

最近出版的《党员特刊》披露了辽宁省铁岭副市长王秉杰遭数百名农民围攻、殴打,并将王秉杰劫持为人质、与市政府对峙长达14个小时的真相。

文章说,位于铁岭市银州区龙山乡东辽海屯村,以鸡毛、鸡骨头为原料生产饲料的方兴饲料公司,由于环保措施不过关,每天都散发出令人作呕的臭气,引发当地村民数次上访。今年春天,经卫生防疫部门检测,发现水体污染与方兴饲料公司排出的污水有关,水中多种菌群超标,已不能饮用,故将自来水井封闭。6月16日,饱受污染之苦的东辽海屯村村民再次集体到铁岭市政府上访。常务副市长王秉杰接待了上访村民代表,并代表市政府当即责令方兴饲料公司停产整顿,成立调查组调查处理。但当天返回村里的村民却发现,方兴公司还在生产,而且当晚又运来一车鸡毛。村民扣押了这车鸡毛,并在厂门口的马路对面搭起一个窝棚,组织人员日夜轮班看管这车鸡毛。就这样,事态一直僵持到7月8日,银州区公安分局在群众思想工作没做通的情况下,趁着当晚下雨强行拖走了鸡毛车。见鸡毛车被抢,上百名村民聚集到饲料公司门前的马路上准备抢回鸡毛车。谁知此时,一辆货车直冲人群,当场将3名村民撞死、6个人撞伤,车祸现场惨不忍睹。约次日凌晨4时,睡梦中的王秉杰接到报告后立即赶赴事故现场。现场群众认出了副市长王秉杰,有人高喊:"王副市长就是企业老板的后台,就是他派警察抢走鸡毛车的"。这一喊,村民们心头的愤怒之火立即被点燃,不问青红皂白就把巴掌、拳脚雨点般袭向王秉杰。随后,王秉杰等人又被村民劫持到路边的窝棚里押作人质。直到当日傍晚6时许,以代市长左大光为首的政府工作组多方营救、对话协商，村民们才将围困已达14个小时的王秉杰等同志放出。

剖析这起因企业环保措施不到，村民饮水受污染而激起的民怨、民怒、民愤，使我们惊心动魄不已。试想，如果6月16日，在王副市长表态责令方兴公司停产并组成调查组调查处理之时，政府有关职能部门就按照市领导的意见办，焉有最后的抢鸡毛车、搭窝棚对峙，以及3位农民命丧车轮、副市长被劫为人质的严重后果呢？再退一步想，如果事态起因的6月16日晚上就引起有关部门的重视并妥善加以处理，农民和企业的对峙能一直拖到7月8日的惨案发生吗？再想，如果银州区公安分局接到企业报案后能以群众利益为重，不去"助纣为虐"、去充当企业的帮凶，能激发事态吗？……总之，透过这一事件，就事论事，使我们感到触目惊心、悲哀不已！

同时，透过这起副市长被群众殴打和劫持事件，又给我们现实工作带来诸多警示和反思。一是民心不可违！一个民营企业的污染，不单单是民营企业自身的事，而是关系到民营企业所在村——东辽海屯村的老百姓生活饮用水。为此，这个村的老百姓一而再、再而三的为此事上访，就代表了这个村的人民利益受到侵占和威胁，我们领导干部就要高度重视。就要顺民心、察民意地加以解决。否则，其后果只能使群众误以为你是侵占群众利益的"后台"和"帮凶"，必然要把矛头指向你，并把对你的怨气指向你所代表的党和政府；二是群众利益无小事。一个村的农民饮用水的问题，看似不大，但真正关切到这个村的农民的一日三餐、衣食住行，是实在的再不能实在的大事。为此，忽视不得、马虎不得。副市长王秉杰用14个小时被扣作人质并遭多名村民围攻殴打的活生生的事实，再次告诫我们——群众利益就是大事！三是官腔打不得、敷衍塞责的事情干不得。当然我们这里不是妄加推断此起事件中谁打了官腔，谁敷衍推了责。但是，透过这次事件使我们感到，在某些领导和部门形成的衙门作风、当官做老爷作风，在现今社会吃不开了、行不通了！否则，只能贻害自己、贻误党和人民的事业。所以，此次事件提醒我们各级官员，对待群众的事要实实在在、真心诚意、认认真真。不然，最终危害的将是你本人！四是党政领导和部门缺乏对民情的了解和对可能酿成危及一地稳定的社会事态的把握和协调能力。由于不掌握民情，没有应对突发民情事件的良好对策，使得我们的工作滞后于现实形势发展。最终，把一起简单的矛盾纠纷上升到流血事件，并险些酿成危及一地社会稳定的大要案。因此，此次事件提醒我们要善于了解新情况、解决新问题、研究新方法、总结新经验。一句话，要增强工作的积极性、主动性，要与时俱进。

总之，这起事件所透出的教训是深刻的，是令人琢磨和惊醒的，是催人反思和自责的。但愿我们各级官员能从这起事件中汲取教训，不要让类似事件再次发生，并把群众的切身问题解决好。

（2003年12月）

以孝评官的思考

日前，四川省出台了《关于共产党员和国家干部带头敬老养老助老的意见》。《意见》规定："对党员、干部中不履行赡养义务，甚至虐待、遗弃父母、长辈者，社会舆论要严厉谴责，同时一律不予提拔任用。"

此规定经媒体报道后，赞成与反对者反响强烈、各执一词。赞成者认为，它在干部制度上对党员、干部尽孝予以严格规定，能弘扬社会敬老爱老的风气；反对者指出：此规定有混淆"公私"之嫌，何况"孝"与"不孝"的界定标准难以确定，由此产生的问题将使《意见》流于形式。

然而，笔者以为，不论这种举措你赞成与否，都是对进步、文明、法治社会的有力讥讽。

孝是原始社会产生以来，随着奴隶社会、封建社会的逐步发展，统治阶级为了自身利益而逐渐演变的道德规则。随着奴隶社会的产生，奴隶主占有生产资料，并占有奴隶，产生了奴隶主的道德观念。在奴隶主家庭中，男性掌握着全部财产并拥有奴隶。在家庭形式上，虽然是一夫一妻制，但是，男性奴隶主对妻子、儿女有绝对的统治权。他们可以娶妻纳妾，可以自由支配女奴隶，公开实行多妻制。而妻子则成了丈夫泄欲和传宗接代的工具。男性奴隶主不仅要包办子女的婚姻，而且对子女有生杀、送人、抵债、典押大权。为了维护这种主从关系，奴隶主阶级提出了子女对父母必须尽"孝"。所谓"孝"，就是子女要绝对服从父母、竭力侍奉父母等。因此，在奴隶社会中，妇女完全丧失了男女平等地位，妻子要绝对服从丈夫顺从公婆；"父慈子孝"也成为维护奴隶社会血缘家庭的重要道德准则。进入封建社会后建立了以等级为特征的地主阶级生产资料所有制，家庭也进入了等级森严的封建式一夫一妻制形态，封建地主制定了"三纲王常"、"三从四德"。即，三纲为：君为臣纲、父为子纲、夫为妻纲；"五常"为：仁、义、礼、智、信；"三从"为：未嫁从父，出嫁从夫，夫死从子；"四德"为：妇德、妇言、妇容、妇功。封建统治者以这些规定来调节君臣、父子、夫妻、朋友之间的关系，束缚妇女和家庭成员，以达到自身利益巩固的目的。

为此，正是基于"孝"的出发点和落脚点，孝文化的创始者、倡导者孟子在《离娄章句（上）》第12章才有云："居下位而不获于上，民不可得而治也。获于上有道，不信于友，弗获于上矣。信于友有道，事亲费悦、弗信于友矣。"孟子在这里说，官职不高，得不到上级信任，是无法把自己所辖范围内的老百姓管理好。取得上级的信任，首先要使朋友信任你。取得朋友的信任，首先要使父母欢心。如果侍奉父母，却不能使父母满意，就得不到朋友的信赖。所以，这些主张和观点，其中心思想还是基于统治阶级的利益而提倡"三纲五常"，根本没有站在人民大众的利益上来阐释和引导人们如何"孝"道。

孟子在《离娄章句（上）》第26章还曰："不孝有三、无后为大"。这个观点和主张还是宣扬妇女传宗接代的"孝"性，是不折不扣的奴役广大老百姓的精神枷锁。

封建统治阶级为了把"孝"作为巩固和麻醉人民的手段，不但予以教化和麻痹，还在刑律中予以酷刑惩处，以保持统治的长期性。据《孝经》云，五刑的种类有三条，但罪过没有比不孝更大的了。《汉书？刑法志》中载，对不孝之人，大刑动用甲兵，其次用斧钺，中型用刀锯。而且还宣扬不孝之行天地不容，会遭五雷轰顶。

孔子也曰："父在，观其志；父没，观其行；三年无改于父之道，可谓孝矣。"所以，孔子的"孝"道就更加可怕，要一个人的父亲去世后，三年内都不能改变他父亲的那一套规矩，才是尽孝！

因此，纵观孝文化产生的背景和基础，再来审视今天把"不孝不得为官"写入"红头文件",难道不是一种社会的倒退,和对现今时代的嘲讽吗?

　　当然,该规定出台的倡导者、起草者,四川省老龄工作委员会办公室常务副主任何包全说,《孝与中国文化》一书中记载"汉以孝治天下"的段落使他深受启发,并认为古代官员尚能成为孝的楷模,那当今的党员、干部更应在敬老爱老上起先锋模范作用,带动整个社会养老、敬老的风气。

　　愚以为,何包全的用意和起草此规定的想法是好的、正确的、应予肯定的。但是,对"孝"这一中国传统文化的今用是欠缺考虑的。因而,把"孝"写入官员考核范畴,其一,是对当今社会风气的否定。试想,这个规定的出台,首先是对当今社会风气的否定和对党员、干部的不信任及悲观失望。其次,即使这个规定在现实生活中起到了些作用,也是对社会主流风气的否定。在现今社会,尊敬老人,孝敬父母已成为人们公认的家庭美德。如果一个党员、干部连孝敬父母的起码常识都置之脑后了,在社会风气的"千夫所指"之下,必定会成为"过街老鼠、人人喊打"而无处藏身;其二,是对进步、文明、法治时代的否定。时代在进步、社会在发展、封建的"三纲五常"、"三从四德"早已被文明、法治的时代所不齿。人们在开明的社会环境中,在法律面前人人平等的社会氛围里,人性得以极大的释放,人权得以充分的保障,人奴役人的封建社会早已一去不复返。因而,以孝笼络人心的做法,是有悖时代潮流的;其三,是对党员、干部成长条件的误导。1956年,毛泽东回到湖南湘潭老家,亲自到父母坟前敬献花圈后就说:"生我者父母,教我者党、同志、老师、朋友也"。孟子也说,"'孝'并不是对父母的唯命是从,战战兢兢地不敢越雷池半步。"为此,如果我们愣是把"孝"作为考核、评判、选拔干部的"坎",就是机械地奉"孝"为上,以"孝"至尊,是对党员干部的成长的误导;其四,惟"孝"至上,必将扰乱社会风气。譬如,在"孝"至上的情况下,必将使某些个人利益至上的父母,无端要求手握实权的儿女以"孝"的名义为其本人以及亲朋好友谋取私利，必将使清廉的世气陷入混浊的状态，影响时代进步。

　　《党政领导干部选拔任用工作条例》指出，对干部的选拔从德、能、勤、绩4个方面考察。在"德"的考察中，《公民道德建设实施纲要》也包含了"孝"的内容。因此，"孝"不但在我国干部选拔任用制度中得到了充分体现，而且对不孝而造成恶果者，我国民法也有惩处条款。故而，把"孝"再专门纳入干部考评范畴已显得多此一举，也是有悖时代潮流的。

（2003年9月）

C篇 与善仁

老子建议，人类应效法水以仁爱普施于人。水润泽万物而不奢求得到回报，因此而成就了自己的伟大。做人也一样，你真心地关心别人，帮助别人，但不求别人的任何回报，别人会知道，他自会真心对你。人人为我，我为人人。

任何时代、任何体制之下，都要讲奉献！

奉献是一个人思想境界、个人素养、品德品行的综合体现。——《说奉献》

对举手之劳而不劳之举，放在城市精神高度去抨击、去反思、去寻求解决良策，是各地应该立即行动起来的重要之举。

——《举手之劳与城市精神》

推行媒体道歉机制，不但能有效杜绝虚假报道，而且能提升媒体的公信度和权威性，是舆论监督工作的一大进步，值得各地推广。

——《媒体道歉是舆论的进步》

群众找不到基层干部的过程，就是群众对我们干部积怨积恨的过程。时间越长，群众的怨恨就越深，而且可以通过互联网延伸！

——《群众能找得到，感情才贴得近》

孩子天真无邪应提倡！天真知邪，知道抵御邪的常识、方式、方法，增强明辨是非能力，更应提倡！

——《孩子天真应知邪》

100个鲜血生命换来的血的教训是刻骨铭心、尖锐而深刻的！但愿各地能从中举一反三，汲取教训，推动社会治安综合治理工作的有效开展。

——《100个鲜活生命的警示》

猛然间哗变的性氛围为我们滞后的性教育提出了诸多思考和疑问，但愿我们的性学专家和性教育工作者作能关注现实，适时拿出解决的新方法。

——《性氛围与性教育》

被亵渎和踩躏的"爱心"活动，剥离了最初美好而纯净的救助和帮扶的初衷。故而，我们呼吁有关部门能否清理清理"爱心"活动。

——《莫让"爱心"变了味》

对陆步轩卖肉和徐雅菲选美，没有必要为此大惊小怪和直呼"狼来了"！与此同时，这也是文明、开明、法治社会环境下，人们享有平等的教育权、择业权的真实写照！

——《北大才子卖肉与女状元选美》

一个偶发事件的精神爆发，闪烁出中华民族的精神坐标，如满天星光熠熠生辉、光耀出炎黄子孙的大情大爱大智大善大德大贤，光耀出中华民族源远流长的民族魂魄！

——《人性光辉的绽放》

说奉献

提起奉献,可能有人会像上世纪末重提学雷锋一样,说谈奉献的人是傻子、呆子或精神"抛锚"者。

是呀,社会已跨入21世纪第三个年头了,怎么还会有人傻乎乎地说奉献呢?

的确,随着世界经济一体化,"世界共此凉热",奉献仿佛是不可思议、不可理喻、不可与21世纪同日而语的话题。奉献仿佛只能是计划经济时代人们吃"大锅饭"时才谈的话题。什么张思德的为人民服务、雷锋的乐于助人、焦裕禄的人民公仆、铁人王进喜的"宁可少活20年,拼命也要拿下大油田"的舍身忘我工作姿态等等,只是21个世纪的产物,21个世纪的话题,21个世纪的精粹!现在是社会主义市场经济时期,衡量人们的一切标杆和准则应该是"经济"。因此,奉献不但在这几代人心目中开始淡化、淡忘,甚而被视为"异类"而嗤之以鼻。

那么,奉献为何会在时代的发展中被人们渐渐淡忘并视为"异类"而抛之脑后呢?其深层的原因就是计划经济体制之下不能完全体现人们的付出与回报;而市场经济体制之下"大锅饭"被打破,多劳多得、少劳少得、不劳不得已成为社会发展必然趋势所使。因此,计划经济时期,"混"中反正贡献大小没个准。思想境界高的同志就不计得失,勇于奉献;思想意识差的同志就"滥竽充数"混日子。故而,在现今市经济讲究多劳多得,少劳少得而"混"不下去的情况下,人人都要去劳动,而且这个劳动又在一定程度上公平地与报酬相均衡。所以,时代的巨大反差,使人们生活的紧迫意识、责任意识、权利意识逐渐强化;

上善若水

一份劳动一分收获的平等劳权交换意识已成为每个人工作、生活的标杆和准则。因此，只管耕耘不问收获的奉献已成为部分人"不值得"的价值观而被抛之脑后。

其实，经济越发展、社会越文明、时代越进步，奉献精神越要提倡。这些因为市场经济发展为生计奔波就不讲奉献的思想，是极其错误和颓废的人生观、世界观、价值观。

有一首歌词写得好，只要人人都献出一点爱，世界将变得更加精彩。试想，在家庭，不论夫妻同室、两代同屋、三代同堂，都要有奉献。可能有人会说，孝敬父母、抚养儿女、夫妻相敬如宾，是天经地义之事，不存在奉献不奉献的问题。那么我们要问一问，如果这个家庭中的每一个成员都斤斤计较，比付出论回报谈得失了，这个家庭能够维持吗？就算勉强维持了，能够幸福吗？！

家庭中的奉献是一个最朴素的道理，那么在一个单位呢？试想，单位中人人都十分机械地按部就班"坚守"各自岗位，开水瓶倒了没人去扶，水龙头坏了没人去修，废物遍地没人去扫，大家都认为这是本职工作之外之事，没必要去问去管去奉献，那么，这个单位还像个单位吗？谁还愿意在这个单位继续工作呢！

从单位再说到社会，譬如你出门买东西未带零钱而且所买东西又急着用，刚好这家商店就是找不开，你身旁有人刚好有零钱就是不换给你；再如你出门遇上暴风雨，车又抛锚在半道上，这里前不着村后不着店，你又急于去前面办事，走路去不但风雨太大，而且路途遥远，这时刚好有几辆车从这里经过，但是对你的求救就是置之不理、呼啸而过；还如你出门一不小心掉入废弃的地下水道，下水道不是很深，但没人帮助你就是爬不上来，这时刚好有人经过，但是面对你的求救就是置若罔闻⋯等等，你说你该怎么办？

因此，在现实生活中，如果人们唯利是图，只求索取、不讲奉献，社会将陷入混乱、人群将走入没落、时代将被历史所淘汰。

诚然，全球经济一体化，经济市场化，需要去体现劳作与回报，需要去讲究责任与权利，但是，世界上的一切事物都是相对的。再公平的分配也只是在一定社会时期、特定环境下的公平，不可能绝对公平。因而，如果我们从奉献的极端走入惟利是图的极端，其结果就必然导致生存环境的毁灭。

所以，任何时代、任何体制之下，都要讲奉献。尤其是在市场经济之下，人们生活压力特别大，生存环境愈来愈复杂，人文关怀关爱就显得愈发紧迫而重要。故而，今天提奉献不但是市场经济时代大多数人脱贫致富步入小康生活所必须，而且是全面建设小康社会，推动时代进步、社会文明、国家昌盛所必需。

奉献是一个人思想境界、个人素养、品德品行的综合体现。奉献不求大小、奉献不计多少、奉献不论时间和空间、奉献不管地点和地段；只要你心怀奉献之念，力所能及、尽力而为，你的奉献就会被时代、社会所铭记，所认可，所推崇。与此同时，当你遇到困难需要帮助时，当你遇到灾难需要救助时，当你遇到一切意想不到的问题需要解决时，人人都会像你一样伸出友谊之手，温暖之手，奉献之手去帮助、救助、援助于你！

但愿人人崇尚奉献、人人乐于奉献、人人甘于奉献，让奉献成为我们这个时代的标杆和准则。

（2003年12月）

上善若水

举手之劳与城市精神

时下,因小歆仪之死而展开的"城市精神"大讨论正在上海轰轰烈烈进行。

事情的起因是7月18日黄昏,5岁女童陈歆仪在上海这个国际大都市里,在上百人袖手旁观中溺水身亡。媒体报道说,当时围观者中有人欲下水救援,却被身边的人拉住了。

小歆仪之死引起了连锁反应,有杭州人姜伯履投书媒体称,6月26日他乘坐的出租车在上海南站发生车祸:"当时,我满脸是血……周围许多围观者,我求他们报警并拦车让我去医院,费用由我自己负担。然而,我看到的却是围观者一张张冷漠的脸,还有人议论:'这是外地人'。我的手机撞车时飞出车外,被一个衣衫鲜亮的上海人拿走…"。还有市民投诉,前年夏日的一个黄昏,一名放学等车回家的学童在大上海的街头,在一群大人的蜂拥裹挟下跌倒,被进站的公交车碾死……

眼下的上海,城市建设日新月异,人均GDP已跃上5000美元台阶,很多市民以此自豪不已。然而,现代文明社会,衣食无忧乃至物质的富有,是不是人们的唯一追求呢?美好的城市生活能否离开高尚的精神呢?为此,一场"城市精神"的讨论正在上海全面展开。

得改革开放风气之先,后来者居上的上海,已成为当今人们理想的生活家园。然而,在物质文明高度发达的今天,一系列"偶然发生"的事件使上海人认识到"城市精神"的重要性、紧迫性,并以身边发生的典型事例展开活生生的大讨论,不失为我们的效仿之举。

在以法治国的今天,法律不能强求他人以牺牲生命为代价去援救另一个人的性命。然而,公德却要求所有的公民在不危及自身利益的情况下，向身处险境的人伸出援助之手。如果我们遇到有人溺水，有人遭遇车祸，连打个报警电话的举手之劳都不肯去做，我们又有什么资格去炫耀生活在物质丰富的城市中？去面对日新月异、花团锦簇的城市建设呢？

"城市精神"话题的提出，是对我们全面奔向小康社会的深度思考。孟子曰：勿以善小而不为、勿以恶小而为之。这辩证而又浅显的道理告诉我们，人的基本素质是从"小善"积累而来。如果我们连举手之劳的小善都不愿去作，还谈何文明，谈何现代，谈何小康，谈何国际大都市？所以我们才由此理解到春秋时期不作"大国寡民"而作"小国君子"的深刻含义。

城市精神是时代性话题，并非局限在上海或某地某市，尤其是随着我国经济建设的空前发展，城镇化建设的逐步推进，城市已突破人们固有思维中的某某市的概念，而是一个范围相对广阔，领域相对深远，涵盖面相对博大的超地域性概念。因此，一个城市就象征了某省某区某直辖市的人文风情、地矿地貌、经济指数、民俗民情等综合实力。所以，城市精神的提出是在人们摆脱贫困、走向富裕、走向文明，进一步追求精神富裕中的必然选择。美好的城市离不开美好的、崇高的、令人流连忘返的精神风尚。因此，提倡城市精神，是我们全面建设小康社会的必然趋势，是时代赋予我们的必然任务。

城市精神是凝聚和弘扬地域文化的重要方面。城市精神的提出，为我们生活在某地的公民提出了无形的道德准则。就同我们走到世界哪个地方我们都是中国人一样，有我们的血脉、有我们的精神、有我们独特的气魄、有我们引以为豪的灿烂文化。所以，提倡城市精神，就是把中国这个多民族、多省份的大家庭中各自拥有的精、气、神进行充分的凝聚、充分的弘扬、充分的展示，并以此推动一地一城的先进文化建设，并积一地一城的文化精粹为中华民族的精、气、神。

城市精神是各地应该反思和亟待建设的重要问题。文化的个异性和差异性，总与一地一城的民俗民貌、地理环境等多方面因素相关联，同时也透视出一地一城的文化脉络。所以，对于物化时代的精神颓废、利益之下的感情淡漠，各地都不同程度地存在。对外，反映出这个城市的人文素养，对内折射出这个城市人与人之间的价值取舍。因此，对举手之劳而不劳之举，放在城市精神高度去抨击、去反思、去寻求解决良策，是各地应该立即行动起来的重要之举。在此基础上，挖掘一地一城的优秀文化，构建一地一城的城市精神，倡导一地一城的城市精神，实现一地一城的城市精神，是我们提高城市品位，塑造城市形象，强化市民素质，创新城市功能的重要方面。

城市精神应该从改掉陋习，倡导生活新时尚和在举手之劳中帮助他人中做起。城市精神的话题虽然十分宽泛，涉及的层面十分广袤，但万丈高楼平地起。修建城市精神这座高楼大厦，也要从丁点小事做起。首先是改变城市群体生活习俗中的若干陋习，比如乱丢纸屑、乱踩绿地、乱倒垃圾、随地大小便，等等；其次培育市民互助友爱精神，比如尊老爱幼、乐于助人、甘于奉献，等等。只有这样，一个城市崭新的精神风貌才能从市民们的日常生活习惯和渐进的观念意识中树立起来，才能有效形成良好的城市人文氛围，提升城市的品位和精神。

（2003 年 7 月）

媒体道歉是舆论的进步

如何杜绝虚假报道？如何监督新闻媒体？日前，湖南省委常委、省委宣传部部长李江要求：新闻媒体要建立"道歉机制"，媒体必须对虚假报道向公众做出道歉，这样才能更加深入地加强对媒体自身的约束，健全对新闻媒体的监督机制。

媒体道歉、一言以蔽之，是对"无冕之王"的有效约束和对舆论监督权的"另类"制约。乍一看，这种做法武断了一些，由党委的行政干预来约束舆论监督，但是深度分析一下，这种约束是行之有效、非常及时和十分必要的。推行之下，非但不会削弱舆论的监督力和权威性，而且会更进一步促进舆论监督的进步。

近年来，随着我国民主与法制建设的不断推进，舆论的权威性、监督性、公正性，逐步被人民大众所接受。"无冕之王"的新闻工作也踏着改革开放的步伐，显得愈来愈重要。尤其是党的十六大提出的"三个文明"——物质文明、精神文明、政治文明建设，更加把新闻舆论工作推上了历史新高度。为此，新闻工作作为我国"三大文明"建设中、政治文明建设的重要推动者，担负的使命越来越重要，责任越来越重大，前景越来越广阔。故而，在舆论工作强大的生命力、感召力、公信力建设中，一分为二地发挥舆论监督的作用，实事求是地看待舆论监督存在的问题与不足，客观公正地实施舆论监督，已是摆在我们每个新闻工作者面前的重要课题。

时下，舆论监督工作重要性的逐步彰显，行业特殊性和权威性的巨大"引力"，使得本来神秘而且颇具诱惑力的新闻工作，刹那间更加炙手可热，令人趋之若鹜。为此，迅速膨胀的新闻机构、骤然扩大的新闻队伍,难免鱼目混珠、泥沙俱下。因而,近些年来,屡屡有有识之士呼吁加强新闻从业人员的职业道德教育,加大各大专院校新闻学系建设,培养更多具有专门知识和从业经验的高素质新闻工作者,以此推动我国新闻事业的健康发展。然而,呼声终归是呼声。随着我国新闻从业队伍的无限大发展,新闻从业人员的业务水平、道德意识、职业操守等,已成为我国新闻媒体健康发展的"瓶颈"。譬如今年以来屡屡暴露出的,某通讯社记者面对山西矿难中几名不法之徒送上的金砖、金元宝,丧失了公正的立场;湖南某地市报记者,披着记者的外衣大肆巧取豪夺,成为当地"黑白"两道的"恶霸";湖南长沙县县委书记李振萼命丧高尔夫球场后,当地两家媒体做出死因截然不同的两种报道……等等,这些情况都严肃地告诫我们:新闻舆论工作是到了非反思和整顿不可的地步了!

  如何反思和整顿呢?大的政策中,中央领导提出了"贴近实际、贴近生活、贴近群众"的三贴近,以及正在全国各地轰轰烈烈开展的治理整顿报刊散滥和利用行政权力摊派发行;局部调整中,各地推出了一系列加强新闻从人员职业道德建设的举措,譬如湖南提出的"道歉机制",就是行之有效的一种。

  道歉机制的推出,一是进一步刹住了新闻从业人员的"霸气",告诫新闻从业人要谦虚谨慎、实事求是、一分为二;二是"无冕之王"头上也多了一个"紧箍咒",时时提醒新闻从业者要深入实际、深入一线、深入群众,要实事求是,要公正客观;三是进一步弘扬了我党批评与自我批评的优良传统,把"有则改之、无则加勉"的好作风贯彻到新闻工作中。使新闻从业者知道记者工作既教育和引导人,但若一旦失之偏颇,也受制于公众的教育和引导;四是进一步把媒体的"公权"监督置身于人民群众的监督之中,使行使"公权"监督的记者编辑们积极、慎重、客观、公正地行使权力。这样,有效地避免了个别心术不正者利用手中权力行一己之私利,使舆论监督权旁落在个别"心怀叵测"者手中的不良倾向;五是使舆论监督的本质性得到进一步强化,使舆论监督的公信力、权威性进一步增强,促进了舆论监督工作的良性开展。

故而,推行媒体道歉机制,不但能有效杜绝虚假报道,而且能提升媒体的公信度和权威性,是舆论监督工作的一大进步,很值得各地借鉴和推广。

(2003年11月)

上善若水

请给落榜状元点人文关怀

据报载,以638分成绩成为湖北省文科高考状元的湖北仙桃考生周迅,因一段不为人知的过去被抖搂出来而名落孙山。

据介绍,周迅原名周帅,1984年生于仙桃,2000年从仙桃中学毕业并被保送到中国科技大学。2002年6月,周迅因偷窃他人书包(书包中有价值数千元的物品),被中国科技大学勒令退学。2002年8月,周回家"转行"复读文科,随后改名"周迅"并参加了2003年高考。周迅的第一志愿是北京大学法律系。但是,按照国家有关规定,湖北省招办决定不予投档。这条规定的内容为:被高等学校开除学籍或勒令退学不满一年者(从被处分之日起到报名开始之日止),不得报名参加高考。据悉,从2002年8月8日到2003年6月5日,周复读了301天。6月30日高考发榜,周以总分638分,几乎拉下第二名20分的优异成绩夺得湖北文科状元。消息见报后,仙桃震动。在湖北教育史上,小小的仙桃曾经在1987、1988、1989连续三年,夺得文科状元头衔。整整14年后,周迅的成绩再次让仙桃人振奋。然而,人们的欣喜仅仅持续了20多天,"状元落榜"事件就再次成为人们的谈资,使仙桃小城笼罩在失落和困惑之中。

伟大的时代,常常繁衍出很多意想不到的奇人奇事;变革的潮流中,常常派生出许许多多令人耳目一新的话题和作派。一个被勒令退学者,不气馁、不丧志、不颓废、不破罐子破摔;而是凭着坚强的毅力,在人们冷嘲热讽、猜测、怀疑、指责甚而唾骂声中,其心归一平静、其志宁静致远、其人生信念矢去不渝。为此,在忍受常人难以想象的、同龄人难以承受的、同教室同学难以付出的压力、折磨、心血中,顽强拼搏，历练斗志，丰富人生；勇敢地踏入既是科学又是人生的高考考场，并以文科状元的优异成绩再次为个人的人生道路注入了鲜活的希望！难道这种人生价值观，不值得我们去鼓励和提倡吗?!

诚然，周迅是一个"失足者"。一年前曾有过不光彩的人生"败笔"。然而，周迅毕竟是一个正在人生道路上起跑的青年。俗话说，人非圣贤，孰能无过。难道我们每个人都是完美无缺的吗？金灿灿的黄金还难免百分之九十九点九九九的纯度，美丽的玉石还有瑕疵，何况一个正在人生道路上成长的青年呢?!所以，我们常常在现实生活中教条地、形而上学地用条条框框在衡量着事物，判断着是非曲直；不能用发展、变化的眼光和思维去具体问题具体分析，去理性评判变革的时代为我们带出的话题和课题。因而，周迅便成为这个时代中的一个牺牲品和祭品。因而，没有谁会在"与时俱进"的观念中走入周迅的内心世界，去真正倾听一下周迅当初（一年前）的动机和今天（高考落榜后）的苦衷；并站在"惩前毖后、治病救人"的角度去理性梳理一下周迅的变化，去为这个青年打开一条人生的通道；让他在教训中汲取教训、积累人生的经验，成为国家、社会、人类的有用之才。为此，我真为这个社会所痛惜！为流芳千古的"国学之府"北大而痛惜，为这个变革的时代所惋惜！

也许，每当一个新生事物的出现，人们都有一个从不认识到认识，认识到熟知，熟知到理解，理解到认同，认同到推广的由量变到质变的过程。但是，我们把周迅事件放在这个时代来横向比较，并不是孤立的，也是有例可以参照和效仿的。比如前不久的清华大学在校生刘海洋伤熊事件，就被法院做出"免予追究刑事责任"的处罚，清华大学也只给刘海洋一个留校察看的处分。再譬如前不久，江苏省就在出台的《大学生犯罪预防、处置实施意见》中提出"暂缓不起诉"条款。这些富有人情味和人性化的做法，难道不值得我们借鉴吗?!我们暂且不论周迅偷窃的数千元书包与国宝大熊猫价值孰轻孰重，就其法律性质来讲，周迅和刘海洋都触犯了我国现行的法律法规，是同出一辙的。然而，其命运和结局却一个"天上"一个"地下"。你说悲哀不悲哀！你说惋惜不惋惜？如果明白以上道理，我想勒令周迅退学的中科大和不予录取的北大们，在若干年后很可能为今天的"唐突"之举而后悔，或者为固执己见的作派而受世人嘲讽。

  因此，事已至此我又想到了法律的主旨就是保护弱势群体，体现人文关怀。从今年以来舆论界、法学界为浙江绍兴轻纺科技公司总经理徐建平杀妻分尸案而呼唤"枪下留人"，到北京在法庭休庭间隙施放轻音乐舒缓法庭紧张气氛和庭审时让犯罪嫌疑人"轻装"上阵（取掉手铐出庭），都说明我们这个时代在进步，法治在文明中进步。因而，我呼唤这些合乎时代发展潮流的方法和举措能够在社会实践被更多的人所接受、所接纳、所实践；为我们走入更加开明、文明、进步的法治时代做一点应有贡献！

（2003年8月）

群众能找得到　感情才贴得近

最近，结合学习我们党的光辉历史和毛泽东、邓小平、江泽民、胡锦涛同志关于党的群众工作的一系列重要论述，重温了"双百人物"中的共产党员之一、新时期信访干部的优秀代表张云泉的先进事迹，很受教育和启发。张云泉说过这样一段话："群众找不到基层干部的过程，就是群众对我们干部积怨积恨的过程。时间越长，群众的怨恨就越深，而且那些相识和不相识的群众，可以通过互联网联系，消息传播得很快，怨恨的链条也会瞬间延伸。问题如果长期得不到解决，怨恨继续累积，一个偶然的时机，就会演变成群体性事件"。这是他多年从事信访工作的切身体会，深刻阐明了做好群众工作的一个基本要求——群众能"找得到"，感情才"贴得近"。

群众观点是马克思主义第一位的政治观点，群众路线是我们党的根本工作路线。群众观点和群众路线使我们的传家宝，任何时候都必须认真贯彻和坚持。当前，我国改革发展进入关键阶段，经济社会发展中的深层次矛盾和问题不断凸显，社会利益关系更加复杂，做好各项工作的难度明显加大。在这种情况下，要妥善协调社会利益关系、正确处理各种社会矛盾、有效维护改革发展稳定大局，就必须认真贯彻群众观点和群众路线，真正做到思想上尊重群众、感情上贴近群众、工作上依靠群众，切实做好新形势下的群众工作。

做好群众工作，方法是多种多样的。但无论采取什么样的方法，都不能忘记一个前提，就是要让群众"找得到"。让群众"找得到"，才能了解群众的所思、所想、所盼、所忧，拉近同群众的感情，进而有针对性地解决群众反映的问题；而"群众找不到基层干部的过程，就是

|上|善|若|水|

群众对我们干部积怨积恨的过程"。在让群众"找得到"方面，张云泉做出了榜样：在26年信访工作中，每年接访2000多人，但没有一个人再上访。为什么？主要原因就是他始终坚持这样一种工作理念和方式：在接待每一位上访群众时，不仅把自己的手机号码而且把身边工作人员的联系方式都留给对方，确保自己开会或外出时上访群众能随时联系。这样，不仅让上访群众感到了尊重，而且使自己能够随时掌握群众的想法和诉求，从而为做好信访工作奠定了坚实的基础。

相形之下，当前有的干部包括领导干部群众观点淡薄、官僚主义严重，不是创造条件让群众"找得到"，而是想着法子让群众找不到：或习惯于端坐在"堂"上，通过电话与文件等进行"遥控"；或热衷于各种场面上的事儿，让群众只能见到名字、听见声音、看到图像，就是找不到真人；或象征性地向群众公布了办公电话和手机号码，但这些电话很难拨的通……这些群众"找不到"的干部，自然很难了解基层的实际情况和群众的真实想法，其决策和工作就难免脱离客观实际和群众愿望。对这些"找不到"的干部，群众自然也很难产生好感和信任。而群众的诉求得不到及时回应、反映的问题得不到及时解决，必然导致群众产生怨恨情绪。近年来一些地方社会矛盾较多、群体性事件多发，不能说与此没有关系。

做好群众工作是一门学问，不同的岗位可以采取不同的方法。但无论身处哪一个岗位，都要坚持一个原则，就是密切联系群众。这不仅需要让群众"找得到"，而且需要主动去"找群众"。在这方面，张云泉同样做出了表率：他不仅注重及时、耐心地接待群众的来信、来电、来访，而且经常深入群众之中问寒问暖、排忧解难，与群众结下了亲人般的深厚情谊。这启示我们：做好新形势下的群众工作，一方面应畅通渠道、拓宽途径，方便群众反映问题、表达诉求；另一方面应自觉深入实际、深入基层、深入群众，真正与群众打成一片。只有形成这样一个良性互动，才能把群众工作做到群众心坎上，不断密切党同人民群众的血肉联系，从而最大限度地调动积极因素、化解不利因素，更好地推动科学发展、促进社会和谐。

(2011年4月)

孩子天真应知邪

天真无邪,是人们对至真至纯至美事物的赞誉和赞赏,也是人们对美好事物的期盼。然而,万事万物总有两面性,正因为天真无邪,常常面对"邪"的东西便无所适从了。

试看一例,据《人民日报》报道,日前,河南省平顶山市中级人民法院一审判决了一起强奸案。摧残了13名少女的吴建廷被判处死刑、剥夺政治权利终身。吴建廷是平顶山湛河区北渡镇农民,现年36岁。从2000年8月至2002年8月的两年时间里,他采用欺骗手段奸淫了13名少女。据法院查明,吴每次犯罪得逞,都是利用少年儿童天真无邪的特点。他诱骗少女的方法很简单,却十分奏效。他要么告诉孩子,他的钥匙丢了,需要帮助寻找;要么告诉孩子,他有了一个和其年龄相仿的女儿,但她生病了、不吃药、需要小朋友去开导安慰;要么告诉孩子,他的女儿天真可爱、希望和其交朋友……等等。听了吴的谎言,天真无邪的孩子们都会轻易相信,并产生"助人为乐"的念头,使吴犯轻而易举地把犯罪实施对象从热闹的公共场所用自行车、摩托车、汽车等带到偏僻处作案。

文章进一步说,在一起起案件中,孩子的天真与善良被犯罪分子充分利用。甚至几个孩子在一起也会一起上当。一次,吴用摩托车带着诱骗来的两个小女孩到九里山山坡上,他将其中一个女孩子奸淫,而另一个女孩子竟然为他的"兽行"放哨。最多的一次,吴将正在玩耍的7个男孩女孩一起带走,并对其中一名女孩实施了性犯罪。

剖析吴案,使我们惊奇不已。社会都进入21世纪了,这些少女还如此愚昧无知,幼稚可笑。可笑地像白痴一样轻而易举就被犯罪分子摧

上 善 若 水

残了清白的身子。更令人不可思议的是，犯罪分子在实施犯罪时，竟然还有少女为其"放哨"。掩卷深思之余，我们不但为这13名受害少女而惋惜，更为这些"天真无邪"到了愚蠢地步的少女而痛心疾首。所以，透过此案更多使我们反思起我们的教育理念来！

首先，我们的教育追求的是十全十美。受几千年儒家文化的影响，我们在培养、教育下一代中，总是把最纯朴、最优秀、最美好的东西灌输给孩子们。在教化过程中，生怕孩子们沾染了一丁点不纯朴、不美好的东西。此种教育理念之下，良莠不分的孩子们心灵上总是存活着纯朴、善良、美妙、美好。所以，在他（她）们的幼小心灵上没有美丑之分、好恶之别。久而久之，使他（她）们误以为这个世界一切的一切都是美妙美好的。渐渐地，他（她）的警惕性丧失了、免疫力下降了，成了五谷不分、四体不勤的寄生虫和白痴。所以，吴建廷之事顺呼其然地就发生了，而且发生得那么顺畅并长达两年之久。

其次，我们的教育只注重传统而忽略了当今社会变革的复杂性。从应试教育向素质教育转变，其实质就是引导下一代们提高自身应变和应对能力，能够在纷纭复杂的社会生活中学有所用。然而，在实际教学中，我们往往只注重传统美德的提倡和灌输，而忽视了举一反三，忽略了传统道德、传统美德背后隐藏的糟粕和渣滓的类推。为此，在德育美育教学中，孩子们学到的就是"五讲四美三热爱"。长此以往，孩子们只懂机械地恪守美德、注重公德，而对"非德"之行为的抵制能力几乎是零，更谈不上应变性地制止"非德"行为了。所以，他（她）在"非德"中的弱智表现，到了令人瞠目结舌的地步。

再次，我们的教育还停留在闭门教学和照本宣科的"一成不变"中。由于我们的教育还停留在应试教育的层面上，还没有完全结合社会变革的实际，把九年制义务普及教育纳入社会学范畴去调整教学大纲、修改教学计划、补充教学章程。因此，举国上下都在义务教育普及中照本宣科，一成不变地重复着数十年如一日的教学内容。故而，使得教育的路子越走越窄，青少年的逆反心理越来越重，教育的效果也在向两个

极端发展。——要么是"书呆子",要么是"机灵鬼"。

所以,透过吴建廷一案使我们感到,我们对中小学生的教育不论是家长还是学校,都要变革教育理念,注重引导他(她)们明辨是非、懂得做人、珍惜生命、热爱生活,使他(她)在日趋复杂的社会生活中能够把握好人生的航向。如果低估了孩子们的智商和智力,一味地去教导他(她)向善向美向纯,而不能让他(她)掌握保护善保护美保护纯的技能,只能使他(她)在"天真无邪"而不知有邪中贻误他(她)们的童贞甚至生命!

为此,孩子天真无邪应提倡;天真知邪,知道抵御邪的常识、方式、方法,增强明辨是非能力,更应提倡!

(2003年11月)

上善若水

100个鲜活生命遇难的警示

100个鲜活的生命，无怨无故被暴徒扼杀了，你说可惜不可惜？震惊不震惊！11月17日、18日，笔者在两天时间里连续读到三条阴森恐怖、毛骨悚然的恶魔杀人事件。这三起杀人事件，使100名无辜者命丧黄泉。

一是11月17日《广州日报》报道，过去两年时间里，河南省驻马店市平舆县玉皇庙乡曾庄村大黄庄的29岁男子黄勇，以招工为名，从网吧和游戏机室内将25名男中学生骗至家中，将其残忍杀害。事毕后，再将受害人裸体埋在自家房屋中；二是11月18日《广州日报》报道，从今年2月28日至5月24日，年仅20岁的浙江省青田籍青年陈勇锋，先后从温州市鹿城区旧货市场门口、茶市场等地诱骗10名从事废旧物品回收的人员到暂住处，将该10人全部杀害，并将其中9人分尸抛尸，同时劫取被害人财物共计人民币1万余元；三是11月17日《新京报》报道，河南省正阳县汝南埠镇张夹村杨陶村38岁的村民杨新海，从2001年起在安徽、河南、山东、河北等4省作案杀人，共作案22起，杀死65人，重伤5人，强奸23人。

天啦！3名疑犯在短短一两年时间里，使100名无辜者生灵涂炭，你说可怕不可怕？震惊不震惊？恐怖不恐怖！掩卷沉思，我们在憎恨这些凶徒惨无人道的暴行的同时，不得不使我们为这类绝非偶然在一两天时间里爆出的"猛料"而警惕！

100个鲜活生命的遇难，不论是翩翩少年、还是年富力强的壮年、抑或是颐养天年的老人，在万物缔造的这100个最可贵最崇高最伟大的生命面前，任何一个有良知的人都无法容忍暴徒的孽行。

透过这三起发生在不同地区的凶杀案，教训是极其深刻的。

首先，普及科学文化知识，消除人们愚昧无知的"贫困思想"显得十分紧迫而必要。据报道，制造65桩命案的疑凶杨新海，初中毕业；变态连杀25名中学生的恶魔黄勇高中肆业；3个月内连杀10名无辜拾荒者的"屠夫"陈勇锋，小学毕业。因此，从三名恶魔疯狂报复社会、嗜血如命的情况来分析，都有一个共同点：思想贫困。他们不知道生命的可贵，不懂得珍惜人生，不知道"杀人偿命"的古训。为此，他们在愚昧的思想支配下，说不上懂知识、更谈不到有文化。故而，他们像"初生牛犊不怕虎"的原始人，在兽性大发时就无所顾忌地举起屠刀杀人过瘾。所以，他们没有被灌输过知识、生命、人生的头脑，就这样视生命如儿戏般地胡作非为着！

其次，农村普法教育任重道远。3名被称为"屠夫"的恶魔，都生长在农村，而且杀人的动机都很单一。"大魔头"杨新海嗜杀65人、重伤5人、强奸23人，其动机就是女朋友与他分手，他要报复社会。"中魔头"黄勇先后杀死25名中学生，也因为女朋友与他非法同居遭到乡政府处罚，所以目无法纪的他就此举起屠刀、大开杀戒。"小魔头"陈勇锋的动机是因为杀死"同道"的拾荒者，自己就可轻而易举地把"同道"一天劳苦所得的钱财装入自己腰包。所以，分析上述原因，只能得出一个结论：农村普法"死角"太多，普法教育任重道远。试想，如果三个"魔头"明白法律对他们杀人后果的惩处结果，他们能不畏惧法律而思索再三、计算成本吗？还会铤而走险吗？！

再次，社会转型时期潜藏的社会矛盾值得警惕。在改革开放，鼓励多劳多得，大力倡导经济社会和人的全面进步中，因为教育面、就业机会、财富分配公式等的差别，使得一部分人很难"得志"和有"出头之日"。长此以往，社会分配不公的矛盾就导致这些人自暴自弃、颓废消极，最终萌生巧取豪夺、铤而走险的罪恶念头，步入犯罪泥潭。所以，这100个鲜活的无辜被害，潜藏的深层原因都与这3名自认为与当今社会格格不入者在报复社会不无关系。从"大魔头"杨新海曾因盗窃、强奸被判刑劳教，2000年刑满释放后又遭遇女朋友离弃之日起，他就对这个社会充满了失望和失落，就开始以作案杀人为乐报复社会，直至11月3日被河北沧州警方检查娱乐场所时"落网"。当过兵、闯荡南方打工的"中魔头"黄勇，也因找工作四处碰壁、女朋友又拂袖而去，致使他在虚拟的网络世界里度日，最后，空虚寂寞、欲壑难耐的他只好把魔手伸向网吧里的中学生。"小魔头"陈勇锋的犯罪企图就更加"一针见血"，就是好逸恶劳。所以，剖析三疑犯的犯罪起因，都透露出社会"底层者"因没有一技之长而渐渐对社会产生厌恶感，最终走上社会反面而报复社会的可怕的心路历程。故而，对这些潜在的社会矛盾，目前虽然只是极少一部分，但他们一旦"浑"起来，社会危害就不可低估。这100个鲜活的生命付出的血的代价，就是典型的例证。为此，我们不能不警惕，不能不认真梳理并加以分析和防范，以免因小失大，危及一地一方的社会稳定。

再则，社会治安死角多，漏洞多。"大魔头"杨新海自2001年起开始作案，犯罪足迹遍布安徽、河南、山东、河北等地，肯定在多处住宿过，身上应该带着身份证。然而，对这名公安部通缉的杀人魔王，却没有引起各地警方的排查、注意、重视，并发现其蛛丝马迹，最后还是在偶然的娱乐场所清查中暴露了出来，你说可怕不可怕？你说这些地区的治安漏洞多不多？"中魔头"作案两年多时间，杀人和埋尸现场就在自己住宅，而最终被警方逮住是因一名叫张亮的16岁高中生逃脱魔掌后报警所为。可见这个村的治安是多么的松懈和麻痹，治安死角是多么令人发指。"小魔头"案发也很"偶然"。所以，透过三起案件使我们深深感到，在农村、在外地打工者聚集的地方以及诸如杨新海经常登记入住的小旅馆，存在着治安"死角"和治安漏洞。故而，不但这些案发的地方，而且全国其他地区，都有必要借鉴以上三起凶杀案的教训清理工作思路，堵塞治安死角和漏洞，防止类似案件再次发生。

总之，100个鲜血生命换来的血的教训是刻骨铭心、尖锐而深刻的，但愿各地能从中举一反三，汲取教训，推动社会治安综合治理工作的有效开展。

(2003年11月)

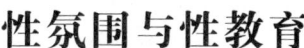

性氛围与性教育

写下这个标题,是缘于对当今社会性教育滞后的思考。笔者非性学专家和性社会教育工作者,对当今性文化状况没有作过深度调查和思考,只是肤浅地就某些社会现象发表一点看法和意见,供商榷。

在当今社会变革、文化纷呈、新生活方式不断凸现的转型时期,骤然间涌来的性观念冲击着当今中国社会。从泛滥的网恋、早恋、老少恋、同性恋,到千奇百怪的性生活方式,我们的性氛围在经历着融古通今、融中鉴外、融西贯东的嬗变和碰撞。为此,我们的性氛围可以从日渐凸变的服饰、文学、家庭、网络、媒体等文化演变中看到性氛围的愈发开放、大胆、前卫和露骨。在看似有鸿沟却没有鸿沟、看似有国界却没有国界、看似有规矩却没有规矩的性理念变革中,现实社会给予我们的是没有男女、没有国度、没有年龄差异的性启蒙、性教育、性开放、性泛滥。所以,充斥我们周围的早已由三角恋变成了多角恋;包二奶演绎为一妻多妾;姐弟恋变成了爷孙恋婆侄恋;卖淫嫖娼转化为"鸡鸭"成群;一夜情变成不分时间地段空间的恣意妄为……等等。性观念的蜕变和社会转型时期人们心态的浮躁、心灵的空虚、金钱至上和道德观念的沦丧,早已使传统的性氛围一塌糊涂、一败涂地、风雨飘摇。

因而,面对性观念大爆炸、性氛围大混乱的社会转型时期,我们的性教育何去何从,是任其恣意妄为、泛滥成灾呢?还是因势利导、积极教育呢?已到了非反思不可的地步了!

面对当今性教育的滞后、性观念的困惑、性意识的淡薄、性氛围的凸变,我们的性教育又是一种什么样的状况呢?

其一,遮遮掩掩、犹抱琵琶半遮面。我们一些性道士们仍然穿着泛

上善若水

黄的性保守外衣，戴着欺人的性神秘面纱，在性教育的道路上布道、说教，视性教育如洪水猛兽，要求人们保持操守、纯洁、童贞。然而，此等情形之下使得大部分未受过性知识教育的中学生们对男女生殖构造、功能等普通常识都不知道，因而就更谈不上性保护、性自爱、性高尚、性纯洁了。所以，伪道士面孔之下的性教育与现实社会性氛围严重脱节，使得我们不停听到、看到、读到少男少女因对性知识无知而遭受性摧残、性侵害、性暴力，甚而一些无知少年因性好奇而自虐或走上性犯罪的例证。所以，我们的性教育应时不我待地破冰而出、返璞归真，走上中小学课本的"正道"；别再贻误孩子，耽误历史，"误良为娼"了！

其二，良莠混杂、鱼目混珠、误人子弟。在豁然洞开的性氛围中，由于缺乏正当途径的理性教育和正面引导，使得泛滥的性意识潜移默化成一部分追腥逐臭、及时行乐者的敲门砖和挡箭牌。这些人在无拘无束的性氛围里作奸犯科如鱼得水、恣意妄为、好不快活。在这一部分"好色"者的引诱之下，使得社会风气也逐渐演变为良莠不分，鱼目混珠的"哗变"境界；使一部分安于自我、固守操行者也脱去伪装与狼为伍，同流合污，好不惬意。久而久之，社会性氛围越来越开放，人们的性道德观也蜕变到非古非今的逆流中而不能自拔，误国误民！

其三，观念冲撞中难分真假、难辨对错，道德的导向在迷失方向。猛然间的同性恋、老少恋、婚外恋、非婚同居、一夜情等性观念的扑面而来，使得传统的性道德大厦顷刻间地动山摇、趋于坍塌。在人们固守几千年的性高尚、性纯洁、性保守的堤防中，变革的性自由、性开放、性泛滥，使得古往今来的性意识、性修养来了个一百八十度的大转变，受到了毁灭性的冲撞和打击。因而，在西方和复古的性开放意识冲击下，人们难分真假、难辨对错，难以取舍孰是孰非。虽然社会上还不时有性保守、性纯洁、性高尚的舆论在教化和引导人们珍爱"性"，然而，这些呼声怎么也抵挡不住域外来风和生活现实。所以，使得我们的性教育一夜之间走入了举步维艰、难以迈步，无法找到导向分水岭和切入点的艰难境地。

其四，金钱至上的可怕诱导，使得部分急功近利者拿廉耻当砝码、拿性爱当工具、拿贞操当商品，搅浑了一潭清澈的性生活泉水。坍塌的性理念，使得性在无教育和有效手段制约下，堂而皇之地走入了商品市场，成为一种特殊的商品流入利益者的交易圈。所以，本来就不规范的性氛围一遇市场这个看不见的手，就更加放浪形骸，无所顾忌，泛滥成灾。

总之，猛然间哗变的性氛围为我们滞后的性教育提出了诸多思考和疑问，但愿我们的性学专家和性教育工作者作能关注其动向，并站在实现中华民族伟大复兴的角度研究个中新情况、新问题，适时拿出解决的新观点、新方法，使我们这个社会在变革中固守传统、扬长避短、立于不败。

（2003 年 11 月）

上善若水

莫让"爱心"变了味

近来,在大力加强社会公德建设中,各种类型和名目的"爱心"活动此起彼伏,一浪高过一浪。但是,深度思考种类不一、名目各异的"爱心"活动,都殊途同归地演变为一种结果:募捐。不论灾情救助、贫困帮扶、助残扶弱,都以募捐而一"爱"了之。仿佛"爱心"的结果、手段、方式方法只有一条:掏腰包!

为此,打着各种"爱心"幌子和招牌的各类公益活动,便在神州大地一夜之间如雨后春笋,遍布城乡大街小巷。今天谁家孩子交不起学费了募捐一阵子,明天谁家孩子患绝症了募捐一阵子,后天谁家孩子遭遇不测了也募捐一阵子……。更有心怀叵测者,盯上了"爱心"的鲜活招牌而赚取人们的"良心"钱。比如某些募捐完全成了一种摊派,搞得人人过关、个个拔毛;再比如某些募捐不分男女老少和个人经济状况都一味攀比——领导捐多少是思想境界,那么其他同志也要"觉悟",就连没有一分钱收入的中小学生也要"觉悟";还比如某些募捐不分时间、空间、地域,完全是一种"作秀",是一种炒作。总之,"爱心"之下的募捐活动,完全成了人们防不胜防的"灾害",时时刻刻都会"宰"上你一刀。

日前读某报得知,某项手牵手爱心公益活动,已由社团主办转变为社团和公司联合主办。因此,"爱心"幌子之下的活动已由政府、社团,转变为公司,抑或转变为个人。因而,本来就超"负荷"运转的"爱心"活动更要泛滥"献爱"了!

那么,高尚而神圣的"爱心"活动何以会演变成当今的良莠不分、香臭混淆的"灾难"呢?

究其因，一是部分唯利是图者抓住了人们的善良本性，借"爱心"巧取豪夺，大肆赚取昧心钱；二是部分心术不正者利用"爱心"活动标榜自身的高尚情操，不分实情地进行"爱心表演"；三是部分筹划"爱心"活动者的善良本意被某些另有企图者人为利用，使"爱心"活动变了味！总之，由于炒作者善于抓住国人爱面子、好面子，心地善良，富有同情心的"弱点"，便把神圣的"爱心"活动搞得混浊一潭、乌烟瘴气，莫衷一是。

为此，被亵渎和蹂躏的"爱心"活动，便剥离了最初美好而纯净的救助和帮扶的初衷，陷入了污浊的铜臭和人怒人怨的怪圈而不能自拔！

故而，我们呼吁有关部门能否清理清理"爱心"活动。不要怕伤某些人的"面子"，更不要怕为"爱心"而添"麻烦"。因为只有常常清洁"爱心"，"爱心"才能更加纯净，"爱心"活动才能更加有效。与此同时，我们"献爱心"者也应擦亮眼睛，切莫让心术不正者把我们的善良当"愚蠢"，任其宰割和蹂躏。再则，我们在"献爱心"时要区别对待，因人因事而异，不一定"爱心"就是募捐。比如扶贫可以扶志，救困可以解危，使中华民族这一传统美德在全面建设小康社会的康庄大道上健康成长，发扬光大。

（2003 年 10 月）

上善若水

"班花"性无知引出的话题

一名豆蔻年华、风华正茂的"班花",面对禽兽不如的老师,却自愿把贞操献给了他!你说离奇不离奇?可能有人会说这是天方夜谭,是笔者的杜撰;还有人会怀疑这名"班花"可能有自残倾向或精神病,或出于某些不可告人的目的才如此这般。错!如果你有这些想法,你就完全错了。因为这名"班花"是在性无知的情况下才无辜遭受禽兽老师摧残的!

据《兰州晨报》日前报道,今年9月7日,是星期天。这天,甘肃省古浪县第三中学(位于古浪县大靖镇)的数学老师倪龙寿独自一人吃完早饭懒得洗锅,便去高二(4)班(倪是该班班主任)教室里叫来一位学生李某让其帮助洗锅。李某是古浪县裴家营镇一农民家庭的女儿,今年17岁。李某不但学习好而且长得很漂亮,是本班的"班花"。李某很尊重老师和同学们,为人诚实、性格活泼,很受老师和同学们的喜欢。李某一边帮倪老师洗锅,一边和倪老师闲聊。

闲聊中,倪老师说他得了一种怪病,走了很多家医院都没有治好,医生说只有一种办法才能治好。李某好奇地问倪龙寿,哪一种办法才能治好老师的病?倪对李说,医生说把他的生殖器阴茎放进像李某一样的少女阴道里,过上几个小时,他的病就好了。倪还进一步问李愿不愿意帮助他,李某出于对老师的尊重就答应了倪的要求。就这样,李某和倪龙寿在床上睡了两个多小时。今年31岁,身强力壮的倪严重摧残了这颗幼苗。从倪老师家出来时,倪告诫李某千万不能将这件事告诉别人,李某点头答应了。

当日下午,回到宿舍休息的李某发现她的下身仍然流血不止,于是在同宿舍学生的劝说下才到古浪县中医院（位于大靖镇）就诊。就诊中，李某既非月经来潮但又流血不止的非正常情况引起了两名主治医生的警惕。在医生的一再追问下，李某才道出为老师治病的实情。就此，一起披着老师外衣而行强奸兽行的强奸案才浮出水面。此时，李某才恍然大悟被人夺去了最宝贵的贞操。最后含恨含泪含羞地转到青海某地隐姓埋名读书去了。

一名"班花"、一名靓丽少女、一名犹如刚刚破土的笋子，就这样因为对性的无知而被蹂躏、践踏、摧残了！你说可惜不可惜，震惊不震惊，悲哀不悲哀？！

回答是令人扼腕叹息，伤心不已的！我们权且不论这名可能为祖国做出贡献的"班花"如果不遭受这次人生不测，人生前景该当如何，但就其性无知为自己人生埋下的坎坷的种子是值得举一反三、深加思索的。

思索再三，还是我们滞后的性教育摧残了这名"班花"，使这名豆蔻年华的少女承着不应有的社会责任和历史重负。试想，已读高中二年级的中学生，连起码的性常识都不知道，连一名伪装之下要夺去自己贞操的禽兽老师的兽行都鉴别不了，你说是不是社会的悲哀？是不是性教育严重缺陷之下的历史责任？！

因此，反思这起现实生活中的个案，不无普遍性和针对性。长期以来，对孩子的性教育我们一直处于"两难"境地。一难是怕孩子知道的多了因为没有鉴别力会盲目"学坏"；另一难是怕孩子因无知而受性侵犯和性伤害。因而，我们的性教育一直在前怕老虎后怕狼和半遮半掩中举棋不定。所以，酿成这次"班花"惨案绝非偶然，而是性教育缺憾的必然，和个案对这个社会提出的有力呼唤！

所以，透过"班花"惨案和这名"班花"用贞操、用纯朴、用一生前途抑或生命谱写的血的教训，再次提醒我们性教育的重要性、必要性、紧迫性。与此同时，提醒我们如何突破性教育的"两难"瓶颈，适应社会潮流和形势搞好性教育的现实意义和历史意义。

上善若水

一位学者说得好，性是学习如何成为男人或女人的全部过程，是对于自己身为男人和女人的感觉与态度，是有关生为男人或女人的一切想法、经验与行为表现，是与同性及异性的交往方式，与同性及异性所建立的关系模式。所以，我们对孩子进行完整的性教育，其实质就是让孩子知道自己的"角色"，让孩子们学会如何与异性相处。因为孩子的成长千奇百怪。在千奇百怪中，我们不能正面引导和教育孩子理性地认识"奇"和"怪"，只是一味地引导孩子向善向美向纯，不知"奇"和"怪"内核在何处，最终只能让孩子迷失在"奇"和"怪"的圈子里不能自拔。久而久之，使孩子们误入"歧途"和走入"怪圈"，最终使他（她）们在无知中自毁纯朴、美好和前程甚而生命。

所以，在孩子们一张白纸似的纯美的心灵里，我们不能理直气壮、实事求是、一分为二地进行性普及和性教育，只能使他（她）们在充满对生命奥秘的探"奇"弄"怪"中，要么歪打正着、要么走入邪道、要么自毁前程。尤其在社会转型时期，在传统与现代较量、中与西文化冲突、美与丑剥离裂变的情况下，同性恋、人妖、自慰等性观念、性意识、性文化纷纷粉墨登场，如果我们再不注重正面引导、科学普及，我们再披上虚伪的性纯朴的面纱，遮遮掩掩、欲言又止地贻误性教育，我们只能成为这一代甚至几代接班人的罪人，只能使这些花朵们在无规无矩的社会混沌中走入混沌的性自残。

因此，面对社会变革、文化纷呈、新生活方式不断凸现的社会实际，我们应毫不犹豫地、理直气壮地、实事求是地面对性教育；充分信任孩子们的是非鉴别力、美丑辨别力、传统道德继承力，科学地进行性普及和性教育，有效避免"班花"事件再次发生！

（2003 年 11 月）

北大才子卖肉与女状元选美

据报载,陕西青年陆步轩以当年所在县的文科状元考入北大,毕业后被分配到长安区柴油机械配件厂工作。县计委曾将他借调到机关工作,后来陆步轩自告奋勇去了计委办的企业。遗憾的是,几年后企业垮了,陆步轩也开始了他漂泊的工作经历:搞过装修、开过小店,多次求职无果。2000年,陆步轩租房开起猪肉店至今。

又据报载,今年湖南文科女状元徐雅菲,在接到北京大学新闻系录取通知后,又参加湖南卫视娱乐频道组织的"星姐"选美大赛。

以上两条新闻在相关报纸刊登后,迅速成为国内关注的焦点,各大报刊、网站就此纷纷展开讨论:一是惋惜陆步轩卖肉是人才的浪费;二是抨击时下的文凭崇拜;三是告诫我们树立新的人才评判标准。与此同时,人们对文科女状元的选美竞秀也很惊诧,认为作为学生应该做的事情只有一件:那就是学习,不断地学习。参与选美是不务正业。

对以上问题的评判,不能就事论事、孤立品评。透过两件发生在不同省份的事件,加以联想并付之以理性的思辨,就会呼唤出我们的教育理念,和理念之下蕴存的社会危机:新的读书做官论和"两耳不闻窗外事、一心只读圣贤书"的"读死书"作派。

受中国古代"劳心者治人、劳力者治于人"和自隋唐兴起,至清末废除的科举制度的"野无遗贤"的影响,人们根深蒂固地认为教育就是培养脱离基层社会的统治型人才。为此,北大培养的陆步轩就一定要委以重任,要在上层建筑一展才能;而不应回到成天与猪打交道,灌猪肠、洗猪肺、卖猪肉的基层社会环境中去。诚然,徐雅菲若非湖南文科女状元、也未被北大录取,那么,徐去参加选美就是无可厚非的天经

上善若水

地义之事。就因为是状元、是北大新生，再去参加选美就是不务正业，是大逆不道！这些见解和论调，细细思量一下，你会品出个中滋味，你会剥离世俗的外壳洞悉出这些封建固有观念是多么的荒唐和滑稽可笑。

是的，北大培养的高材生"沦落"到街头卖肉；乍一听，是有些悲壮和令人扼腕叹息！与此同时，刚刚被北大录取的文科女状元参加选美，更使人不可思议、大跌眼界——好端端一个妙龄女子置辛辛苦苦"奔"来的北大"名分"不顾，而去参加星姐竞秀，是不是那根神经出了问题？！

按照常人的这些观点和思维，随波逐流地遥相呼应这些评判，本不无道理。然而，透过为陆步轩和徐雅菲喊冤叫曲的社会现象，深度思考一下多元化的社会环境中，进步、文明、开明、法治社会氛围下的社会择业观和教育理念的变革，我们应该为陆步轩和徐雅菲的举措叫好！

俗话说，一母生九子，九子各不同。更何况我们生活在一个拥有10多亿人口的国家呢？因而，北大培养出来的人才并非个个要去"出仕入相"，并非要脱离草根社会的实际个个去当大官、做大家。或许在北大这么优秀的学府里，国家花费很多的心血和财力物力，没能让陆步轩"点石成金"，但是这并不能说明北大的教育是失败的；或许从某种程度上来思考，北大因为培养出陆步轩这种讲求社会实际的学生也是一种成功。教育就是培养有美德的公民，而不是培养特权阶层。所以，对陆步轩卖肉之举措不必大惊小怪。这充分说明北大因有陆步轩而使这所国人心目中艳羡不已的"国学"之府更加扬名中外，趋之若鹜。

清醒地明白陆步轩卖肉之举的时代意义，再来审视徐雅菲的选美举措，我们会更加清晰地明白女状元选美之举，是对现代教育理念提出的挑战。选美是各种社会活动的一部分。参与选美，不论文科状元也好，抑或是普通大中专生也罢，都是学生走出课堂、参与社会实践，摒弃闭门读书，"读死书、死读书"的灌输式教育的大胆尝试和举措；是学生教育由"书本型"向"社会型"转轨的冲刺。减负教育、素质教育，都企望脱离沉闷的书本教育，使学生能把所学的知识尽快应用于社会实践。因而，学生自发参与选美活动，本身就是学生自愿投入社会实践的一种具体体现。因此，这种更加合乎社会实际的教育实践，理应提倡和肯定。

总之，对陆步轩卖肉和徐雅菲选美，揭示的社会问题是方方面面的，但主流是好的，应加以肯定和提倡。没有必要为此去大惊小怪和直呼"狼来了"！与此同时，这也是文明、开明、法治社会环境下，人们享有平等的教育权、择业权的真实写照，是时代发展的必然趋势。

(2003年8月)

人性光辉的绽放

一个偶发事件的发生，闪烁出中华民族的精神坐标，如满天星光熠熠生辉、光耀出炎黄子孙的大情大爱大智大善大德大贤，光耀出中华民族源远流长的民族魂魄！这就是盛夏七月，著名导演冯小刚新近执导的故事片《唐山大地震》带给观众的艺术魅力。

这部被人们称为"残酷23秒、悲伤32年"的影片，通过讲述卡车司机方大强和妻子李元妮、龙凤胎儿女方达、方登，在1976年经历23秒唐山大地震后，32年中，李元妮背负着丧夫失女的巨大思想痛苦，含辛茹苦养育儿子方达的心路历程；以及躺在拉尸车上，被大雨淋湿而清醒过来的女儿方登，在昏暗、嘈杂的地震废墟上，被赴唐山救灾的解放军夫妇王德清收养的故事。从此，方登怎么也原谅不了母亲"见死不救"的生离死别，多点折射出埋藏在一家三口灵魂深处的道德良知，透视出中国最普通老百姓内心深处闪耀的夫妻之情、母子母女之情、养父养母养女之情……等，让人们面对灾难的考验，拷问出灵魂的真善美，拷问出中国民众、中华民族的光辉人性！

只有思想深度介入，才会赋予影片以活的生命与灵魂。《唐山大地震》以其特有的精神营养和心智撞击，迸发出对思想、道德、情愫和良知的凝聚、淬炼、升华。影片中，冯小刚以其深厚的影像传神传情传人传事的艺术功力，以及对"灾难兴邦"民族之魂的精准理解，以唐山大地震为蓝本，以汶川大地震、玉树大地震中爆发出的至善大爱终极民族精神价值为主导，把李元妮遭遇地震灾害变故后坚韧、自强、真诚、质朴的灵魂之情搬上荧幕，使灾难的悲情转化为灾难之后的思考！在思考中历练人性、淬华人性、张扬人性、绽放人性！尤其通过讲述方登怎么也理解不了妈妈在废墟上"救弟弟"的抉择,在32年人生旅途中饱受心灵煎熬,常常在梦中与父母弟弟相会而难舍难分的"血浓于水"的母女亲情,使已远嫁加拿大、企图在生命中忘记唐山、忘记生母的女儿形象高大而矗立!冯小刚通过对人物心路历程、情感亲情的准确把握、传神刻画、光影讲述,使这部灾难片充满人间温情、人生诗意,充满了中华民族的上善如水!

  源于生活而高于生活,是艺术的生命力所在。这部影片的成功之处,更在于用影像讲述了生活的本质,揭示了人性的真谛,因而焕发出无限的感染力。画面中力求还原真实的地震场景,如地震前的蜻蜓压城、蓝光闪烁,地震中的墙体被一道道撕裂、人们四处奔逃、瞬间尖叫呼啸,地震后的残垣断壁、无数双大手小手、暴雨泥浆、绝望呼救……等,把地震的"说没,就没了"演绎得淋漓尽致。人物中元妮、方登母女面对地震后,元妮心里再也走不进别人,因为她深深懂得方大强用生命给了她余生、她要为他坚守,她要住在破旧低矮的小屋里等他回来。方登知道自己是"唐山人",宁做未婚妈妈、宁愿被学校开除,也要远走他乡、靠当家教生下小生命"点点"……等,传神表现出这对母女的至情至善、至真至美!细节决定成败。影片更注重了对每个人物、每个场景、每个细节的深思熟虑、准确把握,力求使其与整个剧情发展相得益彰、丝丝入扣。如影片开始时,元妮从盆中拿西红柿时发现只剩下一个,取出后甩掉水、稍微思索后递给方达吃,为稍后的废墟上救女儿还是儿子的抉择埋下伏笔!再如清明元妮烧纸祷告亡灵、告诉在天的方大强记得回家的路时,为之后剧情发展到儿子方达要给母亲买新住宅、元妮怎么也不去进行了注脚!以及失散多年的方登回家与元妮相认,元妮半天不出门、只轻轻一句"先进屋吧"!还如女儿在墓地看到自己墓穴中母亲整齐码放的小学中学课本时,转过身去,背对着母亲蹲在地上的灵魂拷问……等等,都精确反映出此情此景、此时此刻人物的真情实感,让人过目不忘、令人遐思、催人动情、催人落泪!使观众不得不为炎黄子孙的真情所感染、所感动,不能自拔!人物语言的"唐山话"，更使整部影片入情入理，增添出无穷的艺术张力！

　　德国古典哲学家黑格尔说，艺术美高于自然美，因为它消除了自然美的局限，使思想、情感外化为作品，把心灵的生气灌注于自然现象。主演徐帆对人物主角李元妮地震之夜的狂欢，地震中眼睁睁看着儿女被地震吞没，救灾时"救弟弟"的抉择，到艰难抚养儿子方达成人，直到与女儿方登重逢……等，李元妮人生经历的每个过程、每个场景，每次喜、怒、哀、乐，都被徐帆准确把握、感同身受的诠释，使得这部作品自然而然地流淌出血脉亲情、血脉相连的现实美景！催人泪下，夺人魂魄！

（2010 年 7 月）

D篇　正善治

老子认为，人类应效法水平正而善于约束自己。水性平正而善于约束甚至委屈自己，通过约束和调整自己适应万物！

圈子是唯利是图者的名利场，投机取巧者的捷径石，一步登天者的步云梯。是魔杖和魔咒，是陷阱和深渊，是可怕的大天网，张网以待着那些求官者、求名者、求利者！

——《说圈子》

要彻查"霸"的渊源，正本清源，决不手软。我们但愿"霸"从这个社会上彻底消失！

——《说霸》

如何才能把"监督"这一反腐利剑高高扬起，既威慑犯罪、挽救同志，又惩前毖后，治病救人呢？

——《说监督》

但愿一切妄图苟且在"诸侯政治"樊笼下寄生的喽啰们快快清醒，千万不要成为这些封建余孽的牺牲品而自毁身家性命和前程！

——《诸侯政治与贪官网络》

敢于选才，是坚持正确用人导向的前提。善于选才，是坚持正确用人导向的基础。选对人才，是坚持正确用人导向的关键。

——《敢于选才、善于选材、选对人才》

我们的媒体要把版面、笔头让给基层群众；各级党政领导干部要善于捕捉群众的困难和意见，"扎"入群众心坎。

——《副省长假日办公该不该宣扬？》

国外治理公车私用、公款吃喝、公费旅游的做法告诉我们：只有把公务人员利用国家公共权力谋私利行为逐一细化，制订完善的法律条文予以惩戒，才能治理好这三股歪风。

——《国外治理以权谋私的启示》

尽快制定和出台强化公务员考核的硬性指标，能够真正使现如今唯一吃"大锅饭"的公务员考核也具体起来、透明起来、刚性起来；真正体现干好与干坏不一样，贡献大与贡献小更不一样！

——《公务员考核细化好》

说圈子

圈子，《现代汉语词典》曰：①圆而中空的平面形；环形；环形的东西；②集体的范围或活动的范围。笔者这里要谈论的圈子，泛指第二种解释。

时下，圈子已成为身份、地位、能力、智力、影响力的象征。因此，在单位里，你是不是领导圈子里的人直接决定着你在单位的地位和影响力。在社会上，你是不是那些呼风唤雨的圈内人，直接决定着你的社会地位和办事能量。在生活中，你是不是高档牌桌、高档酒桌圈子里的人，直接决定着你的生活档次。在娱乐中，你是不是高尔夫球场、桑拿浴中心、温泉度假村圈子里的人，直接决定着你的经济实力。在学友中，你是北大圈子、清华圈子、人大圈子，还是留美圈子、留欧圈子、留英圈子里的人，直接决定着你的智力和前途。总之，圈子在时下的生活中，已经成为一种无所不包，无所不容，无所不概况，无所不存在的真正"巨人"。

只要你加入这个"巨人"，你就是再渺小也会在圈子培育下高大起来；只要你靠近这个"巨人"，你就会多一份荣耀、多一份欣慰、多一种机遇；只要你结识这个"巨人"中的一分子，你也会受其感染和熏陶而不由自主地向"巨人"靠拢。因此，时下的人们不论从政者、经商者、求学者、从事某项事业开发者，都在寻找着能够助自己一臂之力的"圈子"。而且，时常是歪打正着。你加入的是生活圈子，但可能这里面恰巧有人就在官场上"掌舵"，所以你求官就成了。你加入的是娱乐圈子，有可能圈子里有人是亿万富翁，你的某笔项目在共同娱乐中就一锤定音了。你加入的是学友圈子，你犯的某些事急需找人摆平、正好

上善若水

学友中就有"通天"人物,所以你不费吹灰之力就迎刃而解了。因而,时下"圈子"已成为社会关系学中的重头戏,只要能入各种"圈子",就能在"圈子"里粉墨登场地表演己所欲而常人不能欲的角色。

为此,时下"圈子"已成为人们削尖脑袋往里钻的"黄金通道"。在这个金灿灿的通道里,可以实现和满足任何欲壑。为此,那些识不破现代人际关系奥秘,"两耳不闻圈子事、一心只读圣贤书"的"孤家寡人"们,就是才高八斗、学富五车,也只好看着那些庸才蠢才们在"圈子"里茁壮成长。所以,圈子就像一个魔术师,能够百变百灵。能把"庸"的变得雅起来,把"蠢"的变得聪明起来,把"臭"的变得香起来,把"丑"的变得美起来。但是,万变不离其宗,本质的东西是庸、是蠢、是臭、是丑,"圈子"却是无法左右和脱胎换骨的。

故而,圈子只能是唯利是图者的名利场,投机取巧者的捷径石,一步登天者的步云梯。是魔杖和魔咒,是陷阱和深渊,是可怕的大天网,张网以待着那些求官者、求名者、求利者!君不见,入了远华魔头赖昌星的圈子,346名求官求名求利者就被疏而不漏的法网一网打尽了;入了河北第一贪李真的圈子,省委书记家的门就成了无底洞,进去了就别想出来;入了湖北襄樊原市委书记、市人大常委会主任孙楚寅的圈子,你属于74名官员中的一员,你就走入了孙楚寅为他和你挖好的坟墓。为此,圈子其实是好进不好出的,是既诱人又可怕的,是要慎重入"圈"的。因为圈子某种程度上说就是"圈套",陷阱和深渊。

然而,也有一些人不这么看,而削尖脑袋热衷于各种圈子的"入内"中。因为圈子之所以盛行,毕竟也有着自身的优点和长处,有着常人难以识透其本质的伪装术。譬如说当时谁能入赖昌星的圈子,就等于谁抱到了金菩萨,既可求财、又可求官、还可求得美色;再譬如当初谁能入李真的圈子,李真一句话就可让你当个厅长、局长、市长、市委书记,你说惬意不惬意;还譬如你在襄樊能入孙楚寅的圈子,在襄樊这块"一亩三分"土地上,你就是"大爷",走到哪里哪里就有人"供"着你。因而,在某种程度上来说,要入圈子是有很多讲究的。是要靠

"机遇"、靠机灵和靠实力（比如财富、地位、学历、出生地……等等）的。没有这些综合因素的"促成"，你就是有通天的本事也入不了你想入的"圈子"。

所以，在现代社会里，别说你清高看不起搞"圈子"里的人，但你想进"圈子"还得费一番周折。就是"周折"到家了，说不定你还入不了"圈"。

因此，对"圈子"这个魔方，真让人难以看透和说透。为此，我们只好自暴自弃安慰自己说，还是不入"圈子"的好。

朋友，你入"圈子"了吗？如果入了，也劝你还是退出得好！

(2003年12月)

上善若水

说　霸

提起"霸"字，可能人们会自然而然想到西楚霸王项羽。因为霸王的刚烈、勇猛、所向披靡，在秦末农民起义中占据了霸主的位置。所以，"霸"给人们的直观印象是霸道、蛮横、粗暴和目空一切。

《现代汉语词典》曰，霸：①古代诸侯联盟的首领；②强横无理、依权势欺压人民的人；③指实行霸权主义的国家；④霸占；⑤姓氏。

不论"霸"字在词典里作何解释，都逃脱不了蛮横、粗暴、无视一切的本质。为此，说谁"霸"、在某种程序上是对谁的愤恨、不满，甚而是对谁的诋毁和否定。由此我们想起了近来被揪出的大贪官程维高、李嘉廷、刘方仁、田凤山等省部级高官中，就有指责其在位时作风霸道、一手遮天、我行我素的罪状。因此，"霸"对党政官员来讲，是一种独断专行、无视民主、封建权贵思想作祟的实足表现。如果党政官员的"霸气"不除，就必然会导致权力失衡、腐败滋生，危及党和人民的事业。

所以，说霸免不了提醒党政官员要戒霸清霸除霸。告诫党政官员要从自身做起，不耻下问、倾听呼声、重视民情、采纳民意，避免重蹈程维高、李嘉廷、刘方仁、田凤山等人的覆辙。唯有如此，我们的党和政府才能进一步赢得民心，顺应民意，集中民智，珍惜民力，推进经济社会和人的全面进步。

说"霸"中，又使我想起近日新华社的一则报道。报道说，自2000年12月公安部部署全国公安机关开展"打黑除恶"专项斗争以来，各地公安机关摧毁了631个黑社会性质组织，打掉了14000多个街霸、市霸、村霸、厂霸、菜霸、行霸等恶势力。

天啦！3年全国打掉1.4万多个各类"霸"，你说惊人不惊人！这些"霸"被暂时打掉了，但是，又是谁助长和培育了这些"霸"呢？

最近，有报道说，河南郑州警方在当地金佰利洗浴中心扫黄抓嫖娼现行行动中，被"浴霸"——洗浴中心经理和数十名保安一顿暴打、之后，"浴霸"们还学警方扫黄打黑时常见的镜：让警察两手抱头蹲墙根。据报道说，在打人过程中，金伯利的寸头李经理还给手下放话说："你们处理吧，闹到省公安厅再叫我！"从这位"寸头经理"的话语中，谁都会掂量出这个"浴霸"不寻常！

按常理说，你开洗浴店有违法举动，我执掌正义的公安人员依法查处，你还张狂什么？"牛"什么？凶什么？然而，这个"浴霸"就"牛"了、凶了、张狂了！你又能怎么样？

透过新近发生的这起事件使我们感到，全国清除的1.4万多个各类"霸"中，之所以"霸"，都是有缘由和来头的。要么是某些势力的首领，要么是强横无理的"种子"，要么是横行霸道者的走卒和打手！

故而，这个"浴霸"和近3年来清除的街霸、村霸、市霸、厂霸、菜霸等一系列"霸"中，没有土壤和气候的培植是"霸不起来"的。就拿当年执牛耳的周王姬发来说，没有各路诸侯力推其做盟主，焉能有他雄霸天下而家天下的周王朝呢？再如项羽，各路义军到达咸阳后，楚王怀钦定的谁先入秦者谁为王的规矩，被他一个一统众王的"霸王"计谋就"搞掂"了！所以，分析"霸"的产生是有缘由的。要么你是被别人的霸气威慑住了，要么你是被别人的霸道给征服了，再要么你是被霸主给奴役了，再再要么你是自愿成为霸道者的走卒了……等等，究其因由，莫不是你在"霸"的恶行中屈服称臣了！

所以，面对"霸"的产生，"寸头经理"的一句"闹到省公安厅再叫我"使人不寒而栗。试想，没有"省公安厅"这个气候、土壤、条件，"寸头经理"敢"霸"吗？敢对我公安民警动粗动武吗！所以，面对已清除的1.4万多个"霸"，和正在滋生的新"霸"，我们亟须反思"霸"产生的根源。故而，我们呼吁各级各部门要对本地区、本部门的

D篇 正善治

"霸"来一次彻底的清理，尤其要对可能滋生"霸"的气候、土壤、条件来一次清理整顿。唯有如此，才能制"霸"有力，打"霸"断了"七寸"。

故而，我们呼吁各地对"霸"的情况不要单一地"断了"行径就万事大吉了，要彻查"霸"的渊源，正本清源，决不手软。我们但愿"霸"从这个社会上彻底消失！但愿"霸"者，或为"霸"提供气候、土壤和条件者，永远成为历史的笑料而一去不复返！

（2003 年 12 月）

说监督

监督，早在1945年，黄炎培到延安访问，毛泽东主席在回答黄炎培提出的为何历朝历代开始都很好，到后来就慢慢衰败了时，毛主席一针见血地指出：腐败。毛主席在回答共产党有何办法跳出由盛而衰的历史周期时，又满怀信心地指出，依靠"民主"和"监督"。

为此，监督历来是我党反腐倡廉的利剑和法宝。党的十五大也指出，权力失去监督，就必定滋生腐败。因而，每遇腐败分子被查处之时，不论腐败分子、还是腐败者的领导同事、抑或是腐败者的上级主管部门，都以监督不够，监督乏力，监督失控来塞责；认为是监督制度不完善、不到位所致。

那么，如何才能把"监督"这一反腐利剑高高扬起，既威慑犯罪、挽救同志，又惩前毖后，治病救人呢？

据《现代汉语词典》曰，监督，察看并督促。就是说，要监督够力、监督到位、监督不留空白和死角，就要察看到位、督促有力。那么，现实中"监督"的情况又如何呢？其一，监督制度逐步完善。自改革开放和党的第二代领导集体邓小平提出"一手抓改革开放，一手抓惩治腐败"以来，中央相继制定和出台了一系列防治腐败现象发生、发展和滋生蔓延的方针、政策、条例、条令，有力地打击了腐败现象，净化了党风和社会风气；其二，监督的机制逐步建立健全。随着反腐倡廉逐步向纵深发展，我们党在工作中逐步摸索和建立了一整套防止腐败发生的监督工作机制。在此机制之下，揪出了一批批贪官污吏，受到广大人民群众的喜爱和好评；其三，监督的网络更加缜密。从党内监督、法律监督、民主监督到舆论监督，监督的网络纷纷建立健全，以及监督的更加公开、透明，监督工作有效地促进了党风和社会风气的根本好转；其四，监督的手段更加有力。在监督中，各种方式方法的监督手段，有效地促进了监督工作的开展，有力地打击了贪污腐败现象的滋生蔓延；其五，监督的成效更加明显。通过有力的"监督"，使反腐倡廉工作取得了显著成效，领导干部廉洁从政自觉意识进一步增强，部门和行业风气进一步好转，广大党员干部拒腐防变能力明显提高，党风廉政建设和反腐败工作也朝着依法有序的方向健康向前发展。

然而，看到"监督"这把反腐倡廉利剑在反腐败工作中的作用和成效，还必须理性地分为何这把"利剑"会乏力、不到位，不能招招"中的"的症结。

其一，监督在有些人心中顾虑重重。这些人怕在监督中影响了自身前途和发展。比如监督上级怕有"小鞋"穿，监督同级怕伤了和气，监督下级怕"丢了"选票。为此在监督中前怕老虎、后怕狼、不敢动真格；其二，有些人视监督为样子、摆设、走走形式、走走过场。比如在监督中的领导干部申报个人财产、领导干部家属子女不允许经商，以及领导干部在民主集中制的"一言堂"，在行政程序中的以言以权以情代法等，致使监督失灵；其三，监督的制度还有待完善。比如对党政"一把手"的监督，对领导"身边人"的监督，对非热点部门行业岗位的监督，对监督人的监督……等等，这些都有待于在反腐倡廉的社会实践中逐步加以改进、补充、完善；其四，监督的方式方法不够灵活。比如在搞好党内监督、法律监督、民主监督、舆论监督的同时，如何调动社会网络，把同事、家庭、朋友的积极性全面调动起来，设立一道又一道监督的屏障，使腐败现象像"过街老鼠"一样人人喊打个个提防，是扩大监督层面、提高公众参与监督的有效手段；其五，监督的体制还不顺。一是对"一把手"的监督还不顺，二是对监督人的监督还不顺，三是监督的工作机制还有待完善，四是一些权力的监督不具体、不明确、不便于操作，五是监督的组织结构还有待于进一步探索等；其六，监督渠道还不够通畅。往往在监督中因人为因素的干扰，还存在渠道不畅，监督中途夭折，监督乏力等不良现象，致使监督流于形式而形同虚设。

总之，由于"监督"这把反腐利剑在实际操作中遇到这么多的现实问题，为腐败分子巧取豪夺、尔虞我诈提供了"窃机"，使反腐败工作新情况、新问题层出不穷，为反腐倡廉向纵深发展造成了障碍。为此，我们在加大反腐败力度中，要进一步加强监督机制，使监督这柄反腐的利剑能锋芒所指、所向披靡，从根本上促进党风和社会风气的根本好转。

（2003年12月）

上善若水

"治治病"须"四诊合一"

病有标本：标为病之变，本为病之源。《黄帝内经》曰：治病求其本。为求病之本，中华传统医学总结出望、闻、问、切"四诊合一"的有效方法。医道通世道。正在全党开展党的群众路线教育实践活动有一个重要环节，就是征求意见；有一个根本目的，就是"治治病"。要通过征求意见找准在"四风"上存在的突出问题及其"病本"，进而达到"治治病"的目的，坚持"四诊合一"十分必要。

当前，有的地方、单位征求的问题、意见不痛不痒、似是而非，没有针对性、现实性，像是高射炮打蚊子——不着边际。究其原因，主要就是"诊断"时方法不当，不是坚持"四诊合一"，而是只注重"闻"和"问"，忽略了"望"和"切"。明代大医张景岳曾将"四诊合一"归纳为《十问篇》，其中讲道：一问寒热、二问汗、三问头身、四问便、五问饮食、六问胸、七聋八渴俱当辨、九固脉色察阴阳、十从气味章神见。他还指出，对患者不仅要详细地"问"和"闻"（嗅气味、听声音），更要仔细地"望"（观察）和"切"（触及），全面了解患者的汗、头、身、胸、脉象等。只有这样，才能准确地掌握病情，做出正确的诊断，开出管用的药方。

对于查找"四风"上存在的突出问题，望、闻、问、切四种诊断缺一不可。唯有坚持"四诊合一"，方能查出病情、找准病因，进而对症下药、有效施治。如果只是简单地"听一听"、"闻一闻"，停留于表面，满足于应付，就很可能失之偏颇、流于浅层，搞不清病情，找不准病因，结果导致整个活动走偏、走虚、走过场。坚持"四诊合一"，就是要把望、闻、问、切有机统一起来，全面深入地查找和分析自身在

"四风"问题上的具体表现和根源,进而研究制定解决的办法和措施。

坚持"四诊合一",既是对"医生"的要求,也是对"患者"的要求。从一定意义上说,在开展教育实践活动过程中我们首先是"医生"。是"医生",就要具有严谨细致、精益求精的作风,善于运用"四诊合一"的方法查找本部门、本单位和自己身上存在的作风之弊、行为之垢。同时,我们也是"患者"。是"患者",就要勇于接受监督,勇于开展批评与自我批评,让广大群众为我们来个"四诊合一"的大会诊、大排查、大检验。无论当"医生"还是做"患者",真正做到了"四诊合一",就不愁搞不清病情、找不准病因,不愁看不到毛病、查不出问题。而真正搞清了病情、找准了病因,"治治病"就有了坚实基础。

(2013年9月)

上善若水

让"权力经商"退出市场

备受国人瞩目的反垄断法，在8月30日举行的十届全国人大常委会第29次会议上获准通过。这部有着"经济宪法"之称的重要法律，诞生历时13载，见证了中国经济潮起潮涌。它的通过出台，为建立和完善中国特色社会主义市场经济制度，起到了奠基性作用。它的意义远不止对市场公平有序竞争规则的制定和诠释，更重要标志着中国资源配置方式已从政府的行政命令转入市场竞争，要求政府作为公共资源管理的服务机关，在调节市场这只"看不见的手"中，有责任让各类企业在法律规定的"同一起跑线"上有序参与市场竞争，有责任让"权力经商"退出市场。

每一部法律的出台都有其深厚的历史渊源和文化背景。自1994年《反垄断法》被列入全国人大立法议程以来，一直跟随中国市场经济的艰难转型蹒跚走来。今年以来，从兰州物价主管部门限定牛肉拉面的价格，到世界拉面协会中国分会涉嫌相关企业相互串通、操纵市场价格被处罚等，都凸显出不良市场竞争，尤其是带有权力色彩的竞争行为亟待法律规范的紧迫性。反垄断法目前在我国是一种全新的法律制度，但在最早出台的美国已有100多年历史，而目前世界上已有80多个国家颁布了反垄断法。

在市场经济条件下，只有竞争才能使社会资源得到优化配置，企业生产什么、生产多少，不是靠国家计划或者行政命令，而是由市场决定。将于2008年8月1日实施的反垄断法，就从市场角度对政府提出了更高要求。政府不但要认真担起反垄断执法人的角色，更须按市场规律办事，让"权力经商"退出市场——禁止政府及其所属部门滥用行政权力限制、排除竞争，比如对外地商品设定歧视性收费项目、实行歧视性收费标准，或者规定歧视性价格等；禁止国家授权享有独家经营权利的企业或行业利用其控制地位或者专营专卖地位损害消费者利益，比如滥收费用、抵制或拒绝交易等。对于那些法律法规授权的具有管理公共事务职能的组织、行业协会等来说，类似的垄断行为也同样受到更多的刚性约束。只有这样，才能杜绝不公平的竞争环境，才能更好地保护消费者权益、保护企业合法利益，营造优胜劣汰、公平有序的市场环境。

　　当前，我国经济社会正发生着深刻变化，由计划经济向市场经济的转变逐步进入"深水区"。要实现国民经济又好又快地发展，必须使政府从"全能"向"有限"转变。对于那些自然垄断或者合法形成的垄断行业，各级政府应当提高反垄断意识，更好地承担监管责任，加大监管力度，让其在法律范围内行走；并尽力在这些行业引入更多的市场竞争，让此类垄断减到最少。与此同时，反垄断法的出台也给企图寻求政府保护或通过政府"寻租"而达到"权力经商"的企业画上了句号。

（2007年9月）

上善若水

诸侯政治与贪官网络

诸侯，封建时期的产物。西周、春秋时期分封的各国国君。规定要服从王命，定期朝贡述职。在其封疆内，掌握统治大权。《国语·周语上》曰："诸侯春秋受职于王，以临其民"。政治，《现代汉语词典》曰：政府、政党、社会团体和个人在内政及国际关系方面的活动。诸侯政治，以笔者粗浅之见，应为诸侯在封疆内一言九鼎，号令八方，唯我独尊，独断专行；视百姓如草芥，视权力如行私利之工具；横行霸道，恣意妄为，不可一世。

说起诸侯政治，自秦统一六国、四海归一以来，历朝历代都借鉴周朝君王割据、战乱不断、民不聊生、政权摇摇欲坠的古训，纷纷加强中央集权建设，削减地方权力，力求能使国家政令统一、令行禁止。以此，达到国家大治、百姓安居、歌舞升平、生活充裕。

然而，公元前的诸侯政治现象，在当今社会又死灰复燃、若隐若现，令人顿生疑窦。日前，被中央开除党籍的原河北省委书记、省人大常委会主任程维高，就是典型的一例。程维高临政河北期间，大权独揽，我行我素，不可一世。试看程"诸侯"执法期间的一些所作所为：其一，班子内的省委常委、省纪委书记刘善祥，在调查一起涉嫌5000万巨款"来源不明"案件时，发现牵扯到程的秘书李真。刘请程将李真调离秘书岗位，以方便办案，然而，程诸侯哪能容忍"卧榻之侧、他人鼾睡"。不久，非但李真未被调岗，而是刘迎来了一纸解职通知。一名堂堂的省部级干部，就因为本着一心为公、向党负责的态度，被程"诸侯"动用政治手段而"废除"了！其二，原河北省建委主任靳庆和，在工作中发现与程有染的南京二建公司严重扰乱河北建筑市场秩序后，多次向程反映，希望能引起重视，加以解决。程未表态。在此情况下，靳庆和按国家有关法规，处罚了违规操作的南京二建。然而，靳引来的也是一纸免职通知。国家法规在程的面前，完全成了一纸空文、一个摆设、一个任其蹂躏和践踏的"木偶"。就是靳庆和依法办事，我程"诸侯"也能治你的"罪"。其三，有一年，程维高去某地区调研，在听这个地区的县委书记汇报工作时，因为有些县委书记"笨嘴笨舌"，一口气撤了17个县委书记。因为在程维高的眼里，通过党代会选举的县委书记，其实就是自己疆土内的一头任其宰割的羔羊，一句话就使这些辛辛苦苦为党工作了多年的领导干部们"乌纱"落地。……程维高当权河北时的诸侯政治作派，不单单置党纪于不顾、置国法于不顾、置组织原则于不顾，还有其封杀不同声音，残害提意见者，重用亲信为非作歹等一件又一件一手遮天的丑行。程的这些丑行和作派，其思想、意识、行为、手段，不但丧失了一名共产党人最起码的人格风范和党性原则，而且与封建时期专制暴戾的君王欺压百姓、玩弄权术之暴政相比有过之而无不及。

因此，程维高的落马，与现实落马中大多数高官如成克杰、李嘉廷、胡长清、丛福奎等与金钱、美女紧密相关有所不同，那就是中央公布的五条"罪状"中都体现出一条原罪：当权一日，横行一时；唯我独尊，不可一世。

大行诸侯政治之道的程维高虽然倒下了，但其所作所为暴露出的遗毒却危害不浅，发人深省。——与诸侯政治紧密相连的最大遗毒就是其独断专行之下衍生出的贪官网络。程维高当政时，有两任秘书吴庆伍、李真，原省建委主任李山林，原石家庄市长张二辰，原河北省驻京办事处主任王福友等一大批或慑于程的淫威，或窥于程的权势，或贪于程的赏赐的一批批心怀叵测者，纷纷拜在程的门下，或甘当走狗，摇头摆尾、伺候主子；或充当打手，欺凌百姓、邀功请赏；或沉瀣一气，明则保官、暗则捞利；或弄虚作假，坑害黎民、为非作歹……等等，使得世风污浊，民怨载道；使一些正义之士蒙冤受难、清白之士唉声叹气，使

上善若水

老百姓看不到光明和前程；使得时光倒流，社会风气倒退！然而，任何人也阻挡不了时代前进的步伐。哪些大逆不道，用封建专制手段残害黎民百姓，妄图巩固自己权力和地位者，最终被历史的巨轮碾得粉身碎骨。

最近一期《瞭望》周刊刊登分析文章指出，中央有关部门研究发现，当前腐败呈现七大特点。这七大特点第一条就是腐败的群体性明显，第二条是党政"一把手"腐败突出。究其因，笔者以为这都是个别手握重权的高级领导干部的"诸侯政治"封建统治思想在回潮。他们视党和人民赋予的权力为个人徇私舞弊的拐杖，排除异己、我行我素、为所欲为。在此之下，一批利益之徒趋之若鹜，声色犬马、伺候左右；无形中形成了一个个利益群体，相互阿谀迎奉，拍马溜须、狼狈为奸。为此，要进一步加大反腐倡廉的力度，类似程维高之流的"诸侯政治"思想和作派必须及早予以清除。不然，这种苗头和动向一旦形成气候，不但会危及一省一地的政权建设，而且会危及整个国家和民族的利益。我们坚信，在全民奔向小康社会的康庄大道上，类似程维高的"君王"思想一定会得到彻底清除；这种逆历史潮流的做法，一定会在文明、开明、进步、法治的社会里被彻底淘汰。那些，逆历史潮流的做法只能是螳臂挡车，自不量力，痴心妄想。

因此，我们但愿中央对程维高的处理是向"诸侯政治"开刀的鸣金号角；但愿手握重权的封疆大吏们以程维高案为鉴，好自为之，切莫逆历史潮流而行；但愿一切妄图苟且在"诸侯政治"樊笼下寄生的喽啰快快清醒，千万不要成为这些封建余孽的牺牲品而自毁身家性命和前程！

（2003年9月）

敢选人　善选人　选对人

古人云："治世之道，识人为先"，"举贤荐才，为政之要"。当前，省市县乡四级领导班子集中换届，正在全国各地有序进行，这是党和国家政治生活中的一件大事，更是对各级领导、领导班子、为政者的一次"进京赶考"。尤其在世情、国情、党情发生深刻变化的新形势下，为政者能否坚持正确的用人导向、为党和人民的事业广纳人才、选贤任能，直接关系到党和人民事业的继往开来，关系到党能否经受住"兴也渤焉，其亡也忽焉"的周期率考验，关系到实现中华民族伟大复兴的历史使命！更是中国共产党成立91周年和党治国理政62年的今天，历史赋予每名共产党员、领导干部和为政者的一块试金石。

敢于选才，是坚持正确用人导向的前提。敢字当先、敢为人先、敢为事业用人才，是为政者坦荡胸襟的展示；是为政者敢为党和人民事业担当，善于担当的胆略，是为政者为历史负责的气魄和境界。胡锦涛总书记强调："我们党除了人民利益，没有自己的特殊利益。我们党坚持这个崇高原则，为一切忠于人民、扎根人民、奉献人民的人们提供了施展才华的宽广舞台。"领导干部、为政者，牢记这一宗旨，有了这样的胸襟和用人导向，在选才用才中，就有了宽广的视野和海纳百川、任人唯贤、五湖四海的胆识；就敢于跳出个人利益、部门利益、地域利益的选人用人小圈子，理直气壮、一身正气、敢当敢为地为党和人民选好才用好才；就敢于突破人们常常议论的"千里马常有、而伯乐不常在"的用人怪圈，把真正具有真才实学、群众公认、德才兼备的优秀人才选拔出来，合理使用起来；敢于破除人才选拔中的各类"潜规则"、"显规则"；敢于顶住选才用才中的各种不正之风，公道正派地把对党和人民事业有益的人才选拔出来。与此同时，在严格遵循干部选拔任用条例的基础上，敢于以无私的境界和气魄，探索特殊人才选用新机制、新方法，以特别任用或破格提拔的方式方法，使更多优秀人才脱颖而出，为党和人民的事业贡献力量。

善于选才，是坚持正确用人导向的基础。善于把优秀人才选拔出来，合理使用起来，是对为政者为党和人民事业尽职尽责的基本要求，也是为政者能力的展示。俗话说："兵强强一个，将熊熊一窝"。一流的干部，干一流的事业。对一名干部的选拔，为政者不但要有胸襟、气魄和胆识，更要在正确用人导向的指引下，练就发现和使用人才的"火眼金睛"，善于把适当的人才放在适当的岗位，既给平台、权力，又给压力、责任、担子，让其有不断成长锻炼的岗位和环境，造就和形成人尽其才、才尽其用、人才辈出的生动局面。然而，选才，是一门深奥的学问，古有"马上封侯"的选才个案，战争年代我党有"火线提干"的选人惯例。今天，我们为政者在遵循选人用人内在规律和用人原则的同时，有以下几个要领可供参考，即：既要赛场选马、公开选拔，又要善于场外观将，不以考试论成败；既要兼听则明、注重考察中的群众评价、民主测评，又善于全面衡量一名干部的功过得失；既要着眼行业和系统、又善于拓宽用人渠道，跨行业跨部门跨地域交流锻炼干部；既要注重平时的表现、年度考核、实绩分析，又善于在急、难、险、重和突发事件中观察和选拔干部；既要注重身份、学历、任职年限、年龄等基本条件，又善于破格使用，不拘一格用其所长；既要考虑当前的情况，又善于兼顾未来发展和党的事业后继有人，全面、历史、辩证地、客观地看待干部；既要谨慎从严，又善于放手培养、使用。总之，善于选拔和团结一批又一批为党和人民事业勇于担当、甘于奉献、德才兼备的优秀干部，应成为为政者矢志不渝的为政追求。

选对人才，是坚持正确用人导向的关键。是为政者统揽全局、驾驭全局的重要表现，是为政者执政本领的充分展示，是党和国家事业兴衰成败的关键之所在。敢选、善选人才，都是为了选对人才。人才选拔的对错与否，不是一朝一夕可以显现。唐代大诗人白居易有诗曰："试玉要烧三日满，辨材须待七年期"。两句诗深刻阐释出：验证宝玉真假，要火烧三天；分辨人才真伪，必须等上七年。为了党和人民的事业选拔人才，不因循守旧、以几年期限论成败、论英雄，但其中的道理告诉我们：选对人才的关键性、重要性。晚晴名臣曾国藩说："衡人者但求一长而取，不可因微瑕而弃"。选对人才要树立用人看主流、看本质、看发展的选人观，破除论资排辈、求全责备、一叶障目的旧观念。要善于评价一个人的长处和优点，用人所长，避人之短，避免不忘其短，放大其短，以短歧视和压制人才现象的发生，避免党和人民事业受损。选对人才，要立足干事业，对有敢闯敢冒精神的人应放心使用。人才注定与众不同，注定有"非一般"之处，有"天降大任于斯人也"的观念、行为、作为，有鲜明的个性，特立独行，不随波逐流的"混日子"。因此，选对人才，不是选那些当一天和尚撞一天钟、甚至不撞钟，四平八稳、甚至躲着藏着，遇到突发事件和急难险重任务绕着走的人。选对人才，要不拘一格。如此，才能选对人、用对人、用好人，把好钢用在刀刃上。

　　为政选才，是历史留给当今共产党人的一大兴盛攸关的重要命题；为政选才，是保持国家长治久安、党的事业代代传承、永续发展的重要使命；为政选才，是中华民族能不能在共产党人手中实现伟大复兴的重大责任。但愿每名为政者，在当前集中换届中，牢记使命和责任，以更宽的视野、更高的境界、更大的气魄，广开进贤之路，把优秀人才真正选拔出来、合理使用起来，不辜负党和人民的重托！

（2011年12月）

上善若水

副省长假日办公该不该宣扬?

据10月30日中央某日报要闻版载,10月26日,星期六。一大早,SD省副省长赵某某一行来到尘土飞扬的SD省体育中心改扩建工地。城建是赵某某分管的工作领域之一。按照SD省建设新某城的规划,省体育中心改扩建工程是实施规划的第一战,这里是明年夏天亚洲杯足球赛的主赛场。工期紧、工程量大,工程拆迁和新建的每一个细节都牵动着赵某某的心。在工地上,赵某某察看了整个施工作业现场,掐着指头推算工程的设计施工进度……

此条消息,不足300字,完全是客里空,是一名领导干部在日常工作中千篇一律的官话套话,但不知为何会上了中央级日报的要闻版!

费解之余笔者思量,一是该中央级日报仍然有官本位意识,版面和记者的笔头子仍然在围着官员转。所以,一名副省级干部的一般性工作,就成了新闻并登上了该报的要闻版?二是此稿可能是人情稿、关系稿。要不在九百六十万平方公里的土地上平常得再不能平常的一件事,怎么上了中央级日报的要闻版;三是此稿的有关"程序"是新闻单位和该副省长故意"导演"的"杰作"。要不一名地方官的日常工作咱就这么"巧"地碰上了中央级日报的记者,又"巧"在节假日,"巧"在上了数亿人瞩目的中央级日报呢?……,凡此种种,不一而终。

因而,透过这一事实使我们感受到,一方面新闻单位要反思我们的工作,另一方面各级党政领导干部也要反思我们的工作。

首先,新闻单位在宣扬各种新生事物时,要以"三个代表"重要思想统领工作思路和脉搏。一是一名领导干部假日办公该不该提倡的问题。曾有一段时间,我们媒体以先进人物牺牲节假日等休息时间坚守工作岗位为荣,大力弘扬、全力倡导。据此,有人提出过疑惑,寻问是先进人物的工作效率低在"补工"还是在"作秀"。之后,这种片面宣传被弱化了。然而,今天我们对一名副省级领导干部假日办公又在中央级日报要闻版大肆宣扬,其效果宣传是不言而喻的!二是一名领导干部假日办公有没有新闻价值的问题。从消息中我们得知,这次假日办公是这名领导干部在办"分内之事",同时也无特殊的新情况出现,更没有解决在全国有针对性、典型性、示范性、代表性的问题。据此,凡是有新闻常识的人都知道,这类新闻有价值吗?有必要在中央级日报宣扬吗?三是中央有关领导同志前不久指出,新闻工作要贴近实际、贴近群众、贴近生活,要尽量减少会议新闻和领导活动的报道,而这家权威的中央级日报却在要闻版刊登此类新闻,又给我们带了什么头呢?!

其次,各级党政领导面对新闻宣传也要多长个"心眼"。身为党政领导,一举一动都倍受社会各界的关注,尤其受媒体的关注。那么,我们就要注意我们的言行举止,把握好我们工作的尺度和分寸,不要人为造成是为了宣传而工作,是在"作秀",是在"表演"。如若不然,一是影响了领导干部在群众心目中的个人形象,二是使公众误认为你是在"作秀",三是让媒体也"犯难"!为此,此类情况之下,非但帮不了你的忙,反而给你工作帮了"倒忙",影响了你的个人威望,动摇了你的群众基础,淡化了你的领导形象。

胡锦涛总书记在"三个代表"重要思想理论研讨会上指出,领导干部必须深入基层,深入群众,特别是要到最困难的地方去,到群众意见最多的地方去,到工作推不开的地方去,同那里的干部和群众一道,努力排忧解难,化解矛盾,打开工作局面。因此,我们的媒体要深刻领会胡锦涛总书记的重要讲话精神,把版面、笔头让给基层群众,使宣传工作既符合党的主张又体现群众的意愿。各级党政领导干部要以胡锦涛同志的重要讲话为指针,善于捕捉群众的困难和意见,善于挖掘和解决群众的问题,使党政领导干部的形象也在宣传中"扎"入群众心坎,赢得群众的赞誉和好评。

(2003年11月)

上善若水

国外治理以权谋私的启示

近来,读了三条报道国外治理以权谋私的新闻,让人惊叹不已。

新闻一说,1998年,新婚不久的德国总理施罗德和家人一起乘坐他的专机去丹麦过圣诞节。根据德国政府的规定,国家领导人的家属乘坐专机一律自掏腰包,为此,施罗德不得不替自己的妻子、女儿及岳母交了3700美元的旅行费。从那以后,每次出门度假,他都让妻子多丽丝和女儿乘坐普通航班,而自己坐着空荡荡的政府专机前往目的地。

新闻二说,加拿大联邦政府的一些内阁部长突然发现,再也没有比接受免费吃请和游玩更害人的了。最近,联邦政府的5位内阁部长被迫相继公开亮相、向加拿大公众道歉。环境部长安德森、劳工部长布拉德肖、工业部长洛克等,因为接受吃请和游玩,在补交了相关费用的同时,公开向公众道歉,并表示,为了不影响公共利益绝不再有下一次。

新闻三说,意大利锡耶纳市现任市长布赞卡,因妻子搭乘其公务专车违法,而被判处有期徒刑6个月。

以上三条来自世界经济强国德国、加拿大、意大利依法治理以权谋私的新闻,不知你读后有何感想?先不说我们的制度与这些国家相比有什么差别,也不说这些国家公务人员的自觉性有多高,但就三条新闻所涉及的公车私用(包括总理专机),接受请吃游玩而受处罚来说,就让我们汗颜不已,就够我们反思的了!

先说公车私用问题,各地出台了不少政策予以治理,但是此风却屡禁不止、屡刹不绝,还有上扬之势。你瞧,在结婚迎亲的汽车长龙中,大部分被"永结同心"、"爱河永浴"、"百年好合"等字样遮住前后车牌的,必定是公务车;再瞧,每临孩子上学、放学时间,各大中小学门口常常交通堵塞、道路瘫痪，究其因，还是一辆比一辆高档、一部比一部崭新的公务轿车在校门口接送孩子们上学和放学；又瞧节假日期间各大旅游景点、各百货商场、各游乐场门前停放的一辆辆高级公务车……总之，公车私用，已成为当今难以治理的顽症，成为一条腐败的暗流难以正本清源，截流断源。

再说公款吃喝问题，更是一道横亘在清正廉洁道路的难题，久治不愈，久攻不破。从乡村一级的干部到省部一级的干部，莫不吃喝成风。更有甚者，吃垮了当地的酒楼饭店。为此，这类"酒杯一端政策放宽、筷子一拿没啥没啥"的吃喝风，使各地群众苦不堪言。吃，吃坏了党风吃坏了胃；喝，喝得妻子背靠背。所以，吃喝风不但败坏了党风政风和各级干部形象，而且也危及家庭的稳定。故而，吃喝风这个腐败"拦路虎"，一直困惑着各级党政干部和人民群众！

又说游山玩水风，是一种更高档的公款消费。这种游玩风也是刹而不绝，禁而不止。上有政策，下有对策。而且名目繁多，什么座谈会、研讨会、调研会、协作会、交流会等已不是什么新鲜玩意，打着招商引资招牌去各地"招商"时下已成为公款游玩的另一招。再则，公款消费不但玩的这些人国内不新鲜，国外也不新鲜。因为国门大开之后，国外的项目和人都已引进国内。所以，不出国门就可享受国外风情，不出省域就可领略祖国大江南北风光。

故而，比照国外治理这三大以权谋私、化公为私的做法，使我们不得不警醒我们的落后和颓废。其一，要真正摆在立党为公、执政为民的高度治理公车私用、公款吃喝、公款游玩的不正之风。要成立专门调研小组去发达国家调研，结合我国国情情况狠狠刹一刹，就像前些年治理公款安装私人电话和配备私人手机一样，痛下决心予以治理；其二，要杀一儆百，从严治理。说穿了，这三大顽症之所以久治不愈，关键还是各级没有硬起来，没有抓住典型痛下决心。就像意大利治理市长公车私用一样，按法纪判了6个月刑，使这位市长不但官丢了，连时间、名誉、金钱也搭进去了。因此，此类手段必使其他欲违法违规者要计算腐败的代价和成本，不敢轻易越雷池半步。故而，我们只要"严"起来了，不愁这三股歪风刹不住；其三，领导要率先垂范。比如像德国总理施罗德一样，贵为一国总理，其家属乘坐专机也照样付费。不付费，就去搭乘普通航班。在这里，我们不是称赞德国总理思想境界有多么高尚，但从其遵守制度来说，是值得我们效仿的。我们有句俗语说"村看村户看户，群众看的是干部"，那么干部又看的是谁呢？看的是领导！为此，我们一项制度出台后，只要领导率先垂范了，就不担心贯彻不了；其四，要为公权的私用制定惩罚的法规。在我们国家曾经出现过"法律不及红头（文件）、红头（文件）不及黑头（便笺）、黑头（便笺）不及白头（白条）"的说法，而今却恰恰相反，老百姓认的是法律。所以，这既是我国普法教育的成果，也是我们治理三股不正之风的契机。因而，是否效仿发达国家的做法，把公务人员利用国家公共权力谋私行为逐一细化，比如公车私用、公款消费等，制定完善的法律条文予以惩戒。这样，内部文件管不住的有了法律来管，同时还有方方面面的监督。果如此，就不愁三股歪风治理不了了！

　　总之，治理以权谋私是反腐倡廉的一大主题和重要方面，但真正要把腐败这个21世纪的国际顽症治理好，还需用我们不停地举一反三，适应形势，加大力度。唯如此，此顽症才能得到更加有效的根治。所以，我们期待国外治理公车私用、接受吃请和游玩的做法，能给我们的反腐工作带来一点启示就够了。

（2003年12月）

"打黑除恶"切忌沾沾自喜

据新华社报道,来自公安部刑侦局的统计数字显示,自2000年12月公安部部署全国公安机关开展"打黑除恶"专项斗争以来,各地公安机关摧毁631个多年来称霸一方,拉拢腐蚀党政干部,无恶不作,民愤极大的黑社会性质组织,有力地保护了人民生命财产的安全,促进了社会稳定。

阅读此文,让人欢喜,让人忧。欢喜的是,3年来我公安部门"打黑除恶"战果丰硕。通过"严打"不但摧毁了631个黑社会性质组织,而且打掉了一批黑恶势力关系网、保护伞,挖出了一些党政、司法机关的腐败分子,清除了一批害群之马,净化了社会风气,促进了社会稳定。忧的是,三年内清除了631个黑社会性质组织,可见社会治安综合治理工作任重道远,切不可沾沾自喜!更不能面对战果而盲目陶醉,丧失了警惕!

首先,631个黑社会性质组织的清除,各地要来一次"回头看"。要进一步排查案源线索,深挖犯罪细节,清查这些组织的余罪;尤其要清查有没有漏网分子,有没有隐藏罪孽,有没有转移侦破视线……等等,使每一个案件都事实清楚,证据确凿,立论充分;能为历史负责,为案件当事人负责,为人民大众负责。

其次,要进一步分析案情,把隐藏在案件背后的保护伞、关系网彻底摧毁。要对每一起案件都进行法理分析;对每一个犯罪分子,每次作案情况,作案后的利益分配等情况进行分析;尤其是破获黑社会性质组织案件的上一级党委要派出案件督查组,协助各地分析案件情况,把隐藏在黑社会性质组织背后的害群之马彻底"挖"出,防止"大恶"逃脱，防止案件反弹，防止形式主义和人为作秀。

再次，要进行一次社会治安综合治理情况分析，为汲取教训、扬长避短积累经验。各地，尤其是出现黑社会性质组织的地方，要解剖麻雀似的把发生在本地的案件起因、社会因素、作案手段、社会危害性、形成黑社会性质组织的气候条件土壤等多种因素进行一次理情分析和梳理，认真查找缘由。在此情况下，剖析本地的社会风气、治安漏洞、普法状况等，制定新的治安防控体系和网络。唯如此，才能避免新的黑社会性质组织的犯罪在本地死灰复燃、重新抬头；才能更加有效地净化社会风气，促进社会稳定。

再则，要高潮迭起、日不间断地进行"暴力犯罪"、"团伙犯罪"、"带有黑社会性质组织犯罪"等的打击活动，保持对各种刑事犯罪打击的高压态势，力求把各种严重刑事犯罪消灭在萌芽状态。因而，各地万万不能三年"打黑除恶"专项斗争告一段落了，就放松了警惕；就刀枪入库、马归南山；就一阵风似的把"打黑除恶"应付了事。这样，只能贻误战机，耽误与犯罪分子斗争的良机。所以，"打黑除恶"千万切忌一阵风、走过场、流于形式，要长期、持久、日不间断地进行打击和防范，切实把各种刑事犯罪消灭在萌芽状态。

总之，自从阶级和社会产生以来，为了保持国家机器的正常运转、保证社会安定和人民群众的安居乐业，正义与邪恶一直做着艰苦的较量。打击邪恶、惩治犯罪，一直是一场复杂而长期的斗争。所以，在新的历史时期产生的黑社会性质组织犯罪，我们的斗争是长期的、繁杂的、尖锐的；切不可一个战役结束、一场斗争完毕就固步自封、停滞不前；要认真总结和反思，把这项保护人民安定，保障全面建设小康社会顺利进行的斗争持久、广泛、深入地开展下去。

（2003年12月）

公务员考核细化好

据新华社日前报道,公务员不称职有哪些表现,北京朝阳区列出19种不称职和11种基本称职的表现,并要求在实际工作中贯彻、落实。朝阳区的这一做法,使运行了10年的我国公务员暂行条例中年度考核为"优秀、称职、不称职、基本称职"的笼统化条款得到了细化,有效地分出了"不称职"、"基本称职"的是非界限,使公务员考核工作更加"刚性"化。

长期以来,我国对公务员的考核往往是聋子的耳朵——样子和摆设。因为公务员是"铁交椅"、"铁饭碗",拿的是国家的钱,吃的是财政的饭。为此,干好与干坏、成绩突出与成绩平平,往往没有具体的衡量标准。每逢年终岁首、在对公务员一年来的工作情况进行考评时,因为没有具体的衡量标准和条款,又是朝夕相处的同事和本部门的领导在打分、投票,在投"称职"与"不称职"的票。为此,只要没有触及法律,没有严重的违法乱纪行为,谁也不愿去得罪人,谁也不愿去实事求是地评价谁。为此,常常出现你也称职他也称职,你也优秀他也优秀;难免在鱼目混珠中挫伤很多踏踏实实干工作的同志的责任心和上进心。久而久之,使得公务员岗位出现了消极怠工,当一天和尚撞一天钟,甚而不撞钟的不良现象。这些现象,一直成为"机关病"而消磨着人的意志,影响着人的奉献精神,阻碍着党和政府的事业发展。

为此,北京朝阳区的做法,从作息,重大政治是非立场,违反社会公德,搬弄是非影响团结,无正当理由不服从组织安排等方面,按照我国现行法律法规条例条令,依照依法治国与依德治国的标准,对公务员行为进行了量化和细化,具体到工作态度、道德品质、工作行为、工作成效等，使得运行10年来的公务员"不称职"、"基本称职"有章可依、有章可循。笔者以为，这是一项大快人心之事，是进一步强化公务员队伍管理的有效举措，应大力提倡。

这种做法，其一，使公务员考核由"弹性"走向了"刚性"。使以前的概念化、印象化考核变得具体起来，便于操作；其二，使公务员考核由"人情"转向了"制度"。使以往考核中顾及情面，怕得罪人，当老好人等倾向以制度的形式得以规范，谁也不怕得罪谁。既就是得罪了谁，也有不说话的制度摆在哪里；其三，使公务员的责任心、责任感、责任意识得到加强。比如上班迟到、是非观念模糊、嫉妒工作上先进的同志而说是道非等工作消极、群体意识不强等不良思想和作风，都有章可循、有条可依地予以处罚，有效地增强了公务员的大局意识、主人翁意识和工作责任心；其四，遏制了一些"特权"公务员的行径。比如有的领导干部上班不打卡，外出不请假，工作没有具体任务也没人敢去评价等等；其五，为公务员队伍管理逐步走上规范化、制度化、科学化进行了有益尝试。10年前，公务员暂行条例的颁布，使我国政府管理更加有序、规范，使政府工作效率明显提高。然而，现如今的社会知识日新月异，市场超前反应，时代大步流星地向前推进，10年前的条例与现如今的时代已有很多地方不相适应，需用我们去逐步改进、完善、补充和修改。为此，朝阳区的做法，无疑为改进提供了例证，值得肯定。

故而，对朝阳区的做法不管结果如何，我们都应予以肯定，对其敢"吃螃蟹"的创新精神应该加以表扬。同时，我们也期待国家有关部门和全国其他地区，能以朝阳区为鉴，尽快制定和出台强化公务员考核的硬性指标，能够真正使现如今唯一吃"大锅饭"的公务员考核也具体起来，透明起来，刚性起来；真正体现干好与干坏不一样，贡献大与贡献小更不一样，提高党政机关的工作效率和办事水平。

（2003年9月）

教师挂牌上课与校长当班主任

据报载，经过两个学期的磨合，海南师范学院在更大范围内实施教师挂牌上课，新学期有70多名教师接受4800名学生的挑选。

又据报载，在新学期的开学典礼上，刚入学的云南大学生命科学院2003级生物技术基础班的本科生们惊喜地发现，他们的班主任竟是云南大学副校长张克勤。从今年起，由知名学者和校领导担任本科班主任，与本科生面对面，将成为该校的一项长期制度。

喜读以上两文，让人感想颇多、启发颇多。

其一，是适应现代教育方式变革的有效尝试。近年来，对教育方式的改革呼声最高、期望也最高。尤其是如何提高教育质量、改进教学方式，各大专院校都在进行尝试。今年北大"变脸"、中山大学"破旧"等带来的教育变革一浪高过一浪，值得赞赏。然而，如何切合实际地从一点一滴做起，海师从教师挂牌任学生挑选和云大让校领导出任班主任入手，渐进进行变革，是一种尝试和创新，应予肯定。

其二，是开放式教学的有效手段。教师挂牌上课，即：公示选课班级名称、人数、课程名称、任课教师、职数、上课时间、上课地点等，使学生充分选择适应自身个性和风格的教师授课。这样，不但能有效提高学生专心致志学习的积极性、主动性；而且能够使教师全身心投入教学，进一步提高教学兴趣、教学水平；教学态度和风格也将受到感染，使教学双方劲头更足。与此同时，也有效地促进了学风、教风的好转，促进了教师之间的相互竞争，创造了宽松、开放的教学环境。

其三，创造了教师潜心钻研教学业务的良好氛围。大专院、校，是教书育人的地方。教育不但要为人师表、师德高尚，而且教学业务更应力争上游，高人一筹。然而，一些政府部门的官僚体制这些年却在大专院校蔓延，教师们攀比的不是教学水平、教学质量，而是盯着各室正副主任、院（校）正副院（校）长的位置，去投机钻营、谋取名利。更有"官场"失意者，不惜损毁光荣的教师形象而用歪门邪道去沽名钓誉，以致学术风气腐败，教学质量低下、教育成果衰退。为此，把教师推向学生去展示教师德才；让挂了领导头衔的校长也要回归教学的本行去带班授课，都是让教师回归本行，走教学正道的有效途径，值得提倡。唯有如此，才能使纯教学部门的大专院校教师队伍心态端正、潜心教学、为人师表；才能明白教师的本职工作是教学，而非当官；是钻研教案业务，而非忙于名利。这样做，有效地端正了教风和学风，有效地回归了院校的教书育人之本来面目。

其四，是培养高素质人才的有效举措。通过让学生选择教师，让当了校领导的知名学者身体力行地向莘莘学子传授技艺，不但能有效调动学生们一心向学的积极性，而且选择和师从崇拜的教师或知名学者，能积极有效地"勾"起学生们的求知欲望，能够在"名师出高徒"中培养出一批又一批优秀人才，有效提高教学质量，提高学生素质，培养出高尖端的优秀人才。

为此，我们期盼这些适应新形势的教学理念、教学方式，能够在更多的大专院校得到推广和运用；能够促进更多的大专院校既大刀阔斧地进行"大改"，也从一个环节、一个过程中实事求是地进行"小变"，真正把我国的教育事业推向新的境界、培养出更多的优秀学子。

（2003 年 9 月）

E篇　动善时

老子认为，人类应效法水行动之时善于把握时机，顺其自然。条件不成熟时，不勉强去做；条件成熟时，顺其自然，应期而动，不失天时。

怀才待遇又从另一个角度告诉我们，有才能的人怕的是机遇来临自己素质跟不上而错失，而不是机遇不青睐自己而怨天尤人。

——《怀才待遇与三年不鸣》

自古以来，智商与情商让人欢喜让人忧，让人富贵让人贫。但是，无论如何，凡成大事者，在才智过人的同时，历练情智显得非常重要。

——《智商与情商》

在精彩、成功、热烈的博鳌亚洲论坛2003年年会上，理事长拉莫斯致辞时，让掉了长达45分钟的讲稿，即兴说了几句。年会，最后一次新闻发布会上，6位理事的总结仅70个字，最短的7个字，最长的19个字，为我们各级领导干部清

除文山会海，提高水平和修养敲了一次警钟！

——《拉莫斯扔讲稿与一句话总结》

"胡润制造"是新闻工作者一面活生生的镜子，要学习"明知山有虎、偏向虎山行"的敬业精神；学习"挖地三尺"的责任精神；学习"公正无私"的职业精神。

——《舆论监督与胡润制造》

不可为了凑热闹和吸引眼球而做一些徒劳无益的花拳绣腿。因为法官的法律素养上不去，再宣誓也是徒劳无益的！

——《法官宣誓与法律素养》

在现实生活中，一些利益薰心者也把窥窃领导干部业余爱好作为渔利的敲门砖和杀手锏，常常用此手段达到拉拢腐蚀个别腐败分子"下水"的目的。我们要清醒！

——《业务爱好与腐败内幕》

笔者以为，以公权为幌子、为条条框框来约束人才参与政府公共事务管理，才是不符合事物发展规律和现实情理的；是与现实生活相悖的；是应该革除和突破的。

——《一美元年薪与公权意识》

把法律的平等、人格的尊严，放在同一轨道上"衡"待之。且莫法外歧视、法外"有法"，把依法治国的方针、政策落实到每个公民的实际行动中！

——《违法犯罪与人格尊严》

60%以上的违法案件都是通过"八小时外"的生活圈、社交圈逐步开始的。看来，"八小时外"腐败应是反腐的关键一环，重中之重！

——《八小时外与无心插柳》

怀才待遇与三年不鸣

在现实生活中，人们总是抱怨伯乐太少、机遇太少，生活太不公平！总是为怀才不遇而愤愤不平！

然而，越是抱怨机遇不青睐自己者，机遇就越是与自己擦肩而过。为何？因为机遇是给那些有准备和怀才待遇者的。

当今流行乐坛著名歌手韩红自1998年以来的短短几年时间里，获得了包括第45届格莱美最佳女艺人奖在内的30多个有影响的奖项。但是有谁知道韩红成功背后苦苦奋斗的艰辛。6岁，韩红失去了父亲，母亲也再嫁，韩红只好跟着奶奶、叔叔生活在一起。偶然间她进入了二炮文工团，可是文工团严格的要求很快将她淘汰了。淘汰后，巨大的反差压得她喘不过气来。但是，她没有就此消沉，她感到自己一定会成为一名优秀的歌手。为此，她在通讯总站当总机接线员，一干就是10年。10年中，她没有为怀才不遇而气馁，仍然拼命历练斗志和才智。1995年，在她自身不懈努力下，终于考入解放军艺术学院音乐系，师从李双江，同年获得中央电视台音乐电视大赛铜奖第一名。自此，韩红的演艺事业一浪高过一浪，机遇接踵而至，如日中天。

韩红的经历告诉我们，是金子任何时候都要发光，是锥子迟早都要出头。所以，当一个人遇到意料之外的挫折，或被人误解、或被人不理解、或不被人认可，抑或错失难得的机遇时，都不要放大落寞的情绪。否则，只能使你就此消沉和泯灭斗志，使你与机遇的缘分越来越远！

为此，大凡有作为者，从来都不会抱怨机遇不青睐，而是默默历练斗志和才智去创造机遇。因此，如果韩红当年一直沉浸在偶然间得来又失去的机遇而不能自拔，并就此意志消沉，斗智颓废，一蹶不振，怎会

上善若水

有今天接踵而至的机遇而声名大震，成名成家？所以，机遇永远青睐那些怀才待遇者、默默耕耘者、时刻斗志昂扬有准备者。

《韩非子·喻老》讲"三年不鸣"有待于"一鸣惊人"，也是这个道理。据记载，楚庄王临政三年，一点儿作为也没有。右司马心急如焚，上朝时旁敲侧击地打了个比方，说南山岗上飞来一只鸟，三年来不飞也不鸣，不知它搞什么名堂。楚庄王闻言后不紧不慢地说："三年不扇翅膀，那是在长羽毛，不飞不鸣是在调查研究。你瞧它现在不动声色，但一飞起来就能搏击长空；它现在不引吭长鸣，一叫起来就能惊世骇俗。"君臣对话不多时日，楚庄王果然废旧法十多个，颁布新法令九个，处死五个赃官，起用隐居贤士六名，终于使楚国臻于"大治"，雄居七国之首。

为此，韩红十年砺志也好，楚庄王三年不鸣也罢，都说明一个浅显的人生道理：凡立志成才，成大才者，都必须踏踏实实、一丝不苟地提升个人教养和才智，且不能因眼前的失败或错失某个机遇而怨天尤人，一蹶不振。一定要懂得这次失败，或是错过了这次机会，其实是一次人生之幸之福。因为没有这次的失败，或这次机遇的错过，你就不能总结过去为何失败，为什么会错过的不足之处，继而避免下次机遇来临时犯同样的错误而错失良机。

孔子曰，不患无位、所患何立。因此，在现实生活中，不是机遇不青睐你，就是机遇暂时属于了你，你没有才能去驾驭得来的机遇，那么，机遇迟早也是要"飞"走的。所以，怀才待遇又从另一个角度告诉我们，有才能的人怕的是机遇来临自己素质跟不上而错失，而不是机遇不青睐自己而怨天尤人。

所以，我奉劝那些成天垂头丧气、意志消沉、怨天尤人者，多从自身素质上找找错失机遇的差距，多在失败中总结不足和过失，唯有如此，你才能抓住一个又一个机遇，从成功迈向新的成功。

（2003年9月）

智商与情商

智商,即人的智力发展水平,通常用智力商数来标示,英文简称为 IQ。

情商,即认识管理自己情绪和处理人际关系的能力,通常用情绪商数来标示,英文简称为 EQ。

智商反映了一个人的观察力、记忆力、思维力、想象力、创造力等;情商却涵盖了一个人的自制力、热情、毅力、自我驱动力等。因而,如果一个人的 IQ 很高,但 EQ 很差,不能有效控制自我,调节自我,过于自我张扬,刚愎自用,得不到众人的喜爱、拥护和支持,那么,这个人的人生事业注定不会取得大的成效,而且很可能是失败的。

因此,纵观古今,大凡成就一番事业者,不但智商高人一等,而且情商也超乎寻常。每逢关键时刻,他们善于用过人的情商去把握机遇、创造机遇,恰巧其分地抓住机遇,为此,创造出一番轰轰烈烈的伟业来。为此三国时期的一代枭雄曹操便发出了:"夫英雄者,胸有大志、腹有良谋,有包藏宇宙之机、吞吐大地之志也。"浪荡公子、泗水亭长起家的汉高祖刘邦也在定天下后发出"智谋不如张良、安抚百姓不如萧何、统兵打仗不如韩信"的感慨。然而,曹操、刘邦都用高超的 EQ 成就了一番惊天大业!

为此,圣人发出了"凡成就大事者,必先劳其筋骨、饿其体肤、空乏其身"的告诫。卧薪尝胆就是典型的一例。《史记·越王勾践世家》曰:春秋时期,越国被吴国打败后,越王勾践不但甘愿为吴王夫差牧马 22 年,而且还送上美女西施消磨吴王的意志,假借诊病尝其大便而迷惑吴王的心智。最终,越王以惊人的情商和三千兵甲收复了失地、灭掉了吴国。

因而，在现实生活中，一个人事业成败的关键，IQ 占一定比例、EQ 才是主要成分。为此，才有"露才扬己、器卑识乏"、"不扣不折者，黄钟大吕"的古训。就是说，智商高但情商差的人，往往处事偏激，度量狭小、难成大器。就如黄钟大吕一样，不撞击是不作声响的，但一旦时机成熟，稍一撞击就声如洪钟、响彻天宇。为此，IQ 与 EQ 之比较，使我们能够冷静地分析古往今来大多数学富五车、才高八斗、满腹经纶的经天纬地之才者为何会"英雄无用武之地"——或怀才不遇而含恨一生，或自恃才高而英年早逝，或才艺出众而人生曲折。从屈原投汩江含恨九泉，到唐寅、李白、杜甫等郁郁寡欢，仕途难了其愿，都是 EQ 较低在作祟。

明白了 IQ 与 EQ 的妙处，懂得了人生机遇、事业成败的个中缘由，我们对那些智商高但情商低者，充满了遗憾和怜悯之情！同时，也为人们通常说的个性造就人才而感叹三分。

然而，智商高而情商低者，往往令人钦慕三分；而智商低、情商高者却让人畏惧三分，不可恭维。譬如有些智商低者为了谋取一己私利，连廉耻、尊严、人格都丧失殆尽。比如唐朝御史郭弘霸，靠"忍辱负重"的"天赋"当上了御史。为了窃取更高的职位，在御史中丞魏元忠生病之时前去探望，御医要求察看魏元忠大小便，郭弘霸抢先一步用手指蘸大小便放入口中尝试，以此谄媚以讨好魏中丞。再如宋代的丁渭任参知政事时，寇准做宰相；两人一起在中书省用膳时，米粒沾在了寇准的胡须上，丁渭立即起身为其轻轻擦拭。此举却遭到寇准的讨厌和戏谑。虽然后来丁渭凭着谄媚的情商一步步夺取了高位并加害于寇准，但丁渭的谄媚术却被史书记载而遗臭万年。清代富可敌国的巨贪和珅，其高超的情商挥意之下的谄媚术更是天下一绝。短短 10 年时间，和珅靠着情商取悦乾隆，而由一介三等轻车都尉蹿升到首席军机大臣；不但权倾朝野，而且财富天下。但是，靠谄媚巧取的地位和财富终不能长久。最终和珅也落得个满门抄斩的可耻下场。

所以，自古以来，智商与情商让人欢喜让人忧，让人富贵让人贫。但是，无论如何，凡成大事者，在才智过人的同时，历练情智显得非常重要。所以，从古语中的大智若愚、卧薪尝胆，到林则徐强迫自己"制怒"，到郑板桥"难得糊涂"，等等，都是告诫世人要历练情商，要有较好的自我抑制力、驱动力。唯有如此，才能顺应时代和潮流，成为有用之才、成为时代的佼佼者。

当然，提倡内敛、砺炼情商，并不是让人们无原则地去阿谀迎奉；丧失人格、尊严，不顾及廉耻地去为个人私利而投机钻营。古今事例告诉我们，单靠情商去奴颜婢膝、巧取豪夺者，最终只能落得个可耻而可悲的下场。

故而，新一代中央领导集体告诫我们要坚持"两个务必"之"务必谦虚谨慎、戒骄戒躁"语重心长，击中要害。我们在全民建设小康道路的征途上，既要提升个人素养，提高智力水平，又要谦虚谨慎、适应形势、实事求是。唯有如此，我们共产党人才能得到更广大人民群众的支持、拥护和爱戴，才能实现中华民族的伟大复兴！

（2003年9月）

拉莫斯扔讲稿和一句话总结

在精彩、成功、热烈的博鳌亚洲论坛2003年年会上,有许多亮点、热点、焦点新闻。然而,留给笔者印象最深的却是两件小事。一是在11月1日举行的年会欢迎晚宴上,博鳌亚洲论坛理事长拉莫斯出场致辞。没说几句,拉莫斯就扬着手中的讲稿风趣地说:"本来秘书处给我准备了45分钟的讲稿,不过我想大家更想品尝佳肴,我就随便说几句,让这份讲稿随风而去吧。"话音刚落,拉莫斯真的把手中的讲稿从台上扔下,台下众人见状顿时一片欢呼鼓舞。二是在11月3日举行的最后一次新闻发布会上,拉莫斯倡导论坛理事会中的6位理事每人用一句话总结本届年会的成果。结果,6位理事的总结仅70个字,最短的7个字,最长的19个字,平均每人讲了11个字。

被誉为亚洲人民的声音,聚集了30多个国家和地区的政界、商界、学界人士,国际组织代表及中外新闻媒体记者1200多人参加的本次年会,空前、壮观、热烈。但是,难以让人置信的是,年会欢迎晚宴和年会成果新闻发布会,致辞者竟然扔掉长达45分钟的讲稿!总结者也只用几个字、十几个字。这些做法,令人耳目一新,不得不议。

其一,会议筹备者的理念要与国际接轨。欢迎晚宴的主题是"欢迎"和"就餐",不是讲官话、套话。我们权且不论给拉莫斯起草这份长达45分钟讲稿的主持者、执笔者、定稿者是谁,但就拉莫斯不满意这份讲稿来看,此稿"意图"不是出自拉莫斯。所以,担任过一国总统的拉莫斯没有接受这种讲官话、套话和冠冕堂皇之话的思路,把讲稿"笑"扔了。笔者分析拉莫斯笑扔讲稿的心态猜想,既然是欢迎晚宴,就要突出主题,就要以"欢迎"和"宴"为主,而不是名义上是欢迎晚宴，而实际是借"宴"去吹捧会议的规模、档次、层次，并长达45分钟！因为会议开得如何，在即日的会议中自然会得到展示，没有必要在欢迎晚宴上去自吹自擂，使中外与会者挨饿听您"吹"！所以，这就是中西方筹办会议者理念的差异！

其二，会议总结要画龙点睛。一句话、几个字、最多不足20字，来概括总结这样一个涉及30多个国家、地区和以亚洲为轴心的几大洲几大洋的国际性会议，实在耐人寻味。但细一品味，感觉清淳爽口，令人拍手叫绝！是的，3天的会议，2场全体大会、8场平行分会和2场主题午餐会，会议的效果、组织、参与范围……等等，与会者都身在其中，心知肚明，用得着你去评说，去长篇大论地总结吗?！所以，6位理事的总结其实也显得多余。但是，为了完成"程序"，聪明的理事们不想浪费自己和他人的时间，在注重形式的同时更注重效果。为此，6位理事都一言以蔽之。真可谓画龙点睛、妙语生花，让人叫绝的同时由衷钦佩。

其三，提高办事效率、参与国际竞争，要从观念上革除陋习陋规。这次博鳌年会，笔者以为，最大的收获莫过于对我们固有的办事理念的冲击。拉莫斯扔讲稿和6位理事一句话总结，给我们上了生动的一课。这种课是千金难买，万金难求的。因此，我们天天在讲时间就是金钱、时间就是效率、时间就是生命，但真正面对时间这个"宝贝"时，却无从"下爪"、难以把握了！为何？因为我们只把这种理念停留在口头上，没有去触及灵魂，更没有通过灵魂的触及去反思我们的工作，从而在观念上去更新。所以，我们一切都按部就班地用陈规陋习去敷衍繁衍。日积月累、地久天长，以致使论坛这种国际性的会议也走上了"中国式"的套路。

因此，在这次论坛年会中，给我们启示最深刻，也是收获最大的、应该是通过拉莫斯扔讲稿和6位理事一句话总结，去反思我们的日常工作。一是当一面清除文山会海的镜子。文山会海如何清除，拉莫斯和6位理事的行为无形中给我们带了头，进行了示范。因此，我们会议的筹备者、组织者、参与者,要从中悟出和学到举办会议的真谛,认真地加以反思和效仿;二是转变工作理念,提高办事效率。一切工作都应围绕效率的主题去删繁就简,革除陋习。不要一味去绕弯子、兜圈子,去吃果果、排排坐地把程序进行到底。这样,只能贻误事业、贻误效率。比如会议,主题定调后,就围绕主题来展开,并一步到位,切忌过多过滥地、长篇大论地、没完没了地去讲话、去强调。俗话说,响鼓不可重锤。每个会议都有一个主题。如果我们就此还"执迷不悟"地去讲话讲话再讲话,强调强调再强调,不是一种人为的浪费吗?三是领导者要提高素质。拉莫斯扔讲稿,因为讲稿没体现他的意愿、水平和重点;6位理事一句话总结年会成果,要的也是6位理事肚子里的"真货"。所以,我们各级领导干部要借鉴这些行为来改进我们的工作,提高我们的水平和修养,进一步赢得人民大众的信赖和好评。

(2003 年 11 月)

舆论监督与胡润制造

又是记者节,又是一组组记者行使舆论监督职责时遭遇不测的报道和数字。为此,被称为"政府镜鉴、群众喉舌"的舆论监督工作又成为人们议论的热点话题。但是,今年对记者工作的理解、支持、关怀与往年相比有了质的飞跃:太平洋产险公司为有效保障记者生命财产的安全,推出了"记者险"。"记者险"的推出,在某种情形下使新闻工作者的从业风险有了一定的经济保障,缓解了记者工作的后顾之忧。为此,社会各界呼吁出台在更大程度上保障记者行使合法权利、恪尽相应义务的"新闻法"的呼声又一浪高过一浪。

但是,无论"新闻法"何日出台,作为舆论监督的新闻工作都要贴近实际、贴近生活、贴近群众,为全面建设小康社会鼓与呼。所以,记者的职责、记者的责任、记者的良知,只能强化,不能主观地去削弱。尤其面对中央正在进行的报业整顿、报业结构调整,就更加要求新闻从业人员要恪尽职守、冲锋陷阵、继往开来、勇往直前。

为此,新闻工作的本质要求使我们开始反省起自身工作的不足,缺陷和懦弱来。比如一个最能让新闻工作者心服口服的例子,就是胡润制造的"富翁排行榜"。只要胡润的排行榜一推出,总是十拿九稳地让一些身价数亿,呼风唤雨,雄霸一方的问题富豪们中箭落马——被政法机关或财税部门依法缉拿归案。因此,"胡润制造"的例子不能不让我们新闻从业人员汗颜;不能不令广大新闻工作者去反思工作中的不足之处。

其一,我们的工作是名正言顺的、主动的,胡润的工作是偷偷摸摸的、被动的;但是,为何我们不能像胡润一样抓到第一手最真实的材料？而且还常常抱怨采访条件受限制，挖不出真实材料呢？这个限制是主观不努力、还是没道理的在强调客观因素呢？这些问题，我想我们新闻从业者应该深刻反思。

其二，我们身为土生土长的记者，难道在本土行使舆论监督还比不上胡润这个"外来户"条件优越？首先在熟悉监督的自然环境、人文环境、风土民情上是占有优势的；其次在语言交流，思维思路上也是占有优势的；再次在监督采访的阵地上也是占有无法估量的优势。因此，我们的监督远远落后于"胡润制造"就令人费解了，值得琢磨了。

其三，我们的工作是有强大的党和政府和广大人民群众支持的，做坚强后盾的，而"胡润制造"却是个人行为。而且在更多时候胡润不但得不到被调查采访对象支持，而且还被调查对象恫吓、设障、层层阻挠等。两种情况比较之下，"无冕之王"的新闻记者与"暗箱操作"的"胡润制造"，哪个更加便利、更加"活动余地"大呢？所以，我们的工作落后于胡润实在说不过去！

其四，与我们打交道的往往是有一定文化修养、社会阅历、个人素质的头头脑脑，而与胡润打交道的大多是"荤素"全来、"黑红"全通，敢于钻政策空子的"暴发户"和"小丑"。——被揭露出的牟其中、杨斌、周正毅……等无一不是此类人物。因此，相比之下，谁的工作难度更大、压力更大、风险更大呢？

所以，我们的"舆论监督"与"胡润制造"一作比较，就使我们汗颜不已，并深深为我们大呼小叫记者是高危行业还出不了像"胡润制造"一样掷地有声的成绩而汗颜。因此，我们的新闻工作者一是要学学胡润"明知山有虎、偏向虎山行"的敬业精神；二是学学胡润"挖地三尺"，不达目的誓不罢休的责任精神；三是学学胡润去一地一城调查不打招呼、不接受请吃、不要红包、不接收礼品的"公正无私"精神；四是学学胡润把为富翁们排名次当作一项事业而不是工作在穷于应付的事业精神——果不其然，前不久，胡润在上海成立了自己的调查公司，与《福布斯》杂志分道扬镳；五是学学胡润因人因事而异，常常出其不意,终能凯旋而归的战略战术……等等。总之,"胡润制造"在中国的成功给我们广大新闻工作者树立了一面如何在现有国情下搞好舆论监督,如何尽职尽责尽力地搞好舆论监督的最有效的例证。

因此,又临记者节,又使我们反思起记者的工作。俗话说,以铜为镜可以整容,以人为镜可知得失。"胡润制造"就是我们广大新闻工作者的一面活生生的镜子,但愿我们广大新闻工作者能在"胡润制造"的"比照"下明得失、知优劣、扬长避短地把舆论监督工作做得更好,为全面建设小康社会尽一份绵薄之力。

(2003年11月)

|上|善|若|水|

法官宣誓与法律素养

近来,法律学界正在探讨借鉴西方现代法治文明成果,在我国推行"法官就职宣誓"的课题。有关专家指出,建立法官就职宣誓制度不仅仅是一种形式,更重要的是通过这种严格的确定不移的程序,培养任职者的神圣感和使命感,能够熏陶并深化他们以公平、正义为一生追求的司法理念,能够让他们深深感到跨入法官群体的神圣和肩负责任的重大。

笔者以为,任何一项新制度出台总有它的优越性、先进性和现实性。法官就职宣誓,起源于西方、盛行于英法系。这个程序性的做法,我们不去深究其起源、发生、发展,但一言以蔽之,与西方国家的民族习俗、宗教信仰不无关系。正因为如此,西方崇拜和迷信法官职业的神圣。所以,法官就职要"弯弯挠"地宣誓,开庭要穿法袍、戴假发地"掩人耳目",庭审要敲法棰以示威严……等等。故而,在这些包装之下的正义给民众带来了神秘和敬仰,让人们从感观上对法官职业充满了无限的敬畏。

我们不能单纯地否定西方这种包装正义的做法,但是从中国国情来讲,中国人有中国人的信仰和中国人的为人处事方法。所以,如果我们盲目照搬西方人的法袍、法棰、假发和宣誓等形式主义做法,不去同本国的民俗风习、文化理念等作比较,融会贯通,只能使我们在司法的过程中形式越来越多了,程序越来越复杂了,而法律的实质效果却越来越弱化了。长此以往,我们只能是劳民伤财、坐而论道,空洞浮夸、收效甚微。

所以,反思学界的某些提法,只能让我们过过眼瘾和思维瘾,开开

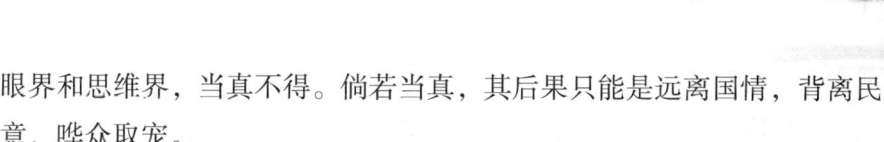

眼界和思维界，当真不得。倘若当真，其后果只能是远离国情，背离民意，哗众取宠。

因而，抛去法官就职宣誓不去深论，就提出此观点能否培养任职者的神圣感和使命感，能否熏陶和深化他们以公平、正义为一生追求的司法理念有必要一议了。

笔者以为，如果法官就职宣誓就能解决司法公正，熏陶和深化他们追求公平、正义的司法理念，那么司法腐败也就不会成为全球性的问题而倍受关注了。为此，当前的紧要问题还是要切合实际地进行法官队伍建设，提高司法队伍素质。那么，当前的实际又是什么呢？一是法官的文化素质普遍有待提高；二是法官的法律专业知识只能疲于应付；三是法官的职业道德要天天讲、月月讲、年年讲，日不间断地予以培训；四是法官的非理性因素往往左右对案件的公正审理……等等。总而言之，法官的法律素养是制约司法公正的关键之关键。所以，任何形式上的创新，眼花缭乱的花花架子，只能是扬汤止沸，起不到根治司法腐败的作用。

鉴于此，当务之急还是提高法官的法律素养，使他们的法律素养逐年上升，执法水平逐年进步，法律公正逐步彰显。

提高法官的法律素养，笔者以为包涵两个方面的内容。一方面是理性素养，另一方面是感性素养。理性素养又包括：一是法律知识素养，即：法律条文的理解、应用，法律规章的熟悉程度等等；二是法理素养，即：对法律法规条例条令的历史渊源、出台背景、法律要件构成，以及适用、量刑、个案等方面的掌握程度等等；三是审判实践素养，即：对各类刑事、民事、行政诉讼案件的审理实践所积累的经验，以及借鉴类似案件对特殊个案的分析、判断、把握等等。感情素养包括：一是品德素养。即：一个人的道德品质的修养，包括品性、脾气、品格、兴趣等等；二是情感素养，即：法官喜怒哀乐的情感控制力；三是思维惯性素养，即：法官的思维习性、思维模式、思维方法等等。总之，只有实事求是地把准法官法律素养的脉搏，有针对性地进行客观、主观方面素养的培育和锻炼，才能真正提高法官队伍的素质，培养他们对职业正义的认同感；树立他们忠于法律、忠于事实、忠于祖国、忠于人民的敬业精神；从而促进司法公正，维护法律尊严。

　　故而，我们盼望一切新思维、新举措、新观点的提出，都要切合实际、万万不可照搬照抄，盲目引进；尤其不可为了凑热闹和吸引眼球而做一些徒劳无益的花拳绣腿。因为法官的法律素养上不去，再宣誓也是徒劳无益的！

（2003 年 11 月）

业余爱好与腐败内幕

厦门走私枭雄赖昌星有句"名言":就怕干部没爱好!凭着这句"名言",赖昌星把346名官员拖下了"水"。这句"就怕干部没爱好"的"名言",使很多官员如同被赖昌星糖衣炮弹击中一样,纷纷成了犯罪分子的马前卒!

因此,在现实生活中,一些利益熏心者也把窥伺领导干部业余爱好作为渔利的敲门砖和杀手锏,常常用此手段达到拉拢腐蚀个别腐败分子"下水"的目的。

然而,随着中央反腐败力度的不断加大,反腐败机制的不断完善,以窥视领导干部业余爱好而投之于桃、抱之于李的做法已悄然发生着变化。没有一点业余爱好,却是腐败的巨蠹的也大有人在。日前,被丹东市中级人民法院以受贿罪一审判处无期徒刑、剥夺政治权利终身、没收全部个人财产的原辽宁省高级人民法院院长田凤歧,就是一位很传统,作风很朴实,不奢华、没绯闻,甚至没有一点业余爱好的"大贪"。

据悉,这位毕业于中国政法大学、执法几十年的政法干部,面对"两规"的纪检干部拍着胸脯说:"好,你们查吧!我不喝酒、不跳舞、不玩女人,你们查来查去,只能查出一个廉洁奉公的好干部"。专案组在查实前得知,田凤歧从朝阳市司法局副局长到沈阳市委副书记,再升为辽宁省高级人民法院院长,是大家公认的"三不干部"——不酗酒、不唱歌、不跳舞。从来没有人在夜总会和歌舞厅见过他;即使在当今没有酒桌谈不成公事的风气下,也从来没有人见过他醉得东倒西歪的样子;他给人的印象是,这个农民的儿子头脑清醒,没有任何欲望,很难让人把他和"腐败"二字联系起来。

| 上 | 善 | 若 | 水 |

然而，就在专案组层层深入的查证中，这个没有业余爱好的腐败分子的画皮被层层剥下，试举三例。例一，借调干部陈林为了调入法院并当上基建处处长，在很短时间内便摸透了田凤歧的喜好：名家字画。为此，陈林花2万元请著名画家画了一幅非常喜庆的牡丹图送给田凤歧。不久，陈林就如愿当上了基建处处长。例二，一名市法院的干部想调进省法院，抓住田凤歧母亲摔伤住院的机会送去1万元，春节再去看望老人家，又送去7万元。田凤歧见状夸这名干部尊敬老人，赞这名干部有中华民族的传统美德，并向这名干部许诺：你进省法院没问题，一年后保你当上处长。就这样，田凤歧母亲的一个跟头，竟然"摔"出了这名干部的"锦绣前程"。例三，田凤歧儿子田丰高考落榜后，想"下海"挣大钱，田凤歧教导儿子道："我给你找个师傅，你要学点真本事"。田凤歧给儿子找的师傅叫田华启，是搞房地产开发的。田丰"下海"后说要办出租车公司，田凤歧找到副市长马向东。马副市长大笔一挥，批了50个指标。田丰拿到指标后根本没办出租车公司，而是以100万元价格转手倒卖了。师傅田华启要开发房地产，田凤歧又找市长慕绥新批地，慕绥新不但批了地，还给了他许多优惠。结果，仅这块地，田凤歧就挣了2500多万元。

从以上三例中我们不难看出，没有业余爱好的田凤歧不等于没有贪欲。正是因为他贪欲熏心、欲壑难填，最终还是露出了腐败的"马脚"，翘起了贪婪的"尾巴"。为此，陈林才借机送上了名画牡丹图；那名市法院干部才窥伺到田的母亲摔了跟头，并不失时机地送上不菲的厚礼；田的儿子田丰才给其父提出了"正当谋利"的借口。总之，桩桩件件都进行得仿佛神不知鬼不觉，都在没有业余爱好的画皮下贪了个脑满肠肥。然而，俗话说，要想人不知，除非己莫为。最终田的腐败内幕还是被揭开了，田也得到了应有的报应和惩罚。

所以，透过田凤歧一案，给我们颇多启示。其一，腐败分子更加善于伪装，并且具有长期性、隐蔽性。田凤歧从副处级的司法局副局长一直干到副省级的省高级人民法院院长，一直给人没有任何业余爱好，是与"腐败"不沾边的"廉洁"形象，可见其伪装的技巧之高，手段之出众，时间跨度之长；其二，腐败分子贪婪的借口更加符合人性化。那名想由市法院调入省法院的干部行贿，是以看望田的母亲摔伤病情为由，田敢收这名干部的重金，也是打着其具有中华民族尊老敬老的传统美德的幌子。所以，求官者，求钱者，都相得益彰；其三，腐败分子贪赃枉法已由直接收受贿赂转变为间接侵占国家利益。田凤歧借口为儿子田丰出租车公司要出租车指标，和为其子师傅田华启要土地指标，挥手之间就"套"得一大笔巨额财产。这些手段，乍一看，与田凤歧没有直接利益。但是，最终的受益者仍然是田凤歧本人。只不过田凤歧玩了个障眼法，借口是为儿子和儿子的师傅跑跑腿而已。就这样，田凤歧轻轻松松贪得非法所得 2600 万元；其四，没有业余爱好的腐败分子社会危害性更大。从田凤歧堕落的过程中可以看出，田凤歧没有不健康的生活方式、没有不良的嗜好、更没有令人反感的恶劣行径。正因为如此，田的贪欲一旦爆发，权钱交易的行为就更具有破坏性。所以，他最小打小闹的也是陈林送去的一幅价值不菲的牡丹图。这张图，也是几十名农民兄弟一年的口粮。

  总之，透过田凤歧一案使我们更加清醒地认识到，反腐败斗争不能凭老经验，更不能凭印象，要时时刻刻研究新情况、解决新问题、探索新方法。唯有如此，我们的反腐败斗争才能跟上时代形势，才能掷地有声，才能克敌制胜、立于不败。

（2003 年 11 月

|上|善|若|水|

市场呼唤"作家明星化"

当文学上升到产业,就从单一的教化功能走向多元的价值趋向,就要遵循市场规则运作、经营。因而,当"作家明显化"凸现(见2004年4月9日《人民日报》第九版)时,无须惊诧,更无须泼冷水。马克思说,存在都是合理的。所以,"作家明显化"涌现,是文学产业发展到一定时期的蚕儿脱壳、凤凰涅槃,是文化产业发展的必然。

摸着石头过河,是改革开放初期对弄潮儿的鼓励和肯定。对正在萌动和破土的文学产业,"作家明星化"是文学走向市场的破冰之举。经济运行的规则告诉我们,市场这只看不见的手,始终在人们不知不觉中调控着市场。所以,"作家明星化"的悄然崛起,是顺应市场法则的历史必然。

其一,是市场传播所必须。时下,出版业的繁荣昌盛,第四媒体网络的中兴,给人们有限的阅读时间带来了无限的选择空间。——在浩瀚的书市海洋中,泳坛高手也常常猝不及防!面对浪打浪高的书市汪洋,不同的泳者都希望在第一时间选择到适合自身水性的浅海区和深海区。所以,"明星作家"就顺势而出!市场就推动作家们走出书斋,投身到广播、电视、报纸、网站等去推介自己"产品"的功能和特色。

其二,是市场推广所必须。正如中央电视台读书节目主持人听了作家刘震云自嘲自己的新书宣传是"王婆卖瓜"后,真心诚意地回应说:"你出来为自己的书吆喝,我从心底里一点也不反感,酒香也怕巷子深。"市场销售与文学创作南辕北辙,一个需要用智慧的养分去静心培植,另一个则需要去闹市喧哗和推销。所以,文学一旦成为商品去销售,就要在市场中推而广之。

其三，是市场销售所必须。阅读物（作品、图书）作为商品就要遵循商品的规则在行销中去包装。作家走出书斋，投身到书市去"现身叫卖"是营销环节必不可少的一环。所以，在文学产业进入书市的流通过程中，"包装作者"是市场销售必不可少的。

其四，是商品经营所必须。一旦神圣的精神产品——图书，要变成商品去进行货币交换，就不是简单的吃了"鸡蛋"想不想看到"老母鸡"的问题，而是必须遵循市场法则在流通环节做好文章。如果流通渠道不畅，带来的不单单是"肠阻梗"，而且会影响读者的听觉、嗅觉、胃觉，其结果只能与文化产业的发展背道而驰。

（2004年4月）

|上|善|若|水|

和谐社会的现实观照

从家庭邻里纠纷调解，到为欠薪的农民工依法讨回工资；从青少年失足教育，到人性化的社区矫正挽救一批批劳动改造人员；从105次交通违章反思人性化执法，到法官为保障智障者合法权益学习聋哑人手语；从三分半钟抓获砸撬盗窃ATM机犯罪分子，到10分钟不发一枪一弹，乘客和民警无一人伤亡地解决持枪和爆炸物胁持长途汽车案……，这些，事关民生、民意、民愿、民权的、与共建共享和谐社会息息相关的现实社会问题，在前不久在中央电视台、北京电视台播出连续的8集电视系列片《为了首都的和谐》中得到了解读。

这部由北京市委政法委拍摄制作、历时一年半时间完成的电视片，向世人民展示的不单单是近年来北京市政法工作的开拓与创新、经验与做法，而是透过首都北京在维护稳定、打击犯罪、构建和谐中的一个个典型事例和生动实践，向人们揭示和剖析了建设有中国特色的社会主义法治社会、和谐社会的方向和路径。

该片播出后，之所以在新闻界、文艺界、法律界、社会学界和广大政法干警中产生强烈反响，一个突出的特点就是该片立意高远、视角独特、艺术性强，使该片始终在低切入、高运行上扣人心弦，引人入胜，催人感动和思考。

作为该片的策划和制片，在该片播出产生反响之际，也谈点粗浅的见解与广大读者和观众共勉。

独立思考是这部片子获得成功的前提。该片在构思和策划启蒙中，没有流于一般的触及法制类题材电视片都以"新、奇、特"的警察故事、警匪枪战去吸引眼球而讨好观众进而讨好拍摄对象如何英勇、顽强、奉献、拼搏的老套思路去构架和创意,始终站在中国社会进步、民主法治、和谐共享的历史发展的最前沿,去观照现实政法机关与人民群众、社会公民在共建和谐社会中的深度问题进行剖析和思考。思考使这部片子有了活灵活现的魂!思考使这部片子跳出首都政法工作的特殊地缘性,跳出了公、检、法、司工作职能的表述,跳出了一般电视专题片总以记录和枯燥的叙事而见长的习惯性思维,赋予了这部片子生动的魂魄。因此,当片中的话题围绕2008年奥运会,北京的安全让人放心吗?警力有限民力无穷,北京维护稳定的基础牢固吗?走出高墙的改造人员,面对日新月异的陌生世界能生存下来吗,会"二进宫"吗?人们的观念和意识不可能像科学技术一样,在一夜之间更新和转变,那么执法者和被执法者如何在对立中求得统一呢?……等等,这些事关民生、民意、民愿、民权的,构建和谐社会的现实问题,在该片的系统思考、梳理归类中,使之层层递进、相互衔接、浑然一体,使之成为引发观众对现实社会问题思考而触及人们心灵共鸣、共同追求和谐理念之大成,真正起到了点石成金的艺术效果。

  独特视角使这部片子具有了很强的现实针对性和前瞻性。法制类的影视剧可以信马由缰、纵横驰骋、如鱼得水地制造悬念,引发轰动,吸引眼球。而《为了首都的和谐》定位在全面反映党的十六大以来,尤其是近年来北京市委政法委在维护社会稳定、化解各类社会矛盾和突发事件的经验与做法上,就不能违背电视片的纪实属性去杜撰违背北京政法工作真实性的案例、故事和情节。因此,如何使片子的真实性与艺术性相统一,达到用镜头语言鲜活表述北京政法工作成就与做法的艺术效果,为片子增加了创作难度。再加上近年来,纪录片的收视市场始终处于低谷和迷离的游离状态,更为片子的摄制增加了难度。基于这些认识,创作中我们始终把当下的、鲜活的、零距离的、与老百姓息息相关的,又是展现在构建和谐社会中人们所困惑、所迷离、所发生和正在发生的法治事件,从政法工作者的历史使命感和社会责任感,巧用一个个横断面进行剖析、甚至争鸣,达到了多元阐释,一元引导,互通互融的电视效果。如在第二集《解读红袖章》中，人们对义达里社区聘请收废品的外地人员担任治安志愿巡逻者的争论，石景山小区部分群众对聘请离退休老同志担任治安志愿巡逻者的不同看法；再如第四集《矫正的阳光》中，在监狱里服了12年刑的重刑犯郑作义对社区矫正的不理解和严重心理压力下，对能否走出往日阴影的自卑和焦虑；以及第七集《戒规与柔情》中，借用安徽来京务工农民杜宝良105次交通规章受重罚，而反思13亿人共同制定的一些法律，为什么在执法中会受到公民抵制……等，使观众在观看中分享了一次随镜头画面、画外语言，进行现实问题的参照与借鉴。

凸显个性化叙事与极强的视角感染力的美感效应，使这部片子获得了较强的生命力。创作中，策划和编导们没有流于一般的记录叙事和文配图、音配画的表现模式，而是把历史和现实、真实与虚构有机完整地结合，充分运用光影技术进行传神的叙事和描述，达到了独特的视觉效果。如第一集《科技铸平安》中，画面以首都警官合唱团的现场演奏，从乐器到川流不息的道路，从不同乐器的局部描写演化成城市的街道、建筑、高楼大厦等，充分运用蒙太奇的比拟手段，拉开整部片子的帷幕，令人遐想、催人深思。再如第三集《让心有个家》中，以《好久没回家》、《回家的路》、《相约九八》、《烛光里的妈妈》等几首充满深情、惆怅、令人回肠荡气，魂牵梦萦的歌曲为烘托，打造出强烈的艺术感染和视听冲击力，让人们对神秘的高墙、犯罪改造，有了沧桑、凄凉、哀婉而又亲切的认同感，达到了编者与观者共同呼唤改造者回归的、撕心裂肺的艺术效果。还如该片善于从一个个事关民生的典型个案、个体事件入手，借用视觉资料、影像资料、现场模拟等图像处理技术等，把真实而平凡的生活故事浓缩为人们的深度思考、引发人们对过去、未来的遐想。如第三集《让心有个家》中借用2004年北京发生的某位影视明星被绑架案的庭审资料，第六集《典型启示录》中借用电影《法官妈妈》、《真水无香》的镜头画面等，使现实的写照与虚构的艺术巧妙为片子的艺术构思所服务，凸显出极强的艺术美。

(2007年4月)

一美元年薪与公权意识

据新华社消息，上海市徐汇区政府近日对外宣布，在国际商务领域驰骋多年的3位高级"海归"人才已被其聘为"年薪1美元的政府官员"，聘期1年。报道进一步说，这3名"1美元政府官员"将在徐汇区外经委及区招商中心特设岗位担任兼职的副职领导，不占用部门编制数和领导职数。他们在兼职的部门有自己的办公室，但可以不"坐班"，自主决定自己的工作方式，比如可以不定期到所在部门办公，也可以通过互联网、电话、书信等方式开展工作。他们的职责是：对区政府工作提出建议；协助推进区招商引资和相关产业的发展；参与区政府委托的相关业务工作；为区政府有关工作提供咨询和方案论证等。

面对年薪1美元特聘的政府官员，媒介对此褒贬不一、和者甚寡。笔者浏览了一下各类媒体对此的意见、建议，突出一条就是认为徐汇区政府公权意识淡薄，并认为1美元官员突破了现行法律法规的界限，致使政府的公权"落入"表面看起来不拿薪酬的3名特聘官员之手。这样做，与《国家公务员暂行条例》明确规定的国家公务员不得经商、办企业以及参与其他营利性的经营活动相悖。

对以上观点，笔者不以为然。笔者以为，以公权为幌子、为条条框框来约束人才参与政府公共事务管理，才是不符合事物发展规律和现实情理的；是与现实生活相悖的；是应该革除和突破的。

《国家公务员暂行条例》之所以加上"暂行"两个字，就是要在实行中兴利除弊，修改和完善。再则，此《条例》已运行10年。10年中，中国的国情发生了很大变化，政府意识、政府责任、政府职能，也在国情变化中进行着变革。对此，已有多人针对官员下海、招聘政府雇

上善若水

员等新生事物进行探讨，呼吁修改《条例》。故而，如果我们动不动就拿《条例》来套某地的做法是否合规、是否违例，而不去看这种做法是不是真正促进了政府公共事务的发展，提高了政府公共事务的管理水平，促进了公权的发展，才是不符合现实社会发展情况的，是违背事物发展普遍规律的，是公权意识的教条表现和淡薄体现。

公权是伴随着国家诞生而产生的。在我国，随着夏启建立起的夏王朝的诞生，公共权力历经了五千多年变革。每一次变革，都在推动着社会的发展，促进着社会的文明进步。

我们是社会主义国家，人民是国家的主人，掌管着国家的事务和权力。公权来自于人民，人民当家作主，掌握着公权。《宪法》也明确规定，中华人民共和国公民有言论等自由，有劳动的权利和义务，有进行科学研究等自由……。为此，3名"海归"人才作为中华人民共和国的一名普通公民，对政府工作提出建议，参与有关产业发展，提供有关咨询，行使国家公权、为国家建设尽一份力，既是责任也是义务、是符合《宪法》根本大法的，又有何不妥和违法呢?!而且，上海徐汇区这种积极鼓励优秀人才参与政府事务管理，运用公权促进政府管理，本来就是引导公民强化公权意识的一种做法，又怎么削弱了政府公权并指责其公权意识淡薄呢?!

所以，我们不要动不动就对一项刚刚萌生的新生事物扣帽子、打棍子，去以"小人之心度君子之腹"地认为这3名拿1美元年薪的"海归"人才之所以不计报酬为国家服务、为政府效力，肯定是另有企图；要么是借为政府服务之机利用政府赋予的公权去为自身谋私利，要么是想打着政府特聘官员的幌子去"开"个人私利的"路子"……等等！试想，如果我们的社会都进入这么功利的时代了，全面建设小康社会的宏伟蓝图还有指望实现吗?!我们的血液中还存活着中华炎黄子孙的血液吗？

因此，上海徐汇区的做法在某方面讲是对现行规章有一些突破，但我们不能片面、静止地去看待，要用发展的眼光和"发展才是硬道理"

的思路去梳理、分析、辨别。一是要加以肯定，并在工作中积极引导，千万不要墨守成规地予以简单的否定；二是对 3 名拿 1 美元年薪的"海归"人才要鼓励其工作积极性，对他们不计报酬参与公共事务管理的举措要予以肯定；三是在工作中对可能发生的私权与公权混淆进行监督管理，把可能发生的问题消灭在萌芽状态；四是要大力宣传我国的国情和国家制度，让每一位公民都参与到国家事务管理中来，建言献策，增强每一位公民参与国家事务管理的责任意识、大局意识、公权意识。

在此基础上，我们盼望有关部门能尽快修改、完善《国家公务员暂行条例》，使我国的国家管理更加符合时代特征。

（2003 年 11 月）

上善若水

违法犯罪与人格尊严

我国《宪法》规定，凡具有中华人民共和国国籍的人都是中华人民共和国公民。中华人民共和国公民在法律面前一律平等。还规定，中华人民共和国公民的人格尊严不受侵犯。禁止用任何方法对公民进行侮辱、诽谤和诬告陷害。

然而，在现实生活中，我们往往忽略或漠视这些法律规定而妄为之。试看几例：

例一，湖北枣阳原市长尹冬桂涉嫌受贿一案6月25日开庭审理。次日，各大媒体纷纷报道尹冬桂为"女'张二江'"。案发前疑尹与数名男子有染，而且还涉嫌长达6年之久"霸占"一男司机为"男妾"。

例二，被称为"红顶税官"的广西柳州市原国税局长杨立峰7月3日因贪污公款277万多万，有不明财产1000多万元被柳州市中级人民法院一审判处无期徒刑。然而，某通讯社在播发通稿报道杨立峰案件时，却把"切入点"放在"一个文人税官的黑白人生"上。文章专门辟出一节讥讽杨出版过两部专著《求索集》、《毛泽东兵法与商战谋》和请一位画家造像一幅：蓬勃的一丛翠竹前，杨布衣素面，凝神远望，一派踌躇满志的神态。

例三，在南宁市名噪一时的"赌王"陈平，在任建行储蓄员期间，利用身份和职务之便将7个储户的396万元存款窃为己有，以贪污罪于6月6日被南宁市中级人民法院判处死刑，缓期两年执行，剥夺政治权利终身，并判没个人财产20万元；责令退赔赃款245万元。但《某某日报》6月29日在报道陈平一案时却用《"赌王"逃犯和他的"新娘"们》为题，大篇幅耻笑陈被捕前与贝贝、涛涛、月月等女孩谈情说爱的轶闻趣事。

试想，如果上述提到的尹冬桂、杨立峰、陈平没有犯罪，现在还是堂堂正正的市长、局长、储蓄员，我们的媒体敢这样去讥讽她（他）们是"女'张二江'"、"文人税官的黑白人生"、"'赌王'逃犯和他的'新娘'"吗？！回答只有一个：不敢！而且谁也不会冒着侮辱罪、诽谤罪和诬告陷害罪的风险去公开"盖棺定论"，公开指责、公开违法！

然而，这些明明白白的法律界限却被突破了，而且还"堂堂正正"地登上了各类媒体，你说玄乎不玄乎？！

其实我们的记者、编辑、媒体都十分清楚，尹冬桂犯的是受贿罪，杨立峰犯的是贪污公款和财产来源不明罪，陈平犯的是贪污罪，那么，报道上怎么会成为"女'张二江'"、"文人税官的黑白人生"、"'赌王'逃犯和他的'新娘'"了呢？怎么没按照法院判决而实事求是地去阐述尹冬桂、杨立峰、陈平的犯罪事实了呢？！

原因只有一条：她（他）们是违法犯罪嫌疑人，她（他）们与公民不是一个"级别"、不是同类"产品"，写了也无妨，写了也没有谁会去同情她（他）们来依法办事而追究写者的责任！

正是这种法外歧视思想，我们的媒体这样做了，不但满足了部分公众的猎奇心理，而且满足了部分公众"痛打落水狗"的仇恨心理，还满足了部分公众对这类"人渣"的歧视心理。因而，对尹冬桂疑似的"女'张三江'"问题，对杨立峰的个人爱好，对陈平的个人隐私，媒体捕风捉影地加以描写、加以渲染、加以传播，没人会想到这是对公民的侵权、是一种违法，更没人会去为其"主持公道"。所以，尹冬桂、杨立峰、陈平的合法权益便在这种社会风气下被人为地剥夺了！尹冬桂、杨立峰、陈平的个人隐私、个人爱好、个人特长，被众人的法盲思想无情地推上了舆论的"被告席"。

这些明目张胆有违法律规章的做法，你说痛惜不痛惜？你说可怕不可怕？！

在这里，我们并不是为尹冬桂、杨立峰、陈平鸣冤叫屈，而是为这种公众违法痛心疾首。如果如此以讹传讹,不按法律判定的责任去加以报道,举一反三,不但让人们感到捕风捉影的个案就是一种社会风气、社会潮流、社会趋势,而且会把法律面前人人平等的准则人为变成一种可以肆意践踏的工具,恣意妄为!久而久之,以法治国的口号将成为一句空话、假话、大话而被历史所嘲笑。

因此,我们要强化每个公民的学法、懂法、守法、自觉维护法的法律意识,事事时时按法办事。把法律的平等、人格的尊严,放在同一轨道上"衡"待之。且莫法外歧视、法外"有法",把依法治国的方针、政策落实到每个公民的实际行动中。

(2003年9月)

八小时外与无心插柳

最近,新华社有份调查指出,江苏有关部门剖析近几年来查处的325起腐败案件时,发现60%以上的违法案件都是通过"八小时外"的生活圈、社交圈逐步开始的。这份调查还引用专家建议指出,加强领导干部"八小时外"的管理监督,是当前反腐倡廉的关键之关键,是重要一环。

笔者以为,强化对领导干部的八小时外监督,全方位、多角度地对领导干部予以管理,不失为打击和遏制腐败现象滋生蔓延的有力手段。然而,唯物辩证法告诉我们,任何事物的发生、发展,内因是第一位的,是主要方面,外因是次要方面、只起催化剂的作用。为此,腐败现象的滋生蔓延,固然有其"八小时外"的因素,但与腐败的主体——腐败者来讲,才是造成腐败既成事实关键之关键。故而,仅用一组数字来诠释"八小时外"腐败是反腐倡廉的关键一环、重中之重,是有悖社会发展规律的,是失之偏颇的。

人们常说,有心栽花花不成,无心插柳柳成荫,大概与当前人们谈及的腐败关键在"八小时外"有如出一辙之理。其实,细细分析一下为何精心去培育花卉而不成,无心去插一条柳枝却绿柳成荫就会明白这个道理。因为一个不成一个成荫,关键之关键是花与柳的本质不同。培育花卉需要良好的土壤、充足的阳光、滋润的水分,同时还需用栽花人精心的护理。就这样,栽培的花卉也不一定株株成活、株株叶茂花繁、惹人喜爱,让人劳作得以回报。然而,生命力极其旺盛,适应性极其强的柳条则不然,只要一遇土壤、水分、阳光,它就可以枝繁叶茂、绿树成荫。为何,因为花与柳的本质结构不同。虽然都为植物却构成不同。

| 上 | 善 | 若 | 水 |

所以人们通常只看表面现象，便把花与柳的栽培运用于人们处理某些事物的比喻上。比如说像剖析反腐倡廉一样，只把几个个案加减乘除，就拿一个比例出来断定腐败的源头在"八小时外"，就来"一刀切"地呼吁治理腐败关键在监督领导干部"八小时外"的生活圈、社交圈。这样的结果，只能失之偏颇，一叶障目。所以，只有透过现象看清本质，明白为何栽花不成却插柳成荫的道理，才能知道把"八小时外"看成反腐新动向、反腐重中之重，是以偏概全、是失之偏颇的。

所以，剖析腐败的症结，要从根本和源头上去找。清廉的官员就好比出淤泥而不染的荷花，既就是生长在混沌的池塘里，也出落得高洁、鲜艳、受人钦仰。腐败分子就好比柳条一样，不论在肥沃的红土地、肮脏的污泥中，还是清澈见底的池塘里，都会无孔不入地疯长。所以，反腐倡廉只把眼睛盯在领导干部的"八小时外"，很容易被某些假象所迷惑而失之偏颇。因为贪官们一旦贪起来，是会遮掩和演戏的。他们不会愚蠢到在脸上写上"贪"字去标榜、炫耀和表露自己是"贪官"。因而，只要一有机会，一遇气候（不论风和日丽、阳光明媚、还是狂风暴雨、电闪雷鸣），一触土壤，他们就会急不可耐地"唱戏"和"表演"，像疯长的柳枝一样，搞个绿柳成荫、腐败透顶。

故而，当前反腐败的重中之重还要放在根治腐败的源头上。一是进一步加强反腐倡廉教育，引导党员干部"立党为公、执政为民"，正确运用手中的权力；二是进一步建立健全反腐倡廉管理监督机制，如中纪委最近陆续推出的党内巡视、党内监督、管好领导"身边人"等，力求用更加广泛、严密的制度管好每个人；三是进一步加大对腐败案件的查处，力求使腐败分子无藏身之地；四是拓宽反腐倡廉领域，比如近年来出现的腐败"窝案"、"串案"、"三高案"（高职务、高学历、高职称），以及贫困地区和非热点部门行业隐藏的腐败现象，和新华社这次播发"八小时外"腐败现象等，力求使反腐败工作没有盲点和遗漏，深入到各行各业、各个领域，真正实现横到边、纵到底；五是进一步增强权力机关办事的透明度，比如日前推行的政府行政许可制度，以及公、检、法逐步推出的一系列便民利民政策等，用公开、公平、公正、透明的机制去遏制腐败现象的滋生；六是进一步加强职业道德、社会公德、家庭美德教育，倡导积极、健康的生活方式和昂扬向上、朝气蓬勃、正气凛然的社会风尚，真正把腐败风气拒之在"千里之外"。唯有如此，我们才能建立起高效、廉洁、开明、透明、昌明的社会氛围！

（2003年9月）

社会贡献与法律平等

笔者曾就道德沦丧一族的法律权益问题撰写过《道德滑坡与法律平等》一文（见6月24日《海南特区法制报》头版），抨击时下部分公民蔑视道德沦丧者的合法权益，把法律面前人人平等的准则停留在道德标准的好恶上，呼吁社会多一点法律意识，多一点善待公民的平等意识，切实把法律面前人人平等落到实处。

然而，大千世界总是阴阳互补、强弱生辉。有受歧视的道德滑坡的社会弱势群体，必然就有受人尊敬的社会贡献突出的强势群体。因此，弱势群体的法律权益需要平等对待，而强势群体的法律权益更需要平等对待。因为是强势群体，他们触法就社会影响力大，震动性大，关注的群体范围大；因为是强势群体，他们触法就有一批人站出来为其说话，为其呐喊，为其申冤鸣锣；因为是强势群体，他们触法就会由然而生地让很多人扼腕叹息，心存怜悯，呼吁"法外施恩"！

这一强一弱，在法律的天平上也显示出公众对其的"轻"和"重"！

为此，对道德滑坡者需用法律平等，对有社会贡献者更需要法律平等。

试看浙江绍兴轻纺科技中心有限公司总经理徐建平杀妻分尸被一审判处死刑，就有近200人上书法院请求"刀下留人"。原因很简单，就是徐建平是中国轻纺织行业有突出贡献的专家。以徐建平名义申报的国家专利有10项，关押期间，徐还完成了3项实用型新技术攻关。因此，中国科学院博士后王寅生等近200名科学家、工程师、人大代表等上书浙江省高级人民法院，请求看在徐建平的社会贡献上，而使徐"免其一死"。徐建平的二审辩护律师邓继祥也认为，根据法律规定，有重大立功表现的罪犯可以从轻处罚。参照此条例，有重大社会贡献的罪犯也应享受同等"待遇"。邓律师还列举1999年5月5日，新疆维吾尔自治区高级人民法院对一名已核准死刑的罪犯进行改判，判处死刑，缓期两年执行。改判的一条重要理由就是该罪犯在羁押期间有3项实用技术被国家专利局授予专利权。

我国刑法第68条第一款规定，"犯罪分子有揭发他人犯罪行为，查证属实的，或者提供重要线索，从而得以侦破其他案件等立功表现的，可以从轻或减轻从重；有重大立功表现的，可以减轻或者免除处罚。"《最高人民法院关于若干问题的解释》第7条规定，"……对国家和社会有其他重大贡献等表现的，应当认定为有重大立功表现。"根据这些铁定的法律规定，徐建平是否应享受"有重大立功表现的罪犯可以从轻处罚"的条文，关键看"对国家和社会有无重大贡献"。这个"贡献"应该由哪级组织、哪个部门来认定，也是本案关键之关键。

因此，从现行法律的角度来讲，徐建平是否应"枪下留人"，衡量的准则、尺度只有一个——法律！

因而，徐建平案从某种角度来讲，正好暴露出我们习以为常的法律意识、法律观念、法律思维，尤其是这200名科学家、工程师、人大代表等上书法院"法外施恩"更充分说明我们法律意识的"盲点"：社会强势群体的法律权益和责任应该另有他途和准则?！

法律面前人人平等，上书的近200名科学家、工程师、人大代表们难道不明白这个道理?！不是不明白，而是情感战胜了理智，良知代替了责任，习惯否定了条律！因此，法律面前人人平等的准则在实际生活中被这些科学家、工程师、人大代表们束之高阁、抛之脑后了！

对这种普遍的社会心态，不能不说是中国人民族劣根性的暴露，不能不说是人们固有的"人治"思想在作祟！尤其是一群读书人！一群知书达礼、明是辨非的知识分子，去违背法律原则而给罪犯求情，难道不是一种法盲的表现，普法的悲哀吗?！

上 善 若 水

在现实社会中，因为人们年龄、性别、民族、出身、财产、教育、肤色、信仰、职业、技能等的不同，所承担的社会责任也就不同，所创造的社会价值也有所区别。因此，现实社会剥离出的人的层次界定，是不以个人意志为转移的。然而，同是人类，同样生活在地球上，生活在不同的区域里，为了维护不同区域里的正常生产、生活秩序，就必须有条例、条令、法律、法规去约束其言行。这一规则，已被世界所认同。这一规则，就是我国的法律面前人人平等。

在我国古代，曾出现过一些关于法律平等的观念和理论，例如"法"字本身就含有"平之如水"之义；先秦法家的代表人物韩非子提出"法不阿贵"、"绳不绕曲"、"刑过不避大臣，赏善不遗匹夫"……等。法律面前人人平等，是清末民初进步思想家从西方引入中国的。这一原则在中国第一次被规定在宪法中是1912年3月11日颁布的《临时约法》。中国共产党领导的革命根据地也一直肯定这一准则，于1931年11月通过的《中华苏维埃共和国宪法大纲》也写进了"法律面前一律平等"的条文。1954年，法律平等的原则被庄严地写进新中国第一部宪法。1982年，在总结1975年和1978年的宪法取消这一原则而公、检、法大乱，社会秩序大乱教训的情况下，将法律平等原则又重新写入宪法。实践证明，在我国坚持社会主义法律平等原则，具有十分重要的意义：一是显示出社会主义政治制度的优越性，二是鲜明地反对法外特权，三是鲜明地反对法外歧视，四是严格依法办事，维护法律权威。

党的十六大报告指出，"坚持法律面前人人平等。""坚持有法可依、有法必依、执法必严、违法必究"。因此，在贯彻、落实党的"十六大"精神，践行"三个代表"，推进社会主义民主与法律建设进程中，我们社会各界、广大干部群众和普通公民，必须加强法律知识的学习与普及，强化法律意识，转变固有的法律观念，用"法律"这个铁定的标准去分析、看待、处理一切事物，真正从心态上、观念上、意识和思维上做到"法律面前人人平等。"

(2003年9月)

喜闻人才柔性流动

中国要发展,中国正在发展。发展是机遇、是挑战,也是考验。发展就离不开人才。小康大业,关键在人。人的应对能力、竞争能力、创新能力,是决定发展与否、发展的成败与否关键之关键。

然而,这些人人心知肚明、浅显易懂的道理,在社会实践中却被旧的观念、旧的体制、旧的做法束缚了。

近日,喜闻新华社对四川"人才柔性流动"的报道,令人耳目一新、拍手称快。

报道说,在四川,人才和工作岗位之间"一个萝卜一个坑"的关系已告结束。四川省人事厅日前出台《关于促进人才柔性流动的试行意见》,正式提出"人才柔性流动"概念,鼓励除国家公务员和党群机关工作者外的各类人才,在完成本职工作任务的前提下,到其他单位兼职兼薪;或者经原单位许可,长期或短期到其他单位受聘工作。柔性流动不改变各类流动人才的国籍、户籍和身份,不改变人事关系。突破工作地、工作单位和工作方式的限制,充分体现个人工作和单位用人的自主。

四川的做法,在很大程度上破除了用人观念和体制的坚冰,为人才合理流动开辟了广阔的道路。俗话说,流水不腐、户枢不蠹。人才的合理流动也如此。它是实现单位、个人双赢战略的有效策略。——一是给单位注入了活力和新鲜血液,激发了单位的蓬勃朝气;二是给人才本人提供了不断激发潜能、创新工作思路的环境和舞台。与此同时,鼓励和允许人才合理流动,也是我们适应市场竞争,促进事业发展的必然选择和重要途径。

上善若水

长期以来,我们各级各部门天天都在大喊人才匮乏、人才短缺、人才难觅,然而,面对真正的人才又苦于这样那样的条件限制而不能人尽其才。这使得我国的用人体制一直有真空地带和"两张皮"的现象。比如有的人才想去新的岗位发挥才能,要么是受自身条件(学历、身份、职称、年龄、地域等)制约,要么是因对方单位编制、岗位等限制,使得人才只能一个钉子一个卯地"死守"在既定的岗位上,很难如愿以偿。久而久之,这种僵化和落入俗套的用人机制,使得我国的各项事业发展受到很大制约。所以,如何有效地激发人的潜能,为人才合理流动提供切合市场发展实际的路子,是摆在我们面前的重要课题。

党的十六大报告指出,要打破选用用人中论资排辈的观念和做法,促进人才合理流动,积极营造各方面优秀人才脱颖而出的良好局面。要实现这一论断和重要指示,就要求我们各级党委和政府在工作中转变用人观念、创新用人机制、拓展用人舞台。尤其要结合各地、各部门的实际情况,把有创新意识、创新才能、创新胆识,不满足既定工作岗位和工作环境、工作现状的同志,以"怀柔"的胸襟为其提供一定的机遇和平台,使其能够在怀柔政策的关爱下,不受固有的用人观念、用人体制的限制,能够发挥其潜能和创造才能,推动我们事业的全面进步。同时也为人才脱颖而出提供了广阔的天地。为此,四川的做法既贯彻了党的十六大指示精神,有力地推动小康建设的步伐,又探索了人才合理流动的新路子,是一举多得的明智之举,很值得各地借鉴和效仿。

为此,我们盼望各地在实践"三个代表",加快建设小康步伐,创新人才工作机制中、能够效仿和创造性地运用"人才柔性流动"的经验,实事求是、与时俱进地更新用人观念、创造用人环境,为优秀人才提供用武之地并鼓励其脱颖而出,推动社会各项事业的全面进步和发展。

(2003 年 9 月)

警惕影视暴力误导社会心态

当暴力影视潜入我们的生活,我们眼前随时浮现和面临的语境是:哀鸿遍野、血流成河、茹毛饮血!天地苍苍,唯我独尊!带给我们的感受是:杀人者酣畅淋漓,嗜血者凶悍挺立。刹那间,遍地江湖豪情、人人侠肝义胆,摩拳擦掌和赶尽杀绝间,尽显豪性、尽解恩怨、尽显暴力之本色!

艺术对现实社会的写照和关照,历来是我们创作的源泉和动力,更是我们创作的不二法则。任何一部伟大的作品,都是对现实社会的深层思考和准确把握后,艺术家们通过不同艺术形式的集中表现,并通过其艺术作品推动社会的和谐、文明和进步!

德国著名思想家席勒曾说:艺术应产生一种"中和心境",艺术的美能"为社会带来和谐"!影视艺术作为现代社会影响力最大、最广泛、最直接、最容易深入人们心灵的艺术门类,其对现实社会的关照更是当今文化传播中最有效的手段和形式。因此,如果我们生活在一个凶杀、火拼、血腥、冷漠、残酷、残忍、残暴的影像氛围里,我们当如何去思考和应对现实社会的种种悲喜;如何去判断我们行为的正与邪、善与恶、美与丑;如何能够处变不惊地理性起来、平和起来、包容起来呢?!

营造人与人之间、人与社会之间的和谐人文环境,最终实现人的内心的和谐,是千百年来中国儒家文化的精髓,也是中华民族所崇尚的民族魂魄。影视艺术的特殊传播形式,在渲染、表现、教化、引导甚至示范社会心态中,传承这种民族理念和民族精神,有着比其他文艺形式更紧迫、更繁重、更直接、更立竿见影的社会和历史责任。

上善若水

当下，我们的影视工作者，对这种社会和历史责任的缺位、规避和逃避，使其作品丧失了价值判断：一味追市场、追眼球、追票房，从古代、近代到现代，从国家、民族到个人，从小的利益团体到大的利益集团，从你我、敌友、朋友、父母、兄弟、姐妹到叔嫂、到侄子、到乱七八糟的裙带关系等，都一窝蜂地从杀戮走向杀戮，从恩怨情仇走向恩怨情仇，从暴力走向暴力。因而，近几年来，只要打开荧幕就是战争、暴力、血腥、拼杀，走进电影院更是光影、特技、音效表现更惨烈、更凶狠、更恐怖的暴力厮杀。使我们始终浸淫在"集结号"、"让子弹飞"、"赤壁"、"赵氏孤儿"、"西风烈"、"关云长"、"战国"……等时时充满血腥和暴力的影像世界里！

这些单一宣扬敌我正义，简单表现杀戮者人性的暴力影视作品，诱导和滋生了极端个人主义、极端个人行为、极端暴力、杀戮等社会事件的发生，如从云南马加爵到陕西邱兴华、陕西药家鑫，再到重庆"药家鑫"田厚波，从北京大兴李磊灭门惨案到广西贺州地税局长被灭门案……等一起起惊醒世人的故意杀人、故意伤害暴力犯罪个案，深究其原因，除贫富分化的社会现实、社会转型、利益转接、阶层转化、结构转变等引发社会观念的裂变外，另一个重要原因，就是我们依赖和生存的社会图景的文化土壤陷于愈来愈频繁和极端的暴力影像中。而且，这种影响还波及行政执法部门，使各地一度出现野蛮拆迁、暴力拆迁和暴力对待访民等极端事件的发生。

影视艺术，不仅反映着过去的现实，更重要创造着现在的现实，并让身处影像包围之中的人们深信不疑！被誉为法兰西思想之王的法国启蒙思想家、文学家、哲学家伏尔泰在18世纪中叶就指出："我们生活在新奇的时代，处于奇异的对比之中，一方面原因是大部分人对另一部分人可笑的盲从。"在17、18世纪，作为公众景观的行刑场面一度成为欧洲市民日常生活的重大仪式。但今天，对这种暴力行为合法进行观赏的就是影视。当下影视作品极力通过影像对暴力场景的还原、残忍行为的放大、残暴性情的渲染，使得暴力更加具有感官刺激和行为引导，更加颠覆社会评判中社会道德和良知的劝勉，更加抽象和扭曲艺术本身的艺术功能，使得暴力行为在影视作品中迷失、逃避了社会和历史责任！也使得观众在这些暴力作品的包围中开始性情烦躁、内心急躁、遇事狂躁、处于暴躁！以致影响着整个社会心态的稳定和理性社会的构建，影响着社会秩序和社会控制。

春秋战国时期著名思想家荀子在《富国》篇中就说："欲恶同物，欲多物寡，寡则必争矣"。荀子在几千年前就告诫我们，人的本性是恶的，人性恶决定了人们有共同的追求和无限的欲望，而财物是有限的，二者之间的矛盾必须导致冲突和争斗。古人先贤的至理名言，对当今的影视工作者、文学艺术工作者、政府官员等社会各界如何营造和谐、文明、进步的社会人文环境提出了尖锐的忠告和警示！尤其在当今每个人都承受着多重压力的社会情形下，抑恶扬善、安慰心灵、营造和谐、超越生命，让每个人的心房宽大和敞亮起来，尤其是影视工作者在其作品的思想、主题、内容、形式、表现手法等方面，远离暴力、远离杀戮、远离战争，远离单一的敌我较量、以暴制暴，远离与这个伟大时代格格不入的争斗和厮杀，还荧屏荧幕以和谐、幸福、文明、美好，应是我们的社会和历史责任！

（2011年9月）

F篇　事善能

老子认为，人类应效法水具有柔弱的形体，能方能圆，无所不及。就是说，凡事要讲究做事的方法，只有"方"，少权变，一事难成；只有"圆"，多机巧，容易成为墙头草，没主见，而丧失机遇。只有"方圆有致"，才是智慧与通达的成功之道。

大千世界总是泾清渭浊、恩怨分明。当这些人把庸俗的、肮脏的、丑陋的东西一股脑儿装向"文化"的大筐时，马上就被筐里的"阳光"折射得体无完肤而枯萎、凋零。

——《莫把文化当个筐》

文艺批评的堕落和异化，从客观上讲，是受功利的冲击和诱惑，但从主观上分析，是批评家美学观点的堕落和变异。使批评家变成了唯利是图的市井商人，变成了丑陋、可恨、可悲的利益之徒！

——《文艺批评的异化》

时下，当无厘头的"搞笑"、"颠覆"等戏说经典、解构英雄、亵渎崇高的文艺作品越来越盛行，英雄精神被嘲弄和恶

搞时，我们不得不反省我们民族的精神向度！

——《大众审美泛化下崇高精神的思考》

学习对一个人来说，是与生俱来的。人们从不知到知，从因不知而愚昧到知的耳聪目明，都是学习的结果。因此，学习应该是一种习惯、一种享受、一种活着的象征和为活着而奋斗的人生必修课。

——《说学习》

你只要心存幸福之念、胸怀幸福之志、珍惜幸福之时，幸福就如同时间老人一样，每时每刻、分分秒秒地守候在你的身边，伴随在你的工作、生活里；与你形影不离、荣辱与共，长相厮守。

——《说幸福》

我国是一个农业人口居多的国家，最大的问题就是农民问题。因此，村官问题绝非小事，村官贿选更非小事，希望能够引起重视！

——《村官能值几个钱》

但愿我们每个公民都向郭光允一样坚定人生的信条，坚定做人的准则，义无反顾地、扎扎实实地同歪风邪气做斗争！那么，最后的赢家、最终的智者，就是我们！

——《郭光允的先见之明》

当"陪"成为官员职责时，不但败坏了党风和社会风气，腐蚀了一批党政干部，而且给全面建设小康大业带来了无法估量的损失。因此，此风当刹！

——《当"陪"成为官员职责》

以学历为标杆和尺度，去量体裁衣，只能贻误事业发展，贻误民族精神活力。

——《市场不相信学历》

莫把文化当个筐

　　时下,"文化"一词已日渐成为使用频率最高的词,被各个领域的人们所引用。

　　你瞧,吸烟有"烟文化",喝酒有"酒文化",吃饭有"饮食文化",穿衣有"服饰文化",坐车有"汽车文化",搓麻将有"麻将文化",连理个发也冒出来"美发文化",锻炼身体也有"瘦身文化"……等等,不一而终。总之,生活中你所接触到的、所想到的、所看到的、所听到的,都被"文化"一词一网打尽!

　　本来,用文化一词去诠释现代生活的百态百相未尝不可。这不但是人们对社会现象由感性认识上升到理性认识,由初级接触上升到理性评判、归纳、扬弃的一种深层次嬗变,而且是对万事万物提炼其美丑善恶、去粗取精、去伪存真的规律性探索和总结,不失为人类从文明走向文明的必然之举。然而,任何事物都得有个度、有个范围、有个界定;如果事事都用文化一词去估量、去装载、去传承,是对文化一词的曲解和糟蹋!

　　你看,刚刚被人类征服的非典,就有人用"文化"去诠释。近读北京、广州几家报纸,在回顾人类同非典抗争的历史中,就用"非典文化"去标榜人类同病魔做斗争的事迹。大家众所周知,非典是一种传染性极强的呼吸道疾病。一种疾病,又何以与"文化"结缘、与"文化"为伍、同"文化"同处一室?!

　　据《现代汉语词典》云:文化有三种解释:①是人类社会历史在发展过程中所创造的物质财富和精神财富的总和,特指精神财富,如文学、艺术、教育、科学等;②考古学用语,指同一个历史时期的不依公

上善若水

布地点为转移的遗迹、遗物的综合体。如仰韶文化、龙山文化；③指运用文字的能力及一般知识，如学习文化，文化水平等。

由此我们得知，文化一词应有广义和狭义两种解释。笔者以为，广义是泛指人类的精神财富，狭义是泛指考古遗迹或一般文字运用能力。为此，不论从广义抑或从狭义上来看待，一种呼吸道疾病能与"文化"一词沾边吗？能代表一种精神财富吗？！

为此我又想到被某些媒体所宣传的"厕所文化"、"艾滋文化"、"同性恋文化"、"酷文化"、"新新人类文化"、"前卫文化"……等等，仿佛万事万物只要与"文化"一沾上边，就伟大起来、神圣起来、名垂青史起来！

因而，不论崇高或庸俗、不论伟大或肮脏、不论光鲜或丑陋，一些人总想向文化靠拢，总想以文化来吸引人们的眼球，博取人们的重视，求得人们的赏赐！因为他们知道，只有与文化搭上边，庸俗才能穿上崇高的外衣，肮脏才能在伟大的幌子下生存，丑陋才能有光鲜的外表。为此，他们已不顾及美丑好恶、崇高卑微、伟大渺小，只要是新生事物、只要是个"品种"，都往"文化"的筐里去种，希望在这个博大精深的筐里沾点灵气，"茁壮成长"！

然而，事情往往又与愿违。大千世界总是泾清渭浊、恩怨分明。当这些人把庸俗的、肮脏的、丑陋的东西一股脑儿装向"文化"的大筐时，马上就被筐里的"阳光"折射得体无完肤而枯萎、凋零。

故而，我还是提醒那些或好大喜功、或不学无术、或乱点鸳鸯的人士们，好好权衡、掂量、思考一下"文化"的真正含义，反思一下对新生事物的评判，把文化一词用在"正道"上。这样，一是莫让世人耻笑；二是莫误导了历史；三是莫让庸俗、肮脏、丑陋的东西"欺行霸市"！

总之，劝君审慎对待"文化"一词，审慎使用"文化"一词，审慎评判某些现象。

(2003年7月)

文艺批评的异化

鲜花、掌声、笑脸，献给谁谁不喜欢？然而，批评就不同了。不要说是成年人，就是在幼稚园里蹦蹦跳跳的孩童，也不喜欢老师不经意间的批评！因此，在现实社会中，文艺批评也开始丧失批评的本真，开始趋时媚俗，开始借批评之名行奉迎之实！

你瞧，一部刚刚开机的戏，主角还没登场，就被吹得天花乱坠；一本刚刚动笔的书，人物故事还没展开，就被捧得一塌糊涂；一首刚刚进录音棚的歌，磁碟还没灌好，就被炒得沸沸扬扬；一名涉世未深的演艺新人，刚刚崭露头角，就被新秀、大家的夸奖搞得晕晕乎乎……

一个时代、一种环境之下，若听不到真实的批评，耳濡目染的是被吹捧、被阿谀、被奉迎的巧言令色，你静下心来反思反思，这种现象正常吗？这种环境之下能培育出真正的艺术家吗？！

当文艺批评蜕变成千篇一律的奉迎之后，文艺作品的哲学沉思、审美观点、文艺积淀便被功利的思想所包围和混淆；批评家的艺术观念和价值观念成了趋时媚俗、出名赚钱者的工具；文艺作品的主流与支流、高雅与低俗、创造与荒诞、传承与发展便会是非不清；文艺作品的时代性、社会责任感便渐进偏离了"二为"方针。

文艺批评的堕落和异化，从客观上讲，是受功利的冲击和诱惑，但从主观上分析，是批评家美学观点的堕落和变异。黑格尔指出，"艺术创作就是思想感情外化为作品，它'观照自己、认识自己、思考自己'。"刘勰在《文心雕龙》中也说，"文章要有风骨。所谓风，是指高尚的思想和真挚的感情。所谓骨，是指坚定的事理和清晰的结构条理"。刘勰还说，"风骨是作家个性风格的标志。"因而，文艺批评作为

上善若水

文艺大系中的一个分支，不能观照自己、认识自己、思考自己，更不能把高尚的思想和真挚的情感演化为作品宣泄纸上，而是违心地受制于利益的驱使成为工具，不但自身的批评缺乏了风骨、缺乏了锐气、丧失了风格，而且违背和偏离了艺术创作的规律，迷失了批评家的社会责任感和使命感，迷失了批评家的"主角"身份。主角身份的迷失，必然导致创作方向的迷失和"给谁创作、为谁创作"的创作对象的迷失。这种迷失，带来的是创作思想的混乱和创作目的的异化，使批评家变成了唯利是图的市井商人，变成了丑陋、可恨、可悲的利益之徒！

康德说，"美是超功利的。"文艺批评作为审美判断的集中体现，不但透视出评判者的美学观点、美学立场、美学水准，而且反映出评判者的审美欲念与概念。所以，文艺批评一旦与功利沾边，就必定导致审美欲念的裂变，导致对某部作品、某种文艺现象、某个艺术人物的美学行为的误读。因而，批评家凭借利害观念的快感和不快感对某种艺术进行审美的评判，就在不知不觉中混淆了美与丑、真与伪、善与恶，就丧失了批评的本真，颠倒了批评的要义，醉眼朦胧地步入了异化的批评的轨道。康德说，"审美判断是普遍的、合目的的、必然的。"因而，这种文艺评判正好与所谓的大众化的利益之徒为伍，正合了利益者的心声，最终导审美价值趋向的滑坡和沦落，导致文艺批评的异化。

文艺批评是批评者根据一定的美学观点对作品、创作活动、创作倾向的分析和评判。因而，批评家不但要具备深厚的美学功底、正确的美学观念，而且要有求真务实的科学发展观。当一种艺术经不起美学分析的时候，它就不是靠审美方式在把握世界，就不值得对它进行评判。与此同时，一种艺术只强调美学观点而忽略了历史观点，只是片面强调艺术而淡化时代，远离沸腾的现实生活，也不值得对它进行评析。因而，文艺批评不但要远离功利的诱惑，净化、端正审美行为，而且要以人为本、求真务实，要努力认识和掌握创作规律，不断探求武装人、塑造人、鼓舞人、引导人的艺术准则；要深入实际、深入生活、深入群众，准确把握时代脉搏，用亲身体验的感受去同评判的作品对话、交流，用真情实感评析创作活动；要用源于生活、高于生活、丰富生活、引导生活的马克思主义哲学观去弘扬作品的艺术品格，唱响时代主旋律；要以人的需求的主流思想去营造昂扬向上、积极鲜明、争奇斗艳的批评氛围；要以篇幅、数量、质量占领文艺批评阵地；要把服务人、满足人、提升人的科学评论观落实到文艺批评中去。

（2004年6月）

大众审美泛化下崇高精神的思考

时下,当无厘头的"搞笑"、"颠覆"等戏说经典、解构英雄、亵渎崇高的文艺作品越来越盛行,英雄精神被嘲弄和恶搞时,我们不得不反省我们民族的精神向度,不得不重新审视我们的文艺作品在大众审美低俗化、恶俗化、庸俗化的四面楚歌之下,如何去支撑和塑造我们精神高地的坐标。

一、从大话文化到平民造星运动:大众审美离经叛道

中国文化被快餐化,始于20世纪90年代,鼻祖香港艺人周星驰以富有感官刺激的商业运作消解经典文本的深度意义与艺术灵韵,使之成为大众消费文化的构件——《大话西游》。《大话西游》爆热后,《Q版语文》紧随其后,对经典不再顶礼膜拜,不再神圣,可以随意断章取义、肢解和戏说。

紧接着,"水煮三国"等恶搞经典愈演愈烈,尤其对红色经典的恶搞,到了令人发指的境地。如把《林海雪原》中的侦察英雄杨子荣亵渎成为营救情人而赴死的情种;把地下党员阿庆嫂丑化成性开放者等,这些肆意篡改、歪曲和颠覆经典作品、历史人物、英雄楷模的文化景象,使英雄的美好天性被恶搞得丧失殆尽,使我们的价值观、伦理观、荣辱观、生存意义被颠覆得飘忽不定。

如果说大话文化消解了人们对英雄的崇拜,那么,"超女"引发的被消解的消费化、娱乐化、大众化的文化生态,便迈出更加危险的一步——大众审美从"艺术"走向"娱术"。紧跟着,被称为"后周星驰时代"典范和榜样的网络红人"芙蓉姐姐",借助现代传媒手段以"人类

垃圾"的姿态揭开了大众"审丑"的话题。她以"特殊审美品位"的"秀"的无耻又无畏，使这个开放社会的主流价值观念更加倾斜和坍塌。

二、从"口水歌"到"馒头血案"：恶搞中的大众审美危机

网络歌曲又被称为"口水歌"。"口水歌"的鼻祖是以一首《咱东北人都是活雷锋》而红遍大江南北的雪村。雪村"一歌走红"后，网络音乐被人们所关注。紧接着，杨臣刚的《老鼠爱大米》、庞龙的《两只蝴蝶》又在一个月内创下500万次被下载为手机铃声的记录，使网络歌曲热一发而不可收。

"口水歌"因其音乐门槛低、经济利益诱人，一些极尽搞笑、搞怪、挑逗，内容庸俗、稀奇古怪的《我想要做爱》、《阴曹地府》、《赤裸裸》、《大连站》、《杀了她喂猪》等恶俗网络歌曲也粉墨登场，不堪入耳的脏话充斥于字里行间，弥漫于音节音符，大有舍我其谁的痞子之势。

用王朔那句"我是流氓我怕谁"来诠释缺憾的网络音乐，靠"恶搞"起家的胡戈就更耐人寻味。今年初，上海网络人士胡戈，靠把大导演陈凯歌投资3亿多人民币拍摄的巨片《无极》改编成网络短片《一个馒头引发的血案》而迅速走红，"馒头血案"以颠覆经典电影讽刺现实，迎合了一些人低级或变态的审美趣味和畸趣心理！

在文化渐进多元化的社会里，公众的智慧固然需要尊重和宽容。然而，靠恶意炒作、歪门邪道、恶搞文化的方法，以"艺术"的名义混淆人们的审美价值观，颠倒人们的荣辱观，就需要我们在需要榜样、需要理想、需要精神、需要信仰的社会生活中去警醒和反思。

三、振叶寻根：文化串起社会的责任

文化是我们生活中眼睛所见、耳朵所听、手所触摸、心所思虑的美与丑、是与非、正与误、对于错。所以，文化在人们自觉与不自觉中，

便形成了对待自己、对待他人、对待自然的态度、品行、品德和品格。

振叶以寻根,观澜而溯源。因此,探寻大众审美泛化的主要原因,一言蔽之,就是大众文化的"根"在低俗、恶俗、庸俗的审美误导中,日渐式微和衰败,进而使大众的精神高度萎缩和矮化,使人们在社会生产中错把渺小当高大,把低俗当文雅,使得审丑大众化。

因此,文艺创作如果不能登高望远,不能历史地、辩证地看待文艺作品的社会影响力,只是一味地迎合所谓的大众口味,在恶俗、低俗、媚俗中去炒作明星绯闻、专攻感官刺激、专攻丑闻、诉讼和琐事;漠视崇高、缺乏文化的人文关怀;在创作智慧上一味地追求猜谜上的戏说,在创作手法上搞所谓原汁原味的原生态,在创作触角上伸向山水景观,这种创作只能让人感到"贫血"而装腔作势;假话、套话、空话连篇而失去作品的亲和力;只能精神平淡、思想贫乏、故事简单而让人厌倦英雄、质疑崇高,甚至审美泛化而走向"恶搞"经典的极端。故而,文化是形塑一个社会经济和政治行为的关键之关键,决定了这个社会如何面对各种挑战无往而不胜。文化更是一个国家的心灵和大脑,它的思想有多深厚、创意有多灿烂、品格有多高尚,就决定了这个国家的生命有多旺盛,社会有多文明、进步和发达。

故而,我们的文艺创作要获得大众审美的同频共振,就要给社会提供大情大义、大德大勇、大境大界的精神偶像。

四、精神天梯:"应如何"的人生图解

柏拉图说:"美是人心灵所体验到的快感。""艺术不仅要美,还要真善合一。"因此,审美是以主观审美情感为主的,主要解决"喜好什么",目的是给人以情感、情绪的影响。这样,作品就成为审美观念和审美理想的载体,构成"应如何"的人生图解。

在"应如何"的人生图解中,刚刚播出的20集电视连续剧《白求恩》给我们以启迪和示范。这部以一个真实的人物、真实的事件、真实的故事为蓝本,借用现代声光电技术创作的电视作品,把毛泽东笔下

的"一个高尚的人、一个纯粹的人、一个有道德的人、一个脱离了低级趣味的人、一个有益于人民的人"——展现。通过白求恩的"应如何",映照出我们心灵的瑕疵,实现了一次观众与白求恩的心灵对话和灵魂叩问!

近年来,我们通过文艺创作塑造的"领导干部的楷模"《孔繁森》、"一心为民的公安局长"《任长霞》、《真水无香》中的"胜败皆服的好法官"宋鱼水等,都从不同侧面树立了榜样,解构了"应如何"做人做事做官的人生图解。

五、思想品位:让崇高成为永恒的主题

什么叫品位?台湾女作家龙应台曾做过这样诠释:尊重自己,就是品位;尊重别人,就是道德。一个连自己都不尊重的人,谈何修养?谈何品位?

那么,英雄的品位又是什么呢?就是英雄们要有自身能够立得住的思想!如果一个人没有超人的思想、信仰、精神,他的品位是泛泛而没有震撼力的。试想,一个连自己都不能感动、缺乏品位的人,能感动他人,甚至是一群人抑或更大一群人吗?

说到此,我们再回过来分析和评判文艺创作中一些恶搞现象,就能透过现象看本质,就能更加清晰地明白为什么有的文化热点只能昙花一现,只能是明日黄花。最明显的例子就是"超女"现象。"超女"在去年平民选"秀"中成为瞬间红遍天的"歌星"而炙手可热。桂冠者李宇春不但深受国人追捧,其大幅玉照还登上了美国《时代》周刊的封面。然而今年海选"超女"的"盛事"再难寻觅昨日之狂热,只能是"青山遮不住,毕竟东流去"!

刘勰在《文心雕龙》中说,文章要有"风骨"。所谓"风",就是高尚的思想和真挚的情感;所谓"骨",就是指坚实的事理内容和清晰的结构。俗话说,"文以载道,以用为贵;文逢其时,一字千金。"所以,面对英雄而言,如果没有高尚的情操和思想,没有感人、动人心魄

的事迹,何其"贵"?何其"道"?

因此,不论是文学写真的历史人物,抑或是虚构的纯文学形象,如果缺乏了思想的高度和深度,缺乏那种轰击人们思想心灵的力量,缺乏照亮人们灵魂的思想光芒,这种英雄能够立得住吗?能够有影响力、冲击力和震撼性吗?范仲淹没有"先天下之忧而忧,后天下之乐而乐",孟子没有"富贵不能淫,贫贱不能移,威武不能屈",文天祥没有"人生自古谁无死,留取丹心照汗青"的思想和千古名言,人们能记得住他们吗?!

所以,文艺工作者面对纷纭复杂的社会现象、文化热点时,要善于透过现象看本质。要站在精神的制高点去纵观我们时代的精神标杆。只有具备崇高理想、高尚品格、伟大精神的人,才是我们时代所必需的。这样的人物才是无愧于时代、无愧于社会、无愧于历史的!

六、审美情趣:敬重心中的"价值"和"秩序"

一个奇丑无比的人站在你的面前,有人说他很美;一个美丽动人的人站在你的面前,有人说他很丑。你信吗?这就为我们拉开了一个朴素的不能再朴素的美学道理:美是存活在每个人心中的"价值"和"秩序"。

所以,我们在文艺创造中,对美的认识是不以某个人的意志为转移的,是无形中的有形和有尺度和公众心灵所形成的利于这个时代、这个社会、这个民族文明进步的"价值"和"秩序"。

因此,每个时代、每个行业、每个民族,都有着时代精神标准和英雄楷模,有着存活在这个时代、这个行业、这个民族中的精神价值。

故而,我们在文艺创作时,要以公众认可的价值标准为标准,以人们形成的审美情趣、审美取向为秩序。唯有如此,才是推动文艺创作创新发展的良策。也唯有如此,才能震撼人心、摄人心魄,才能让人敬仰,令人艳羡。像豫剧大师常香玉的"戏比天大",就道出了豫剧之美要比生活更美丽更纯真更可爱更朴实的美学观。像孔繁森的"金杯银杯不如老百姓的口碑，金奖银奖不如老百姓的夸奖"；宋鱼水的"辨法析理，胜败皆服"等，都道出一定时期、特定环境、特定行业中，老百姓所期盼的美的追求和境界。这些美，是人们所期盼和向往的，始终存活在人们心灵中。正因为如此，他（她）们的美丽情怀、高尚心灵、崇高境界，才受到老百姓的尊崇和膜拜，受到了老百姓的喜爱、赞誉和好评。

（2006年9月）

上善若水

说学习

党的十六大报告指出,要形成全民学习,终身学习的学习型社会,促进人的全面发展。

胡锦涛总书记在"三个代表"重要思想理论研讨会发表重要讲话时也强调,当前,摆在全党全国人民面前的一项重大政治任务,就是把"三个代表"重要思想学习好、贯彻好、落实好。

这些重要论断和指示,都极其深刻地告诉我们:学习的极端重要性。

当今世界,是知识大爆炸的世界。轻轻一点伊妹儿,就可知晓世界大事;知识的更新换代已从5年的周期缩减为3年;平均每30秒就有一项新的世界发明…,这些,都是世界经济一体化的大势所趋。这些,为我们加强学习、掌握知识、提高技能,应对日趋复杂而多变的经济、政治、社会局势,提出了更新更高的要求。

因此,学习不但是党和国家发展大业所需,而且是一个人立足于社会、不被时代所淘汰所必须。

自从党的十六大提出建设学习型社会后,各级党委、政府也提出很多加强学习的措施,如建设学习型政府、学习型城市、学习型县、学习型市,甚而学习型省等,来强化干部群众的学习;来提高干部群众针对新情况解决新问题、研究新方法创造新经验的能力。

学习,成了党委政府的"口头禅",干部群众的"紧箍咒"。然而,在实际工作和生活中,面对学习这一课题,人们又是如何对待的呢?

有些人把学习停留在文件上。上面让学习什么就照猫画虎地克隆一份通知或决定或安排意见,让干部群众去学习什么。至于学习的效果他

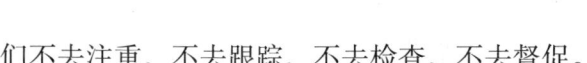

们不去注重、不去跟踪、不去检查、不去督促。

有些人把学习停留在口头上。在各种场合、各种人群中，都在强调学习、讲学习、要求大家学习。然而，对如何学习不去深钻细研、不去加以引导、不去想方设法。

有些人把学习停留在形式上。这些人往往花拳绣腿、花花架子、饱食终日、不学无术。走进这些人的书房、客厅、卧室、办公室，到处摆满了书、堆满了名著、名篇、名章和政治经济科学文化等百科丛书，仿佛是一个学富五车、孜孜不倦者。然而，这些人只注重的是形式，让人望而生畏地知道他们是"学习者"。

还有些人把学习停留在一知半解上。这些人浅尝辄止，一知半解，只懂皮毛而不去深钻细研。学是学了，但学的不深不透、不痛不痒，往往陶醉在这项学科这个知识反正我也知道上。

……

总之，学习中怕学、畏学、假学等现象不一而终，这里就不一一列举。

但是，透过工作、生活中这些"慢怠"学习的现象，我们应该如何去克服和改正，行之有效地引导人们真正从内心深处树立学习的愿望呢？

首先要端正人们的学习心态。古人云，书中自有黄金屋、书中自有颜如玉。这是封建专制社会对读书者的误导。首先读书和学习是为了让人们增强工作、生活的本领。不是说读书非要去寻求功利的"黄金屋"和"颜如玉"。让人们有一个平和的心态去对待读书，自觉学习。其次，在市场经济时期，人们大多心态浮躁，急功近利，"安不下心来"去学习。再次，大部分人在忙碌的工作和高负荷运转的社会生活中，已经淡化和厌倦了学习，而且认为肚子里的货已足够"应付"了，就放弃了学习。故而，要针对人们这些学习观念，学习心态有针对性地加以引导，树立人们积极、向上的学习意识。

其次要培养人们的学习习惯。有些人往往认为，学习是幼儿园孩

上善若水

子、中小学学生,直到大中专院校莘莘学子的事;是科研人员、专家学者、理论工作者的事;是年轻的初入社会、初到工作岗位的"毛头小子"的事⋯,因而,他们在工作、生活中凭老经验、老功底去应付了事。认为自己该学习的年龄段过去了,该学习的环境过去了。因而对学习渐渐淡忘、渐渐抛置脑后、渐渐习以为常地远离书本和书桌。故而,要引导这些人认识到"三天不学习、不懂高科技"的紧迫性,逐步培养他们学习学习再学习的兴趣。

再次要创造人们学习的氛围。学习虽然是每个人自身的事,但周围环境对其影响至关重要。如果社会风气都崇尚学习,大家都你追我赶地埋头苦学,真心实意地求知求进,那么,在这个环境熏陶下,从单位到家庭、从家庭到社会,人们都如饥似渴地学习学习再学习,就是不想学的人也被启发、被感染、被教育、被推动而投身于学习的海洋之中了。因此,学习不单单是个人的事,而且是全社会的共同之事,共同责任。

著名作家,曾任文化部部长的王蒙把学习形象地比喻为:寻找人生的"登机通道"!只有高中一年级肄业学历的王蒙,曾出版过《青春万岁》、《组织部来了个年轻人》等影响几代人的鸿篇巨制。王蒙在新近出版的《王蒙自述:我的人生哲学》一书中说,"学习是火把。伴我一生,贯穿我生活始终,成为我一条生命主线的就是学习。在任何条件下,从未停歇、从来没有怀疑过其价值和意义、从来都给我以鼓舞和力量,给我以尊严和自信,给我以快乐和满足,给我以无尽的益处的,就是两个字——学习。特别是在逆境中,在几乎什么事都做不成的条件下,学习是我的性命所系,是我能够战胜一切风浪而不被风浪吞噬的救生圈。"

正是有了这些视学习为生命的依托和火把的情怀和融入骨子里的学习精髓,仅读过一年高中的王蒙自20个世纪50年代以来,发表和出版小说、评论、散文、新旧体诗歌、杂文作品1000余万字,并被翻译成20种语言文字介绍到数十个国家和地区。

所以,学习对一个人来说,是与生俱来的。人们从不知到知,从因不知而愚昧到知的耳聪目明，都是学习的结果。因此，学习应该是一种习惯、一种享受、一种活着的象征和为活着而奋斗的人生必修课。因而，人们只有把学习的情愫揉进生命的血液里，与生命共舞，才能踏踏实实找回学习的真谛，才能把学习当成一种志向、一种爱好、一种生死与共的生命线！

  但愿我们能够反思和改进我们的学习目的、学习态度、学习方法，把学习融入生命的血液里与生命一起流淌。

（2003 年 12 月）

说幸福

幸福是一种期望。童年期望母亲香甜的乳汁，少年盼望向大人般成熟，青年企望成名成家，中年渴望生活安定，壮年遥望青年时的浪漫，老年希望有健康的体魄。

幸福是一种感受。富有的人希望感受清贫时的乐趣，贫穷的人期望感受富有时的衣食无忧，落寞的人渴望感受得意时的洒脱，踌躇满志的人盼望感受成功后的喜悦。

幸福是一种体会。求索者体会的是追寻中的执著，跋涉者体会的是勇往直前的毅力，成功者体会的是成功前的艰辛。

幸福是一个过程。追求幸福的人往往陶醉在如梦如痴的奋斗中，至死不渝。得到幸福的人往往怀念在幸福的每一个时光里，难分难舍。懂得幸福的人往往珍惜来之不易的生活，倍加珍重。

幸福是一种心境。幸福是心灵中的思念、挂念、追寻和珍惜。只有懂得思念的人，才能感受幸福的折磨。只有知道挂念的人，才能明了幸福的落寞。只有矢志不渝追寻幸福的人，才会在百折不挠中享受幸福。只有珍惜幸福的人，才能守住岁月的诱惑。

为此，幸福其实是一种痛苦的等待，等待之中痛苦的折磨，折磨之中信念的坚守。因为幸福给予的是痛苦过、折磨过、伤害过的人。只有如此才能真正懂得痛苦过后的幸福，才能真正珍惜折磨过后的幸福，才能真正珍藏伤害过后的幸福；只有如此才能领悟到生命里的痛苦、折磨、伤害之后的真诚所在；只有如此才能摆脱过去的痛苦、过去的折磨、过去的伤害，在纷繁的人世中找到幸福的真谛！

有人说，你出生时，你在哭，周围的人在笑；你去世时，你在微笑，周围的人在哭。其实，这就是一种幸福的感受。这也是一种幸福的哲理。只有懂得哭的人，才知道笑；只有笑过的人，才会真诚地哭。所以，对幸福而言，只要你心态平静、心存追求、心怀高尚，痛苦、折磨、伤害只是暂时的。因为没有这些痛苦、这些折磨、这些伤害，你又怎能领悟、珍惜、珍重来之不易的幸福？怎能刻骨铭心地感受幸福的真正含义？怎能在来之不易的生活中珍惜幸福？

或许为了追求这份平淡无奇的幸福，曾经轰轰烈烈过；或许为了这份已经开始痛苦、折磨、伤害的幸福，曾经也痛苦、折磨、伤害过；或许为了这份已经想摆脱的幸福，已经开始失望、彷徨、痛苦、绝望；…不论何种心态、何种思想、何种愿望，总之，都说明你幸福的心境在游弋，幸福的感受在改变、幸福的过程在呻吟、幸福的体会在默默移植。因此，面对这些潜移默化、默默变革的幸福观，你就要静下心来去评判、去梳理、去选择、去坚定。去坚定你追求幸福的最终目标是什么，一分为二，深思熟虑地选择不同生存环境、不同生活时期、不同社会背景下的幸福。唯有如此，你才能坚定幸福的观念，坚强幸福的磨砺，坚守幸福的信念。

故而，你只要心存幸福之念、胸怀幸福之志、珍惜幸福之时，幸福就如同时间老人一样，每时每刻、分分秒秒地守候在你的身边，伴随在你的工作、生活里；与你形影不离、荣辱与共、长相厮守。

所以，幸福离我们很远，也离我们很近。幸福就在我们踏踏实实，平淡无奇的生活中；幸福就在我们淡泊明志，宁静致远的人生追求中；幸福就在我们历经失败和痛苦而永不言败的执著中！

愿我们每个人都在平淡无奇的现实生活中创造幸福、懂得幸福、珍惜幸福、永远幸福。

(2003 年 12 月)

F 篇 事善能

上善若水

百官共廉与取信于民

据日前出版的《人民日报》报道，20多年来，苏州市出现了一种"百官共廉"的可喜现象：市（地）委书记中，没有一人因腐败问题受过处分；近10年，苏州市的历任市委书记、市长、市人大常委会主任、市政协主席，以及下属各县级市四套班子的"一把手"，前后近百人，在职期间无一人受过党纪、国法的处分。

百官共廉，是改革开放以来人们心仪已久的期盼；是人们理想的生存环境的胜地；是小康社会公正、公平、文明、法治的写照！江泽民同志曾经指出："党内不允许有腐败分子的藏身之地，我们一定要以党风廉政建设的实际成果取信于民"。为此，百官共廉，也是共产党人取信于民的法宝。故而，苏州的"百官共廉"，不但是人们理想的真实写照，而且是党风民风社会风气实现根本好转的范例。

党的十六大报告指出，"坚决反对和防止腐败，是全党一项重大的政治任务。不坚决惩治腐败，党同人民群众的血肉联系就会受到严重损害，党的执政地位就有丧失的危险，党就有可能走向自我毁灭。"时下，在全民建设小康社会的征途上，人们议论最多、顾虑最重、担忧最迫切的，就是廉政建设。为此，在大的环境中，人们期盼举国上下"百官共廉"；在小的生存地域里，人们盼望"百官共廉"。百官共廉是人们评价党风世风社会风气的试金石，是人们坚定信念跟党走，共创小康社会辉煌蓝图的法宝。故而，苏州"百官共廉"在这种历史环境下，无疑使我们看到了这种理想和现实并不遥远，坚定了一步一个脚印，百折不挠跟党走的勇气、信心和决心！

剖解苏州的"百官共廉"，狭义上理解是百名"一把手"廉洁自律，广义上却表明广大干部众集体廉洁、廉已成风的时代进步。苏州各级纪检监察部门有一句名言：像保护眼睛一样保护干部，防止干部走上歧路。为了保护好"眼睛"，苏州市采取了一些行之有效的措施。一是实行"打招呼"教育，自1997年以来的6年间，全市共向县处级干部、1100多名乡科级干部"打招呼"，使他们在廉政建设上有一种"如履薄冰"的责任感；二是从1999年开始，市纪委向每位新任干部发送廉政《诫勉书》，至今已发出120多封，做到未雨绸缪、防患于未然；三是鉴于领导干部违法乱纪多与身边人有关，从2000年起，在全市实施了以"廉内助"（领导干部家属）、"廉管家"（单位财会人员）、"廉助手"（身边工作人员）为主题的"三廉工程"。这些廉政建设的举措，不但有效保护了干部，而且也培养和锻炼了干部。近10年来，在苏州市担任过书记、市长的人，除1位离休外，其余分别升任正、副省部级干部。所属县、区的干部中，有两位升任副省长，有的升为省政府厅长或其他地级市的党政领导，在苏州本地被提拔为地市级、县处级、乡科级的领导干部就更是数不胜数。与此同时，廉洁的政风也吸引了一大批国内外投资者到苏州投资兴办产业、发展经济，有效推动了苏州经济发展。据有关部门统计，截至2002年，苏州国内生产总值已达到2080亿元，仅次于上海、北京、广州、深圳，居全国第五位，使广大老百姓真正得到了实惠。

　　因此，透过苏州"百官共廉"使我们看到：一是取信于民并不是一句空话。它实实在在体现在我们每个党政领导干部的思想、行为、作风上。如果我们都能以民为本、清正廉正、秉公办事，我们就一定能取信于民，得到广大人民群众的拥护、爱戴和支持；二是反腐败斗争要打防结合，预防为主。这样，既能保护绝大多数干部不走弯路、不入歧途、一心为民，又能把真正的腐败分子绳之以法，防患于未然；三是反腐败斗争是民心所向、已深入人心，是一项既能稳固政权，又能促进经济发展的利国利民之事，不可懈怠、应常抓不懈；四是要在宣传反腐倡廉反面典型的同时，注重干部廉洁自律、一心为公的正面宣传，要高歌清正廉洁，唱响清正廉洁的主旋律，使清正廉洁成为人人崇尚、人人向往、人人自律、人人共建的社会风尚。果真如此，我们的社会将愈来愈开明、文明、进步、法治，我们全面建设小康社会的宏伟蓝图，就一定能早日实现；我们就一定能国运昌盛、万民安居，得到广大人民群众更加广泛的支持，早日实现中华民族的伟大复兴！

（2003年9月）

巨款买村官为何无人管

面对用230万元"天价""购买"村官一事,负责选举工作的乡选举工作领导小组数十名成员和760多位选民非但没人制止,还纵容其行经,并使贿选者堂而皇之地当选,你说可怕不可怕?!

此事发生在革命老区山西吕梁的河津市下化乡老窑头村。据日前出版的《人民日报》报道,老窑头村是个有着1300多人的小山村,今年3月中旬,老窑头村开始第六届村民委员会换届选举工作。由于村支部书记、村选举委员会主任史吉堂的指使、策划,村委会主任候选人王玉峰筹款230万元分给村民拉选票,结果当上村委会主任。两位副主任候选人史回中、史战伟也分别向村民发放14.55万元后顺利当选。

据悉,4月17日上午,老窑头村继3月24日选举失败后,再次召开村委会选举大会。主席台上,史吉堂将一个装有现金的铁箱子举起来"亮相"、"这是王玉峰拿来的现款"。并当着与会的760多位选民问王玉峰:"如果你当上村委会主任,今天能不能给大家发钱?"王答:"能"。台下立即响起热烈的掌声。在金钱的诱惑下,大多数选民将票投给了王玉峰,王得票480张,超过半数,当上村委会主任。两名村委会副主任候选人史回中、史战伟也不甘示弱,把现金带到会场转了一圈后,顺利当选。当时,乡选举工作领导小组的数十名成员都在现场,但没一个人出来制止这种非法行为。当天下午,村民们拿着户口本到村委会领取了"选举兑现款"。

根据我国1998年11月4日颁布实施的《中华人民共和国村民委员会组织法》第11条规定:村民委员会主任、副主任和委员,由村民直接选举产生。任何组织或者个人不得指定、委派或者撤换村民委员会成员。第15条规定：以威胁、贿选、伪造选票等不正当手段当选的，其当选无效。第16条规定，本村五分之一以上有选举权的村民联名，可以要求罢免村民委员会成员。

想必以上法律规定，即使参与选举的760多位选民不是很清楚，负责选举的村支部书记、村选举委员会主任史吉堂应该清楚；如果史吉堂也不是很清楚，到会的乡选举工作领导小组数十名成员应该清楚！那么，为什么这么多负责选举、监督国家法律依法实施的官员和760多名选民，都在王玉峰等人用金钱裹着的糖衣炮弹袭击下，而丧失了党性原则和法制观念，与其同流合污、助纣为虐呢？

其一，法律的宣传尚未深入人心。在我国，最善良、最纯朴、最可爱的就是广大老百姓。在贿选中，人们相信的是组织，相信的是史吉堂和乡选举工作领导小组一帮人。有史吉堂对贿选的认可，村民们就认为是"合法"的。再加之王玉峰是当选后才发钱给村民们，看上去与人们潜意识的贿选有一定区别，看上去像是王在给村民们发"福利"。所以，违法的贿选便把善良、纯朴的选民们给蒙蔽了。使村民们本来就不强的法律意识、法制观念，被这些看似合法的举动给"忽悠"过去了。这也充分说明，群众的眼睛要在法律的"擦拭"下才能雪亮。所以，广大农村老百姓的普法工作亟待加强。

其二，谎言重复千遍也成为真理。巨款买村官事件说明，非法的贿选一旦明目张胆起来，也足以混淆视听、蛊惑人心，使非法之举堂而皇之地"名正言顺"起来。如果没有史吉堂将一个装有现金的铁箱事先举起来向与会选民"亮相"，就不可能有史回中、史战伟把现金带到会场转一圈。没有王玉峰"响当当"回答史吉堂当选之后就把钱发给大家承诺，就不会产生台下热烈的回应掌声！就更不用说有后来王玉峰、史回中、史战伟的当选了！所以，回顾这个非法选举的过程，从一开始，主持选举者就用非法的手段在操纵选举，使得选举本身就在人们忽略的"歧途"上危险地进行着。而且，这种"歧途"使人们误以为是名正言顺的！

其三，颓废的金钱至上世俗观在腐蚀着善良的广大农村老百姓。波澜壮阔的市场经济大潮，早已遍布城乡大地。善良、本分的广大农村老百姓也用他们朴实的价值观、利益观在接受着市场经济大潮的冲击和洗礼。为此，当王玉峰、史回中、史战伟等人抛出金钱的诱饵蛊惑人心时，使实实在在处家过日子的760多名选民们一下子折服了！在世俗的金钱面前，这些村民们在"贪实惠"的小念之下，无形中放任了王玉峰等人借村官的权力谋取个人私利的险恶用心。——村民们以为，发钱的王玉峰等人就是"救世主"，是"能人"，是能够让大家富裕起来的"能人"。所以，金钱这枚可怕的糖衣炮弹，很容易使纯朴的农村老百姓们"中招"，使他们善良的本性在金钱诱惑下乱了"方寸"。

为此，透过巨款买村官而无人行使正义的职责并依法制止，使我们看到了可怕的不良社会风气正在侵蚀广大农村老百姓，也看到了普法工作向纵深发展的重要性、必要性、紧迫性。所以，我们希望透过一事件能够警示各级党政官员，要依法维护农村基层政权的稳定，要纯洁世风，要依法治村，要从"三个代表"高度进一步维护好广大农村老百姓的合法权利。

（2003年9月）

上善若水

村官能值几个钱

　　村官能值几个钱？试看日前《人民日报》报道，山西省河津市下化乡老窑头村农民年人均收入不足千元，但在村委会主任选举中却有人开出了"天价"——230万巨款"买"村官。

　　读了这则发生在现实生活中的活生生事例，可能你对村官的含金量也模糊起来了。很难相信一个贫困地区村主任的黑市价竟然开到了二百多万元之巨！

　　据报道，地处吕梁山区的老窑头村，是个有着1300多人的小山村，农民年人均收入不足千元。今年3月中旬，老窑头村开始第六届村民委员会换届选举工作。通过户代表提名，史明泽、史回中2人被确定为村委会主任正式候选人，其中史明泽是上届村委会主任，现任村支部副书记；史小官、史海河、肖关章3人被确定为村委会副主任候选人，其中史海河是上届村委会副主任。选举会定在3月24日召开。而此时，不是村委会主任候选人的王玉峰突然于3月21日向村民发出承诺书，要参加村委会主任的竞选。除了表示为村民办几件实事外，王玉峰还承诺，"如果能当选，将用自己的钱现场为每个村民发200元"。看着别人做出发钱的承诺，另一位村主任候选人史明泽也发出承诺书，提出给每人260元。3月23日，王玉峰将钱数提高到每人400元。史明泽紧随其后，将数额提高到每人460元。4月16日，是王玉峰与史明泽"竞选大战"最激烈的一天，而且一直持续到17日早晨。结果，王玉峰以每人发1800元的诱惑当选村主任，史回中、史战伟以每户发1000元的承诺当选村副主任。4月17日下午，村民们拿着户口本到村委会领取了"选举兑现款"。全村共1300多人，每人领取王玉峰发的1800元，共230多万元；全村有291户，每户领取史回中、史战伟给的1000元，共29.1万元。

明目张胆在选举大会上以金钱"开道"，其目的昭然若揭：为博取村官"乌纱"！

那么，是什么让这些人处心积虑地、不惜代价地博取这顶村官官帽呢？据了解，老窑头村有一个村办煤矿、承包费每年是8万元。现在煤炭销路好，新一届村委会决定大幅度提高承包费。这样，村里的集体经济收入自然会大量增加。由此不难得出王玉峰敢耗巨资"竞选"村委会主任的答案：以村官之权为个人谋取私利。

近年来，农村基层组织的政权建设时常暴露出瘫痪、薄弱和村干部侵占提留、村级组织账目混乱等问题，使广大农村老百姓的合法权益受到侵害，脱贫致富也成为一句空话。究其因，就是在村级组织选举中出了问题。村民们没能推选出公道、正派，能够带领大家共同致富的带头人。1998年11月4日通过的《中华人民共和国村民委员会组织法》第2条规定：村民委员会是村民自我管理、自我教育、自我服务的基层群众性自治组织，实行民主选举、民主决策、民主管理、民主监督。第15条还规定：以威胁、贿赂、伪造选票等不正手段当选的，其当选无效。根据这些现行的法律规定，村民们完全有权力推选自己心目中的"当家人"。对那些徇私舞弊、巧取豪夺，通过非正常手段当选的，村民们完全有责任和义务提出罢免。

所以，面对发生在山西的以金钱来腐蚀村民们的做法，再次给我们村级组织的政权建设敲响了警钟。告诫我们要密切注视村级组织的选举工作和村级组织的班子建设，这是直接关系到广大农民群众切身利益的大事、紧迫之事，千万马虎不得。因为这些村官们的一举一动，直接代表着党和政府的形象，如果因为我们的疏忽大意，把那些利益熏心、鱼肉百姓之目的昭然若揭者推选到村级组织中，其后患是可想而知的。久而久之，先辈们用血肉之躯构筑的党和政府的铜墙铁壁，势必将毁于这些村级组织的蠹虫手中！再则，我们是一个农业人口居多的国家，最大的问题就是农民问题，如果这些问题解决不好，也将殃及党和国家的政权建设。因此，村官问题绝非小事，村官贿选更非小事，希望能够引起重视！

（2003年9月）

郭光允事件给官员们敲响的警钟

同样是举报官员腐败，也同样使沉冤得到了昭雪，然而，付出的代价却大相径庭。其一，矢志不渝举报"慕马"大案的老干部周伟，被冠以莫须有的"非法集会示威罪"而被行政拘留，开除党籍。之后，因周未接受上次"教训"继续上京举报而被"送"进龙山教养院。当"慕马"大案真相大白时，周伟却被"抬"出了教养院——在教养院七百多个日日夜夜里，70多岁的周伟生了6场大病，5颗牙齿脱落，记忆力急剧下降。其二，河南省舞钢市残联干部吕净一，因举报平顶山市委政法书记李长河贪污腐败，被冠以莫须有的"贪污公款3000元罪"而判处有期徒刑1年。而后，吕净一仍不退缩，继续举报，致使妻子被害，自己身受重伤并险遭灭门之灾。而河北省石家庄市建委干部郭光允，在8年反腐中虽以莫须有的罪名被劳教两年，并给予"党内警告处分"，但自身和家人人身安全却"安然无恙"。因此，同样是反腐败，郭光允与周伟、吕净一等反腐斗士比较起来，却幸运得多！

　　从以上事例中我们看出，反腐败有时也得靠运气。其一，能否成功要看被反对象是否罪孽深重、物极必反。比如周伟反"慕马"，若不是马向东因在澳门涉赌而东窗事发，周能"斗"得过堂堂的一市之长吗?！吕净一反腐，若不是李长河雇凶杀吕灭口的罪行败露，吕能昭雪吗?！同样，郭光允反腐更是显而易见。若不是程维高多行不义，又有谁能"动"得了连中央"三讲"巡视组都让其三分的"程大吏"呢！其二，能不能躲过反腐中一"劫"，要看被反的对象级别高不高。周伟、吕净一、郭光允三起反腐事件表明，被反对象官衔大小不一，施展的打击报复举报人的手段也不尽一致——五品官的李长河官衔小素质也比较低，使用的手段就"露骨"一些——是黑社会的斩草除根、置之死地而后快的流氓手段；三品官的"慕马"就有一点"道行"，手段就有所收敛——知道"杀人偿命"的古训，只是把周伟"投"进教养院"折磨"得生不如死；二品大员程维高就更"高明"一些，可以借用手中的"重权"指使喽啰们利用法律去罗织郭光允莫须有的罪名，使郭被劳教两年和开除党籍。

为此，透过郭光允事件，联想到老干部周伟和科级干部吕净一的遭遇，不得不为我们反腐倡廉工作的艰巨性、复杂性而担忧！好在中央已看到了这些症结和痼疾，才在公布程维高案件中把"利用职权，对如实举报其问题的郭光允同志进行打击报复"列为五条"罪状"中的第三条而郑重其事地予以追究。这恐怕是新中国成立以来，尤其是改革开放以来，中央处理省部级高官中，首次把打击报复举报人纳入高官们违法乱纪的范畴，并写入党的正式文件中予以公布！因而，我们企盼通过这次对郭光允正义精神的肯定和昭雪，能够使更多的程维高之流们审慎对待党纪国法，审慎对待举报者；怀着有则改之、无则加勉的胸怀，辩证看待自己的缺点、错误和不足。千万不要把举报人人为地树立成自己的对立面而置于死地而后快。要本着兼听则明、偏听则暗、闻过则喜和海纳百川的胸襟去对待举报者！更不要把举报者当成肆意践踏的"草民"而草菅人命。否则，只能如程维高之流一样，搬起石头砸自己的脚。最后的后果只能是，要么作茧自缚，要么自毁前程，要么遗臭万年。

故而，我们但愿郭光允事件只是一个开始、也是一个结束！但愿我们的官员们看清中央反腐倡廉、保护合法举报者合法权益的信心和决心，遵纪守法、奉公守纪、廉洁自律，千万别步了程维高的后尘而作茧自缚。

（2003 年 9 月）

郭光允的先见之明

随着程维高被开除党籍的消息见诸报端，名不见经传的郭光允可谓是"一夜成名"。然而，面对媒体的采访和世人的惊诧，郭光允却说，这样的结果，他早就想到。

早就想到了，难道郭光允有三头六臂，抑或会什么占卜巫术之类的法术不成？不是，统统不是！

这个在常人看来不可思议、非常不易的漫漫8年抗争的结果，蕴含了事物发展的必然性。

其一，中央反腐败已深入人心，坚定了郭光允"舍得一身剐，敢把皇帝拉下马"的信心和决心。经过近些年来的反腐倡廉，虽然腐败现象尚未得到根治，但从成克杰、胡长清、丛福奎、慕绥新……等一批批高官纷纷落马，在一定程度上昭示了中央反腐败的决心和毅力。这些贪官污吏的落网和曝光，给民众树立了党风在好转、世风在好转、民风在好转的信心，使老百姓看到了反腐败的前途和光明，增加了同歪风邪气作坚决斗争的决心和勇气。所以，诸如郭光允这样的处级干部，就敢拿起中央反腐倡廉的锐利武器同程维高这样的封疆大吏作殊死搏斗。——因为郭光允深知邪不压正的古训。郭坚信程迟早要"翻船"。

其二，郭光允一贯刚直不阿，两袖清风，不为五斗米折腰的个人人格风范使然。报道说，"1990年，程维高从河南调河北担任省长。给程装修住房的是南京二建的人，房子装修了两个月。郭光允时任石家庄市建委工程处处长。当时南京二建的经理辗转找到郭，发现他们是毕业于上海同济大学的校友。于是，这个校友先后5次提出要把郭介绍给程维高，让两人拉上关系。当然，如果这样，郭光允的仕途可能发生翻天覆地的变化。但郭光允一直没有答应去高攀程维高。"看了这段文字，不知你会作何感想？作为笔者，仅凭郭5次拒攀，就让我从心眼里钦佩郭的人格魅力来！试想，如果在老同学的穿针引线下，郭光允能去程府拜山头，郭的前途是不言而喻的。然而，郭却不为这个巨大的利益所诱惑而坚决地拒绝了！同样，南京二建的人见说服不动郭光允，只好去为时任石家庄市建委主任的李山林（已被判刑）牵线搭桥，结果李山林顺势而上，李的仕途曾光明一片，威风八面一时，并差一点当上了石家庄市副市长。然而，谁又能料到攀上程维高的李山林最终落得个锒铛入狱的结局呢？可能只有郭光允事先料想到了！因为郭光允明白，天下没有免费的午餐。老同学引见程维高，不外乎是想拉虎皮作大旗，蛊惑郭与其一起同流合污、贪赃枉法、赚取昧心钱。所以，郭光允面对名利的诱惑坚持了做人的准则，不为其所动，保住了自己的清白之躯。因此，这些常识也注定攀上程维高的李山林必然要自毁前程甚至搭上身家性命。

其三，反腐倡廉的大势所趋。郭光允的平反昭雪，程维高的中箭落马，虽然经历了漫漫的8年曲折之路，但郭光允都立场坚定、义无反顾、越挫越勇地挺住了——从1995年9月郭天天被省纪委的同志叫到省军区招待所谈话，被要求交代匿名信的问题，到两个月后郭被有关部门收审，关进了招待所，直到1996年春节前郭被诬以"投寄匿名信，诽谤省主要领导"罪名而劳教两年并开除党籍，再到劳教9个月后郭被允许保外就医，和此后在中纪委人员的关注下郭劳教的处理被取消、党籍得以恢复，再到今年2月13日郭光允被彻底平反，在这场没有硝烟但比充满火药味的战场更加残忍的斗争中，郭光允以小小芝麻官的身份与手握重权的封疆大吏、一方诸侯，进行着殊死搏斗。郭以赢弱之躯、同程氏集团中的虎狼之将进行着生死交加的较量。在名誉、家庭、个人人身安全都受到极大恐吓和威胁，受到打击和摧残的情况下，郭没有胆怯、没有退缩、没有失去人生的信条，更没有缴械投降！因为郭心中明白，程的权势再大也大不过国家法律法规；程的手伸得再长，也不可能遮挡住中华大地的反腐风暴；程的犯罪集团再牢靠和嚣张，也是一伙贪赃枉法的利益之徒，乌合之众！因此，郭坚信程的丑行一定会大白于光天化日之下，程的违法乱纪行经迟早会受到党纪国法的严惩，程构筑的犯罪集团一定会灰飞烟灭。

　　故而，对"一夜成名"的郭光允来说，13年前的不为老同学5次"牵线搭桥"所动，8年前的奋起举报，都是这个法治的时代、正义的潮流，赋予了郭勇气和信心，给予了郭决心和毅力。郭的先见之明是这个蓬勃朝气、浩然正气、昂扬锐气的时代所赋予的！是郭刚正不阿、纯洁高尚、淡泊名利的远大志向和人格风范所决定的！

　　但愿，我们每个公民都像郭光允一样坚定人生的信条，坚定做人的准则，坚持党性原则，大胆地、义无反顾地、扎扎实实地同歪风邪气做斗争。那么，最后的赢家、最终的智者，一定是我们！

（2003年9月）

上善若水

当"陪"成为官员的职责

"陪"在《现代汉语词典》中的解释为陪伴、协助,但在实际生活中,"陪"的含义就十分丰富了。譬如说,陪伴、陪衬、陪嫁、陪床、陪侍、陪夜、陪审、陪绑、陪同……等等。由于一个简单的"陪"字在实际生活中运用十分广阔,就为陪的活动注入了各种五花八门的种类。

时光飞流,时事变更。眼下,"陪"字在官场也派上了用场,而且"陪"已演变成官员的职责,有时可能一"陪"就注定官员的前途和命运,甚而身家性命。你瞧,从工人、教师、校长、局长、区纪委书记、市政府秘书长等一步步干到长沙县县委书记的李振萼,就在"陪"中命丧黄泉了。

据媒体报道说,现年56岁,从一名普通工人逐步成长起来的长沙县委书记李振萼,11月1日应湖南长丰汽车制造股份有限公司的邀请,前往湖南外商国际活动中心与日本客商谈判引进汽车零部件项目。午餐后,日本客商提出要看一看外商国际活动中心内的青竹湖高尔夫球场,于是李振萼等3人继续"陪"日本客商考察。不幸的是,下午4时许,在参观考察一个多小时后,李振萼因急于回县里参加一个会议,自己驾驶的电瓶车连人带车坠入10多米高的坡下,摔到坡下的水泥路面上,致使头部严重受伤,送医院抢救无效而死亡。

你瞧,为党工作了二三十年,好不容易干到县委书记,就这样在"陪"中搭上身家性命了!你说可惜不可惜?

我们试想一下,如果李振萼不陪日商去"考察"高尔夫球场,李又会搭上身家性命吗?但是反过来思考,李不陪日商去高尔夫球场考

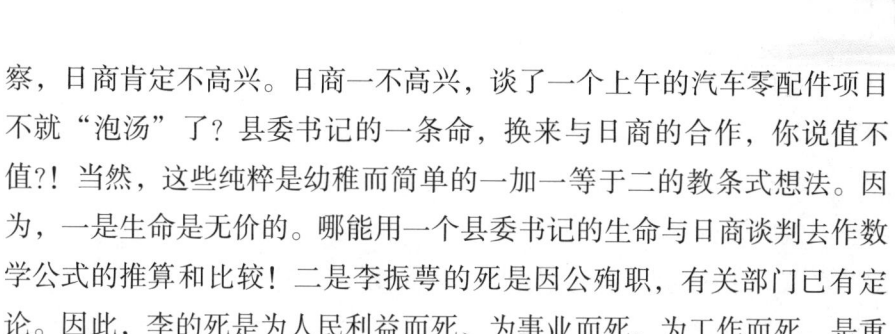

察,日商肯定不高兴。日商一不高兴,谈了一个上午的汽车零配件项目不就"泡汤"了?县委书记的一条命,换来与日商的合作,你说值不值?!当然,这些纯粹是幼稚而简单的一加一等于二的教条式想法。因为,一是生命是无价的。哪能用一个县委书记的生命与日商谈判去作数学公式的推算和比较!二是李振萼的死是因公殉职,有关部门已有定论。因此,李的死是为人民利益而死、为事业而死、为工作而死,是重于泰山的。

不过,李在"陪"中死,还是给"陪"提出了话题,还是让我们深思起当"陪"演化为官员职责后的可怕一面。

首先,陪滋生了官僚主义。一个"陪"字,使官本位思想暗生。为此,陪也讲规格、看档次,看领导的"分量"。所以,领导干部的轻车简从为何会成为一句空话假话,都是"陪"在作祟!因为"陪"使得领导干部前呼后拥,风光无限,八面威风!所以,"陪"字不去,官的"僚"难以割除。

其次,陪怂恿了形式主义。因为"陪",领导一路"肃静""回避",使得各地开始"作秀"。所以,凡领导所到之处无不国泰民安、风和日丽、歌舞升平。因而,"陪"的视察、考察、调研中,陪领导的下属虽然累,但累得值得、累得有成果。在"陪"中,领导能按照自己的"旨意"去视察、考察、调研。自己就像牵牛鼻子的人,能把领导当"牛"使。牵来牵去,领导也不说累、不嫌苦,而且还一个劲地表扬自己工作有方,能力超群,前途无量。所以,"陪"的境界就是"玩领导于股掌之中"!

再次,陪助长了享乐主义。试想,平常不敢吃、不敢喝、不敢玩、不敢过把瘾的东西,都在"陪"中"过足"了瘾。其一,这些花的都是公款、自己不心疼。其二,"陪"的是上级领导,再怎么也不过分,不会犯错误。享受了,别人还挑不出毛病、就是挑出了毛病也有上级领导顶着,一点都不怕。所以,只要是"陪",不管是检查组、交流团、协作会、联谊会、考察团、项目洽谈团,反正只要是因公"陪",就不怕吃上超标、喝上过分、玩上过头。总之，只要能满足欲壑，"荤的素的"全都来！

再则，陪隐藏了以权谋私。在没完没了，天天醉生梦死的"陪"中，一些腐败分子不但吃得油嘴滑舌、溜光水滑，而且还趁机以"招待"名义大捞一把。这些人把公私混淆，吃喝嫖赌全报销。所以，"陪"的费用往往是一笔糊涂账。没人问没人查，更没人依照规章制度办事。

总之，当"陪"成为官员职责时，不但败坏了党风和社会风气，腐蚀了一批党政干部，而且给全面建设小康大业带来了无法估量的损失。因此，此风当刹！此动向值得警惕！

（2003 年 11 月）

市场不相信学历

市场不相信学历,这是新近发生的几起活生生的社会事件引发的:在陕西,一个硕士研究生,发表过几十篇论文,被榆林市政府按人才引进榆林市水务局;但是,一晃三年过去了,却被闲置一旁,得不到实际安排。在日前,在舆论大呼小应之下,当事人郭培才才"混"到水务局党组成员、"山川秀美办"副主任的副处级头衔。另一起事件也发生在陕西。当年以长安区文科状元身份考取北大中文系的高材生陆步轩,毕业后分回原籍工作。遗憾的是,几年后陆工作的企业垮了,陆开始了马拉松式的四处求职经历。结果,多次未果。2000年起,陆只好当起屠夫,开起猪肉店打发日子至今。

毛泽东早在《实践论》中就告诉我们,要知道梨子的滋味,必须自己亲口去尝一尝。从郭培才、陆步轩的经历中告诉我们:开明、文明、进步、法治的社会里,市场化程度越来越高的时代潮流中,学历只能是一个人过去的经历表述,不能代表其能力和水平!为此,郭培才、陆步轩用个人的"血淋淋"实践,印证了这一市场规律。郭培才、陆步轩也用他们惨痛的教训再次告诉我们:市场不相信学历。

追述学历的渊源,和学历之下形成的用人机制,与我国自古以来的科举制度不无关系。"书中自有黄金屋、书中自有颜如玉,"千百年来这一古训诱导着莘莘学子为之奋斗和拼搏。为此,从萤火取光,到头悬梁锥刺骨的求学典故,到"书山有路勤为径、学海无涯苦作舟"奋斗精神,鼓舞着一代又一代学子们为之奋发拼搏。从72岁的范进中举到一批批科考落榜者饮恨千古,都是学历在诱导和作祟。在计划经济时期,人们从上户口、定职务、定工资、安排住房、晋升级别……等等,都将学历作为衡量其与否的标杆和尺度。——因为计划经济时期，人们吃的是"大锅饭"，干好干坏区别不大，所以学历成了政府和用人单位的主要依据；成了人们追逐的主要目标。为此，多年来，考不上大学就没有出路，就要失业，有岗位也可能下岗等生存压力，出现了举国上下万众一心"奔"学历的繁荣昌盛景象。为此，没有围墙的大学——电大、业大、职大、夜大、函大等应运而生，使得一批又一批人从宽松的学习氛围中拿到了心仪已久的学历，稍稍减轻了生存压力。

然而，好景不长。早年用中专、大专、本科学历可以找到的工作岗位，现在非硕士、博士、博士后不可。正是这种不切实际，按照计划经济时期用人观念衡量人才标准的作派，逼迫有大专学历者要搞本科学历，有本科学历者要搞硕士学历，有硕士学历者要搞博士学历，有博士学历者还想"奔"个博士后。故而，各种手段的学历弄虚作假歪风邪气也在全民"奔"学历中滋生蔓延，使得打假防假工作防不胜防。

改革开放20多年来，在发展有中国特色社会主义市场经济建设中，市场这只无形的手给计划时期的行政管理、用人制度、经济运行模式等提出了亘古未有的变革话题，使得唯文凭是问、唯学历是尊的现象受到了较大冲击。为此，人们的择业观、用人观、财富创造观等，也在市场的指引下而实际起来。故而，类似郭培才、陆步轩的个案也就被人们所关注，被提上了议事话题。因此，从郭培才一个堂堂的硕士研究生被榆林市人民政府当人才引进后"失业"三年，和戴着北大光环的当年县文科状元陆步轩"沦落"为屠夫，都是无情的市场给我们提出的严肃课题，也是市场这只无形的手给我们唯文凭是尊者的当头棒喝！

目前，我国的教育事业还不够发达，不要说高等教育，就是普通中等教育都不能与发达国家同日而语。然而，在我国人才市场上，学历的作用却大大超过了发达国家。在西方许多发达国家，使用人才只看能力和潜力；学历和工作经历只是一定的参考系数、根本不影响对人才的使用。为此，像比尔·盖茨这样的世界顶级富翁，只是哈佛大学的退学者；第二富翁保尔·艾伦根本没进过大学门槛；超级富翁、微软总裁斯蒂夫·鲍尔默，也只读过一年研究生。比照经济发达国家在人才使用中的成熟做法，再来审视我们形成的以学历为标、以学历为杆、以学历为尺度，去量体裁衣，去比着"圈圈买鸡蛋"而选拔人才的做法，只能贻误单位的事业发展，贻误国家的经济建设，贻误民族的精神活力。为此，我国的经济建设要全面迈上新台阶，要加快全面建设小康社会的步伐，要在市场经济的汪洋大海中乘风破浪，从彼岸不断到达新的彼岸，首先要打破千百年来形成的唯学历是尊的固有的用人观。要按照市场规律去选拔人才。不能形而上学、固执己见地唯文凭是尊，唯学历是问；其次要切合我国教育发展实际，切忌片面地、盲目地追求高学历，人为地、想当然地抬高学历的门槛，使真正的人才脱颖而出，真正实现"我劝天公重抖擞，不拘一格降人才"的伟大夙愿。

（2003年8月）

上善若水

学学美国富翁的法律观

不是崇洋媚外，不是盲目崇拜，美国富翁视法律如同生命的观念，令我们高山仰止，景行行止。笔者曾撰文《让合法致富成为时尚》（见2003年7月25日《海南特区法制报》头版），呼吁把劳权相符，劳动所得的定律和公式，推向我们的时代，成为我们追求、奋斗、拼搏的时尚。瞩目世界，美国社会的进步、文明和高度发达的物质生活，早已把这种时尚落实到人们的行动中！

据今年6月出版的《福布斯》杂志"全球亿万富翁排行榜"公布的数字，今年美国10亿美元以上的富翁达222人，占上榜人数总数的47%。又据最近出版的《环球时报》报道，美国富翁视法律如同生命，富人没有赌一把的心态，都能比较自觉地守法经营，合法致富。文章在剖析这种情形时指出，一是美国民众的法律意识较强，一般不会去帮助富翁做违法的事。在这种大环境下，本属于美国民众一分子的富翁的法制观念自然也就强起来；二是美国人基本上把依法纳税、守法经营看作是一种责任和义务，富翁们自然也不例外，并且大部分企业家或知名演员、导演等高薪收入人员都会聘请税务顾问来替自己做规划；三是严密的法律体系使违法者无"空"可钻。美国不少富翁也都挖空心思想逃税，但在法制面前感到无可奈何。与此同时，在逐步完善的法制中毫不留情地对违法或以身试法者予以沉重的打击，杀一儆百，严肃法纪。比如，在美国，偷税漏税是严重的违法行为，一旦此类丑闻曝光，对当事者的名誉、信誉和商誉都会造成无法挽回的影响，同时也将面临严重的经济与刑事处罚，或倾家荡产，或银铛入狱，使多年的经营成果、仕途前程因此而毁于一旦。比如像安然、施乐、世通这样背景深厚的大公司，出现违法问题也毫不留情地予以打击。所以，在美国，富翁也好，百姓也好，都不敢以身试法。

严密的法律制度，人人崇尚合法经营的氛围，使美国人，尤其是美国富翁们，暴富的心态受到抑制；致富创业的做法和作为，都沿着合法的轨道踏踏实实地循序渐进。所以，不少富翁是真正的创业者。他们把开公司看作是一项事业，而不是单纯的谋利。他们会把合法赚来的钱用在扩大再生产上，并努力使这些钱能产生更大的效益。这种朴素和踏实的创业精神，使得美国富翁们到现在还过着比较朴实的生活，而且都是"工作狂"。

比较美国富翁们的精神、思想、工作姿态和物质生活，再来看看我们有些富翁巧取豪夺、偷税漏税、贪赃枉法的作派，和穷奢极侈、花天酒地、纸醉金迷、食黄金宴、泡牛奶浴的颓废生活，使我们汗颜不已！

按照党的十六大提出的全面建设小康社会的奋斗目标，合法致富应该是我们追求和奋斗的目标。我们只有像美国公民一样，把法制观念、法律意识，渗透到每个中国公民的骨髓里，使法律让每个人自畏；让每个人如同美国人一样、看作是自己的责任和义务；人人遵守、人人平等、概不例外，才是我们追求文明、进步、合法致富之根本。与此同时，不断完善法律法规，从客观上堵塞法律漏洞，不给居心叵测者造成任何的机遇和条件，有效营造依法致富的氛围，才是我们迎来同美国一样守法经营、合法致富的法治社会之根本。唯有如此，我们才会挽救那些企图以身试法而暴富者；才能鼓励合法致富的创业者；才能保护守法经营的富有者。此种情形之下，才会形成世风清明、求实创业、人人崇尚法治的良好氛围；才能早日实现全面建设小康社会的奋斗目标。

（2003年8月）

G篇 居善地

老子认为，人类应效法水甘居卑下的地位。俗话说："人往高处走，水往低处流。"水流善下而不居于高处，这就是水的法则。人类的立身处世应如此，时刻让自己保持谦虚卑下的态度，有了功不占据，不与人争，不自以为是，不恃才傲物，目空一切。

人生因为有了经历才成长，因为有了经历才"吃一堑、长一智"，因为有了经历才从失败走向成功，从成功走向新的成功。

——《说经历》

境界就徘徊、游离在每个人的日常工作和生活中，若即若离、若隐若现。为此，要做一个受人称赞、令人尊敬、被人推崇的境界高尚者，就要从生活中的一点一滴做起！

——《说境界》

浪漫是人生与生俱来的。浪漫是我们面对困难不退却、面对枯燥不乏味、面对繁琐不急躁、面对成绩不骄傲的人生稳定器。

——《说浪漫》

井冈山归来，警醒和敦促我们只有牢记宗旨、缅怀先烈、继承责任、奋发努力，才能肩负起中华民族伟大复兴的历史责任。

——《井冈山归来思责任》

人无品不立，无德难行。有些党员干部党性不强、品德较差，经不起考验，抵不住诱惑，贪污腐败，不仅败坏党的形象、损害人民利益，而且毁掉了个人前程、家庭幸福。

——《在自律中涵养清正》

"把前门"与"守后门"是各级领导干部廉政自爱的有效途径之一，企望各级领导能悟出这一道理，在复杂的社会生活中立于不败、永葆本色。

——《"把前门"与"守后门"》

"唯上"与"唯下"是一对孪生兄弟。"厚此"便会"薄彼"，便会顾此失彼，便会走入极端。

——《"唯上"与"唯下"》

文凭崇拜可以休矣！公众对人才的评判标准要更加切合实际。

——《总统的学历与才子的勇气》

为官者为文，既是对为官者品德的锤炼，也是对为官者人生修养的磨砺，更是对为官者执政能力的考验！但愿为官者都能多一些文学修养。

——《为官与为文》

美文是崇高精神世界的展示，美好灵魂的传诵，高尚情怀的镌刻。

——《美与美文》

说经历

G篇 居善地

经历是一种遐思，经历是一种慰藉，经历是一种欢乐，经历是一场浪漫，经历是一笔财富。

经历是不懈的跋涉，经历是执著的奋斗，经历是艰苦的磨砺，经历是蚕儿脱壳的挣扎，经历是凤凰涅槃的永生。

大地没有经历，就造就不了山川的伟大，河流的奔腾。

岁月没有经历，就没有从野蛮到文明、文明到进步，从进步到发达的小康社会。

人类没有经历，就没有猴到猿、从猿到人的蜕变和进化，就没有美目盼兮、巧笑倩兮的时尚。

历史没有经历，就回归到远古的胚胎中，永远进行着兽与兽、山川与河流的搏杀和较量。

因此，经历是文明的见证，美丽的宣言，希望的灯塔，胜利的号角。

梁祝的经历，演绎了一曲千古绝恋的爱情颂歌，是那么的美丽动人和缠绵悱恻。

十面埋伏的楚汉之争，霸王用生命、爱情和唾手可得的江山的经历，为我们演绎了一曲宁愿站着死不愿苟且生的人生壮歌。

蔡锷和小凤仙高山流水般的经历，鸣唱出千古知音最难觅的辉煌乐章。

二万五千里的长征的经历，缔造和诞生了人民当家作主的共和国。

然而，经历对一个人来说，又是痛苦与欢乐并存，希望与失望交织，美丽与丑陋同行的综合体。犹如一个盲人在生命中等待光明时的煎

上善若水

熬，一个卧病在床者期望健康享受每一天的等待，一个矢志不渝求索者在历练斗志中的挣扎。

就因为经历充满了原汁原味的生活磨砺，才使得我们的人生充满了神秘、遐想、浪漫无奇。

因而，在课堂上，我们常常倾听老师们谈起各种耳目一新的经历；在家庭中，常常聆听长辈们谈论他们惊心动魄的经历；在单位里，常常有师长们畅谈创业的经历；在社会上，人们也无不谈起各自各样的经历。

人生因为有了经历才成长，因为有了经历才"吃一堑、长一智"，因为有了经历才从失败走向成功，从成功走向新的成功。

所以，在知识日新月异，市场超前反应的当今时代，经历才被提上了人才的要素之一，得到更多的重视、尊重和优待。

据有关资料介绍，日前，国际上对新的人才评判标准推出三要素，即：一是知识要素，即受教育的程度；二是能力要素，即一个人的经历；三是业绩要素，即做出的成绩。这一人才评判标准告诉我们，人类已从盲目的按文凭、按职称、按"出生"选才的狭窄通道中走出。人们在经历了片面、盲目、机械、单一的选拔人才教训后，不得不清醒地认识到人才是在广泛的社会实践中历练而出的。

为此，新的人才评判标准把"经历"作为重要一条纳入"三要素"范畴之一，这是人类的进步、时代的进步、历史的进步！是"我劝天公重抖擞、不拘一格降人才"的现实写照！

故而，我们期盼那些正在求索的跋涉者们，不要因为经历浅滩险阻就停止不前甚而退却。因为这种逾越的经历就是一笔财富！我们告诫那些正在痛苦的经历中不能自拔而困惑者们，"柳暗花明又一村"的美好前景正等待着你的百米冲刺！

但愿我们从呱呱坠地，到睁开眼睛打量这个世界，再到历经童年的天真、少年的无邪、青年的求索、壮年的执著、老年的天年中，都能微笑地面对生活，无怨无悔地道一声：感谢经历、感谢生活！

（2003年9月）

说境界

现实生活中,人们常常会说某人境界太差、俗不可耐,不屑与之为伍。那么,境界到底是何物呢?

《现代汉语词典》曰:①土地的界限。②事物达到的程度或表现的情况。因此,看来我们日常生活中所说的境界应该是泛指一个人身上所体现出的品德、学识、修养、业绩等综合素养。

因此,如果单单从一个人的贫富、地位、职业、技能、文化、环境等方面来看,境界是不能与其某一方面相提并论的。境界是超贫富、超地位、超职业、超技术、超文化、超环境的!境界是一个人在"人之初性本善"的情况下,经过岁月磨砺所练就的品行品貌。境界是一个人美的极致综合体。

毛泽东在1939年12月悼念国际共产主义战士白求恩时说,"白求恩是一个毫不利己专门利人,一个对工作精益求精的人","是一个高尚的、纯粹的、有道德的,脱离了低级趣味,对人民有益的人"。这就是白求恩的境界。这也是毛泽东号召和希望每一个共产党员、革命战士都应具备的境界。

因而,在现实社会中,每个人所处环境、所从事工作、所具备学识、所拥有的财富虽然不同,但境界却是能够从其言行举止,工作态度、生活情趣、助人为乐等方面体现出上中下的不同层次和底蕴的。与此同时,境界高低也决定着这个人的朋友圈子、工作实绩、个人前程。

如果这个人是一个毫不利人专门利己的人,注定要事事斤斤计较,唯利是图、损人利己,不讲奉献只求索取。

如果这个人是一个工作马马虎虎,当天和尚撞天钟的人,注定要工作态度消极，浑浑噩噩、无所事事，只求无功但求无过。

如果这个人是卑鄙可耻的人，注定要寻求享乐，花天酒地、纸醉金迷、逍遥快活；为了利益不择手段、损公肥私、巧取豪夺、贪污腐化、堕落颓废。

故而，境界体现着一个人的品德、学识、修养、业绩和前程。如果这个人心存高远、胸怀大志，不计得失、乐于奉献，注定要在工作、生活中显露出认真的工作态度，良好的品德修养，包容的处事心态，时时处处事事精益求精、助人为乐，毫不利己专门利人；注定要严以律己、克勤克俭、奉公守法；注定要宽以待人、不计得失、甘于奉献；注定要越是艰险越向前，不怕吃苦、勇于吃苦，生命不息、奋斗不止。

当然，在现实生活中又不可能要求每个人的境界都是一个准绳、一个尺度、一个模式。因为每个人所处生活环境不一样、所受教育程度不一样、所拥有财富多少不一样，要要求其境界完全一致或在同一水平线上，又是极其不现实的，也是不可能的。因此，我们只有提倡、鼓励、引导人们向高境界的同志看齐，摆脱低级趣味，做一个立足现实、心存高远，具有高尚情操、远大理想、良好道德品行，对家庭、单位、社会、对人民有益的人，才是符合现实社会的。

然而，说起来容易做起来难。在现实生活中，人们往往会因为鸡毛蒜皮之事而现实起来。往往会把境界丢之脑后去为名为利为生活而斤斤计较。所以，境界说起来很远其实距现实生活又很近。境界就徘徊、游离在每个人的日常工作和生活中，若即若离、若隐若现。为此，要做一个受人称赞、令人尊敬、被人推崇的境界高尚者，就要从生活中的一点一滴做起，立足本职、乐于奉献，像国际共产主义战士白求恩一样，救死扶伤、乐于助人，生命不息、奋斗不止。

当前，全党全国各族人民正在认真贯彻落实"三个代表"重要思想，深刻领会胡锦涛总书记在"三个代表"重要思想理论研讨会上的重要讲话，思民所思、乐民所乐、想民所想、忧民所忧，因此，作为共

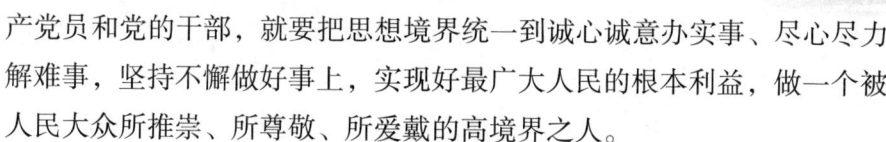

产党员和党的干部,就要把思想境界统一到诚心诚意办实事、尽心尽力解难事,坚持不懈做好事上,实现好最广大人民的根本利益,做一个被人民大众所推崇、所尊敬、所爱戴的高境界之人。

(2003年12月)

上善若水

说浪漫

没有激情燃烧的岁月,浪漫也远离我们而去。

其实,浪漫就存活在我们平凡而朴实的工作、生活里。

浪漫不是生离死别,浪漫不是激情燃烧,浪漫不是回肠荡气,浪漫不是大气磅礴,浪漫不是花前月下的卿卿我我,浪漫就产生在平凡岁月的执著中。

寻找诗意的生活,只是一种境界和唯美的追求。然而,在现实生活中,尤其是人们工作压力越来越大,生存状态越来越复杂的情况下,紧张、繁忙的工作,疲惫、透支的生活,已使我们乏于应酬和应付,又在何时何地去寻求一份宁静的心态而浪漫呢?!

习惯了没有激情和史诗的日子,平凡的人们开始厌倦没有浪漫的生活。认为浪漫是一种情怀,一种理想,一种可望而不可及的空中楼阁。

在寻求浪漫、怀念浪漫、感叹浪漫和追求浪漫中,往往我们对浪漫的企求值太高、对浪漫的理解过于理想化。其实,每当我们回首从童年到少年、从少年到青年、从青年到壮年、从壮年到老年,在人生生活的每一个年龄段,浪漫都与我们寸步不离,伴随、点缀、丰富、完美着我们的生活,使我们的一生充满耐人回味的神奇色彩。

这就是浪漫!是实实在在,平淡无奇的一步一履的现实生活。

因此,要使我们生活在诗情画意中充满温馨而浪漫的色彩,我们就要学会在繁琐、忙碌、磕磕碰碰的社会生活中,坚定自己的追求,坚定人生的信念,坚定在逆境中拼搏,在顺境中保持冷静,坚定只要我们奋斗了,只要我们曾经追求了,只要我们平实而诚恳地对待了,就是一种浪漫。

所以，漫步在万绿园中寻找悠闲是一种浪漫，兜风在西海岸放松心情是一种浪漫，置身于假日海滩湛蓝的海水中是一种浪漫，冲浪在万泉河的探险中是一种浪漫，回归到五指山的原始森林中是一种浪漫，拼搏在忙碌纷繁的工作中也是一种浪漫，执著于事业的求索还是一种浪漫，徜徉在按部就班的枯燥生活中仍然是一种浪漫。

浪漫就在我们平实的生活中与我们形影不离，需用我们用浪漫的情怀和可人的思绪去平心静气地感受、回味、分享、思念，需用我们充满激情地去热爱、珍惜、珍藏、撩拨！

浪漫对不同的年龄、不同的生活环境、不同的个人情趣，所表达出的情景又有所不同。有人与生俱来追求轰轰烈烈，那么，就要在轰轰烈烈中去感受浪漫；有人天生喜欢宁静，那么，就要在平淡中去寻找浪漫；有人崇尚惊险刺激，那么，就要在时尚的酷呆中去创造浪漫。因此，不论你身处何种境地、不论你有何种性情、不论你是何种年龄，只要热爱生活、珍惜生活、珍视生活中的每一天，都能在平淡无奇的生活中执著追求到人生的浪漫。

故而，浪漫是人生与生俱来的。浪漫是不随时间和空间而改变的，浪漫不是激情时代的专利，浪漫不是年轻人的专利；浪漫是我们追求进步、文明、康乐的人生助推器，浪漫是我们朝思暮想的人生精气神；浪漫是我们面对困难不退却、面对枯燥不乏味、面对繁琐不急躁、面对成绩不骄傲的人生稳定器。

为此，在崇尚学习、讲究奉献、讲求生活质量的今天，我们要学会在平凡朴实的生活中追求浪漫，使我们的激情永无止境地为美好的生活、高尚的事业而浪漫、而燃烧。把浪漫当作一种激进的情怀、一种生生不息的遐思、一种昂扬向上的求索，融入我们生命的每一个里程里！

(2003 年 12 月)

上善若水

井冈归来思责任

在春意盎然、莺飞草长的阳春四月,我这名有着 26 年党龄的老共产党员踏上了红色革命的摇篮井冈山。在黄洋界上,在毛泽东同志旧居里,在朱德同志率众挑粮的羊肠山道中,在历史博物馆的幅幅历史珍存前,信念如火、责任如山、使命如虹,不停敲打、撞击着我这名老共产党人的心!

时光流逝、岁月不在,但 90 年来共产党人走过的艰难曲折历程和为共和国今天繁荣昌盛付出生命和鲜血的历史功勋,却永远镌刻在中华民族薪火相传的青史里,代代铭记、代代珍重、代代敬仰。

就是在这座被革命先辈谢觉哉称为"中国第一山"的井冈山,革命先烈伍若兰用她 26 岁的年轻生命呐喊出了"共产党人不怕死,若要我低头,除非日头从西边出"的豪言壮语。在红色政权建立的两年零四个月中,4.8 万名革命先烈为共产党员坚定的理想信念付出了自己鲜活的生命!在那低矮的土坯房里、煤油灯下,毛泽东同志用如椽巨笔,洞若观火地写下了"星星之火,可以燎原",写下了"三大纪律八项注意",写下了"支部建在连上",写下了"农村包围城市,武装夺取政权"等共产党人为中华民族伟大复兴的灿烂篇章!在面对围剿、封锁、物资短缺的血腥斗争面前,朱德同志写下了"我们要与群众有盐同咸、无盐同淡"的铮铮誓言!在那年那月,受饥寒交迫围困、反动派围剿的共产党人共同唱起了"红米饭、南瓜汤、秋茄子、味好香、干稻草盖身上、暖暖和和入梦乡"和"松柴烤火千里香,穷人骨头坚如钢,死了长埋井冈山,活着就跟共产党"的激情华章!

踏上井冈山,漫步在井冈山的每一寸土地上,使每位有良知的炎黄子孙，每一位共产党员的血脉偾张、心灵震撼、灵魂净化！在这里，作为一名共产党员、一名炎黄子孙，在中国共产党历经90年风雨之路，带领中国人民奔幸福、奔小康、奔中国特色社会主义现代化建设的今天，我们不能不思索90年前那批在红船上谈民族、谈历史、谈责任，敢担当、敢抛头颅洒热血的先烈们为我们做出的榜样，为我们留下的精神，为我们提出的中华民族伟大复兴传承的历史责任！

当前，党情、国情、世情与90年前积弱积贫、受三座大山压迫的中华民族历史背景发生了深刻的变化，为共产党人提出了在和平年代执政的历史重任。然而，正是环境变了，不用在枪林弹雨下、崇山峻岭里；不用在随时都可能付出生命的革命斗争中；不用在食不果腹、衣不遮寒、居无定所的生活环境里；不用在战争、贫穷、任人欺凌的社会压迫下，我们共产党人居安思危、艰苦奋斗、谦虚谨慎和情为民所系、利为民所谋、权为民所用的革命精神、革命信念、革命情怀也被部分人丢之脑后了！出现了上海"万元餐"、广东"天价酒"等一些铺张浪费、贪图享乐、骄奢淫逸、脱离群众、高高在上的严重伤害百姓利益、败坏党风、世风、民风的拜金主义、享乐主义等消极腐败现象。这些现象，在我们加速社会主义现代化建设，推进中国特色社会主义建设和推进中华民族伟大复兴的征途上，无疑是"千里之堤溃于蚁穴"的重大隐患。根除这些隐患，树立共产党人艰苦奋斗、清正廉洁、与人民群众同甘共苦的本色和品格，是当今我们每一个共产党员的历史责任，历史使命！

胡锦涛总书记2003年初在党的十六大刚刚闭幕，带领中央书记处的几位同志去西柏坡视察时提出的"务必戒骄戒躁、务必艰苦奋斗"的重要讲话，告诫我们每一名党员要始终不渝地为最广大人民群众谋利益，始终同人民群众同呼吸共命运、心连心，始终牢记党和人民的重托和共产党人肩负的历史责任。这也是我们重访圣地、重温故土、重学讲话、再坚信念、再树形象的共产党人安身立命之本。

井冈山归来，90年来共产党人带领炎黄子孙走过的历史风雨在我眼前一幕幕回放，90年中华民族经历的艰难岁月在我的每一个细胞里

上善若水

蠕动，警醒和敦促我们只有牢记宗旨、缅怀先烈、继承责任、奋发努力，始终肩负起中华民族伟大复兴的历史责任，才不愧为中国共产党人的称号，才不愧为炎黄子孙，才不愧为这个伟大时代的一员！

（2011年5月）

在自律中涵养清正

"建设廉洁政治","做到干部清正、政府清廉、政治清明"。党的十八大报告的这些重要要求和部署,正气浩然,清风扑面,反映了人民群众的期盼。廉洁政治如何建设?清正、清廉、清明怎么做到?可以说,关键就在于用好管好干部,做到干部清正。如果干部不清正,政府清廉与政治清明就无从谈起。而做到干部清正,既要靠他律,也要靠自律。干部自律是一个老话题,今天又如何做到呢?

坚定理想信念。理想信念是照亮人生旅途的火炬。一个人理想信念丧失了,就会失去精神支柱,迷失前进方向,缺乏奋斗动力。共产党人应当具有坚定的理想信念。这个理想信念就是对马克思主义的信仰,对社会主义和共产主义的信念,对党、国家、人民以及事业的忠诚。如果理想信念动摇了,就失去了保持清正的思想根基。当前,绝大多数党员干部在理想信念问题上是坚定的,但也有些人不信科学信鬼神,热衷于抽签、测字、解梦、镇邪;迷信"大师",求"大师"指点升迁捷径、保佑"逢凶化吉"、赏赐"护身符";等等。这实际上就是理想信念动摇了,其原因则是放松了对主观世界的改造。因此,党员干部保持清正,坚定理想信念非常重要。其途径是认真学习领会马克思主义和党的创新理论,牢固树立正确的世界观、人生观、价值观。

强化宗旨意识。我们党是先进政党,以全心全意为人民服务为根本宗旨。只有植根人民、造福人民,党才能始终立于不败之地。党员干部保持清正,须臾不可忘记宗旨意识。如果忘记了党的根本宗旨,搞不清"为了谁、依靠谁、我是谁",只想个人得失、不为群众谋利,只替自己考虑、不顾群众感受,搞形式主义、官僚主义,搞"政绩工程"、

"形象工程"，甚至贪赃枉法、腐化堕落，就失去了共产党人的政治本色，从根本上背离了清正的要求。因此，党员干部保持清正，必须不断强化宗旨意识，忠实践行立党为公、执政为民理念，始终做到权为民所用、情为民所系、利为民所谋。

注重品德修养。人无品不立，无德难行。党员干部作为先进分子、人民公仆，更需要具有良好品德。是否具有良好品德，直接关系能否保持清正，能否用好人民所赋予的权力。在现实生活中，有些党员干部党性不强、品德较差，忘记手中权力来自人民、必须为人民服务，忘记党纪国法和道德规范，经不起考验，抵不住诱惑，贪污腐败，不仅败坏党的形象、损害人民利益，而且毁掉了个人前程、家庭幸福。因此，党员干部保持清正，一定要高度重视加强品德修养，以"吾日三省吾身"的精神，不断砥砺、不断提高、不断完善，努力成为"一个高尚的人，一个纯粹的人，一个有道德的人，一个脱离了低级趣味的人，一个有益于人民的人"。

（2013 年 3 月）

"把前门"与"守后门"

这里的"把前门",不是体育运动中的"守门"。这里的"守后门",也不是战争上的防守。笔者说的"把前门"与"守后门",是人民的好公仆郑培民清正廉洁的一贯做法。郑培民的儿子说,"在廉政问题上,爸爸把前门,妈妈守后门"。

纵观腐败问题,往往与"前门"和"后门"密切相关。很多领导干部一贯作风正派、为人清廉,"前门"坚不可摧;但无缝不入的犯罪分子常常不达目的誓不罢休,"轰"不开"前门"便围点打援从"后门"入手,向其家属、子女、亲朋好友"开刀";最终通过"后院失火"使其措手不及,通过"后门"贯通了"前门",使一开始清正廉洁的领导干部们自然而然陷入腐败的泥潭不能自拔,最终走向深渊、走向毁灭。因此,在反腐倡廉的系统工程中,"把前门"与"守后门"同等重要,丝毫不能松懈!

首先,"把前门"的领导干部自身要正。俗话说,身正不怕影子斜。如果一个人连自身都不正了,"后门"是肯定守不住的。俗话又说,前门失火,祸及鱼池。把不住"前门",必然保不住"后门"。剖析一起起贪污腐化案,往往是腐败分子先腐,家道才开始衰败。腐败分子的腐化行径,对其家属、子女、亲朋好友具有很大的蛊惑性、煽动性、渗透性、引导性和破坏性。所以,近年来家庭腐败窝案的产生,都是因为腐败分子的不义之财惠及了家人和亲朋好友,由此才"打动"了家人与其同流合污,贪污腐化,沆瀣一气,狼狈为奸。所以,"把前门"是遏制腐败的关键之关键。

其次,"把前门"要善于堵塞"后门"的漏洞。有些落网贪官,腐败前十分珍惜手中的权力来之不易，深知腐化堕落的前车之鉴，但最终因为"顶"不住"枕边风"的徐徐"滋润"而滑向了腐败的深渊。究其因，都是因为这些落马者忽略了"后院"对其的影响和潜移默化。因而，只注重自身的清廉而不管住家人的腐化，久而久之便被家人不正当的要求所迷惑，自然而然地充当起家人腐败的保护伞和马前卒，不知不觉中坠入了腐败的深渊。因此，领导干部"把前门"不是单一的个人抵制不正之风的侵蚀，在自身出淤泥而不染的基础上还要注重管住家人。尤其要把家人的一举一动、一言一行放在对自身同等的标准上去衡量，去要求。只有如此，才能真正把住"前门"。

再次，"守后门"要守得住寂寞，耐得住清贫。领导干部的家属、子女、亲朋好友，在替领导干部"守后门"中，要甘于清贫、善于清贫。一些领导干部出问题，往往是因为"守后门"的人"心术不正"、哭哭嚷嚷地提出各种不合理的要求而开始的。腐化堕落中，一些领导干部的家属、子女、亲朋好友们，抱着"近水楼台先得月"的观点和"有权不用、过期作废"的论调，不失时机地要挟领导干部为其谋私利。久而久之，个别领导干部筑起的防腐之堤被这些看似"蝼蚁"的蚂蚁"撼"动了，为人民服务的宗旨淡化了，违法乱纪的思想形成了，不捞白不捞的观念滋生了。因而，在不知不觉中充当起家庭腐败的保护伞和马前卒来，滑入了腐败的泥潭。所以，"守后门"者如果意志不坚定，往往会"后院起火"而使家庭廉政大厦化为灰烬。

再则，"守后门"要真正守住"后门"。郑培民的妻子在"守后门"中有"三不"做法，即：不帮人向郑培民带任何信，不传口信，不接受任何礼品。笔者以为，这种"守后门"才是为郑培民认真负责的态度和做法。所以在"守后门"中，家人要"真守"，要真正把住廉政"关口"。一是要把住领导干部的关，要察言观色、见微知著，做好"廉内助"。二是要把住攻不开"前门"而来攻"后门"者的"关"，把一切利用"后门"的缝隙妄图为个人私利打开方便之门的利益之徒拒之"门外"。三是要引导"住守"在"后门"的子女、亲朋好友支持

"守后门"工作,不要人为给"守后门"添忙添乱,使"后门"失"守"。

总之,"把前门"与"守后门"是各级领导干部廉政自爱的有效途径之一,企望各级领导能从郑培民的这一廉政经验中悟出一些道理,在复杂的社会生活中立于不败、永葆本色。

(2003年11月)

上善若水

"唯上"与"唯下"

据报载,日前武汉市的一份调查显示,公务员"唯上"多于"唯下"。调查还显示,级别越低的公务员越认为自己的权力来源于上级而不是人民群众,所以对下服务的热心明显不足。

"唯上"与"唯下"是一对孪生兄弟。"厚此"便会"薄彼",便会顾此失彼,便会走入极端。

"唯上"与"唯下"是人生的尺子,检验着一个人的人格和尊严。如果这个人"唯上"多于"唯下",注定要卑躬屈膝、唯唯诺诺、拍马溜须、阿谀迎奉。注定要看上司的眼色行事、脸色办事、形色处事。所以,这类人是丧失人格和尊严的。是奴性十足的。相反,重视"唯下"者,在做人的准则上注重的是人格平等,礼贤下士,谦以为怀。听下情,访民声,重实际。

"唯上"与"唯下"是人生信念的标杆。只"唯上"者,怀的是私心,保的是名利,注重的是个人的权利和实惠。所以,这类人常常以领导好恶而好恶,以上司喜怒哀乐为准则,只对"唯上"的个别人负责。而"唯下"者,注重的是实情,是一村一乡一镇或一县一市一省的实情,并为这些地区的老百姓的喜怒哀乐而喜怒哀乐。所以,"唯下"者为的是民众的利益,恪守的是"忧民之忧、乐民之乐"的人生信条,是为大多数人的利益而活着的。

"唯上"与"唯下"是检验一个人工作绩效的分水岭。"唯上"者注定要好大喜功,不顾实情而大搞形象工程、面子工程;为了响应"上者"的指令而一意孤行,不切实际地讨得上级的欢喜。所以,这些人的工作成绩往往经不起历史检验,得不到民众支持;往往吹捧的成绩只是昙花一现，是美丽的肥皂泡。然而，"唯下"者的工作往往表现得异常艰难，往往成效不是十分突出，或许偶尔还会夹杂一些令上司否定或讨厌的成分。但是，这些人的工作却是功在当代，利在千秋的。他们对上级文件会因地制宜地理性分析，会实事求是地调查研究，会既大刀阔斧又注重民情地一个钉子一个铆、一步一个脚印，踏踏实实、有始有终。所以，这些人的工作成绩要么有争议，要么不是很"辉煌"。但是，他们却实实在在为老百姓办了事。

所以，分析"唯上"与"唯下"的表现，就可看出一个人的品德、品质、信念、工作成效等，就可衡量其一个人的人生观、世界观、价值观。看到了"唯上"与"唯下"的表现，要想引导人们正确处理"唯上"与"唯下"的关系，必须剖析其产生的根源。

笔者以为，"唯上"的历史根源相当深厚。首先是中国五千年的文化积淀所造成的。自部落、皇权产生以来，就有"普天之下莫非王土，率土之滨莫非王臣"的古训。为此在中国老百姓的观念中，平等、自主、自由意识一直被皇权思想麻痹着。为此，在人们的观念中，一切都是上司给的。——权力是上司给的、荣誉是上司给的、待遇是上司给的，各种好处也是上司给的。所以，就无形中使人们把一切美丑对错，全都归咎在上司的嗜好上，一切衡量标准都"押"在上司的满意与否上。其次是部分利欲熏心者的伎俩和手段。在市场化程度越来越高，人们的人生观、价值观正在发生裂变的时代，难免使一些人信念的灯塔开始坍塌、理想的蓝图开始扭曲，所以，为了一己之利，甚而一点蝇头小利，他们也要明哲保身、暗者弄"术"。所以，在各种利益诱惑之下，这些人生怕自身利益受到威胁和动摇，就要千方百计地讨好上司，卑躬屈膝地奉迎上司，甚而抛弃原则和法度，抛去良知和责任，而满足"唯上"的喜好。

因此，要想根治"唯上"不"唯下"的痼疾，一是要教育党员干部正确认识手中的权力是党和人民给予的，时时事事处处为党和人民高度负责；二是上司要身正。俗话说，己不正何以正人。所以，要"立

G篇 居善地

党为公、执政为民";三是领导要善于识别下属的心态。要善于听取民情,研究民意,尊重民声。要"唯下"。要在"唯下"中支持、肯定、弘扬下属的"唯下"作为;四是全体党员干部要端正名利观,坚定人生观,坚守为人民服务的信条;要尽职尽责地为人民大众负责,要明白"水可载舟亦可覆舟"的古训,知道手中权力和职责是人民赋予的,要为人民大众服好务。

如果我们这个社会都崇尚求真务实,尊重民情,一心为民的"唯下"风尚。我想,我们这个时代必将更加开明、文明、法治、进步,必将在全面建设小康社会的征途上大踏步地前进!

(2003年9月)

总统的学历与才子的勇气

在高等教育非常发达的韩国，仅有高中学历的卢武铉被民众推选为总统。1946年8月，卢武铉出生在韩国庆尚南道金海市一个被称为"即使乌鸦飞来，也会因没有食吃而哭着飞回去"的偏远小村子。初中毕业后，卢武铉因为家境贫寒，为了获得奖学金不得不报考釜山商业高中——即中国的职业高中，并获得釜山日报奖学金。毕业后，他在三海工业渔网公司找到一份工作，因薪水不能满足自己的食宿费，便回家了。这使他成为目前韩国总统中学历最低的一个。

高中毕业的卢武铉当选为韩国总统，表达了韩国民众注重实效、注重才华、注重个人能力的实事求是作风。与此不可同日而语的是，北大才子当街卖肉，也让我们看到了中国学子超凡脱俗的务实勇气。

陕西青年陆步轩当年以所在区文科状元的身份考入北京大学，毕业后被分配到长安区柴油机械配件厂工作。县计委曾将他借调到机关工作，后来陆步轩自告奋勇去了计委办的企业。遗憾的是企业几年后垮了，陆也开始了他漂泊的经历：搞好装修，开过小店，多次求职而未果。在此情况下，2000年，陆步轩租房开起猪肉店、以卖肉为生至今。

北大出来的人找工作四处碰壁，最后不得不以卖肉为生。这条新闻看似令人惊诧，让人为陆步轩的处境而痛心和惋惜。然而，细细品味和琢磨这条新闻，却让人为陆步轩敢于"吃螃蟹"的勇气所折服。在舆论一片哗然、众人一片哀叹中，陆步轩依然故我，起早贪黑，操刀切肉，用一份劳作换回一份回报，与妻儿们其乐融融地享受着生活。

为此，从高中学历的卢武铉当选韩国总统和北大才子陆步轩放下"架子"以卖肉为生的两条新闻中，给公众以许多的启示和有益的教诲。

其一，文凭崇拜可以休矣。连韩国这么发达的国家，都不唯文凭是问，何况我们一个发展中国家呢？再则，我们的教育还在九年义务普及阶段，也还很不发达。因此，卢武铉以高中学历竞选总统获胜的典范和北大才子陆步轩卖肉度日的当头棒喝，难道还不能使我们从文凭崇拜中清醒吗？从评职称、晋级，到长工资到选官……等等，都唯文凭是问、拿文凭当门槛、当关隘的做法是否可以休矣！

其二，公众对人才的评判标准要更加切合实际。仅有高中学历的卢武铉当选总统，是韩国公众对人才评判讲求实际和实效的最好诠释。相反，为北大才子操刀卖肉而惊诧，是国人只唯文凭而不重实际才能的弱势暴露。与此同时，在陆步轩应聘的多家单位中，这些单位并没有因为陆的北大头衔而给陆大开方便之门，也透视出这些单位唯能力是用的求实务实作风。因此，进步、开明的时代愈来愈呼唤人们对人才的理性评判和切合实际的使用原则。哪些好大喜功、好文凭而不注重实际的做法，终将被滚滚向前的时代大潮所淘汰。

其三，公众自身择业要有自知之明。陆步轩敢于冲破世俗樊笼，冷静面对现实生活，从飘缈的北大光环中走出，论力而行，识时务地选择卖肉为生的行为，是一种理性的选择和人生观念的进步。就像世界第一富翁比尔？盖茨当年坚决从世界著名的哈佛大学退学一样——因为盖茨明白他的志向不是作学究。所以，陆步轩的选择使我们更加钦佩陆的勇气和陆遭遇多次碰壁后，终于认清个人才能的优劣长短，实事求是地选择生存方式的务实精神。从陆步轩的选择中，也坚定了我们的择业观，促使我们洗去浮躁和浮华，实事求是、一分为二、踏踏实实地树立人生志向，选择人生道路，坚定人生信念，实现人生追求；使我们更加充实地走好人生每一步，平实对待人生每一天。

(2003年8月)

开放"南霸天"旧址,悠着点

据8月26日《海南日报》报道,陵水史学旅游界人士建议,尽快修缮开放"南霸天"旧址。报道说,电影《红色娘子军》中"南霸天"的旧址,作为文物和人文景点很有保护和对外开放价值。为此,陵水史学和旅游界人士向社会呼吁,尽快把"南霸天"旧址修缮好,并对外开放,增加我省旅游新亮点。

这条建议不失为思想解放、抓住商机、与时俱进的好点子。据悉,"南霸天"旧址位于陵水黎族自治县城城内路,占地20多亩,建筑面积11000平方米,始建于十九世纪末叶。旧址内有花园书院、客厅赌场、仓库暗房,还有假山小溪、亭台楼阁;共有砖瓦结构房屋50余间,全部铺设赭红色地板砖,是当时琼崖最豪华的大户人家住宅。虽历经百年风雨洗刷,由于"南霸天"旧址采用上等材料建造,至今仍基本保存完好。因此,陵水史学和旅游界人士建议,把海南独一无二、全国也不多见的"南霸天"旧址修缮好并对外开放,对研究清末文明史和增加海南旅游新亮点不无好处。

笔者以为,建议者的初衷和良苦之用心是不可否认的。其主要目的是保护文物,并借此带动旅游经济的发展。然而,任何事物的发展都有两面性,我们不能把善良的初衷付诸于不全面的工作思路里,而使其产生背道而驰的结果。我想,修缮这一家喻户晓、耳熟能详的旧址是十分必要的。与此同时,挖掘其经济价值和潜力,让其充当海南旅游经济的新亮点也是无可厚非的。但是,对这类特定的历史文物,尤其是近代的、对广大老百姓心灵上产生过难言之隐伤疤和震痛的文物进行开放,以吸引游客眼球而博取经济收入,要慎之又慎。

上善若水

前些年，人们对四川开放"刘文彩庄园"，使参观者对刘文彩日日食人奶、喝人油等腐化堕落的生活方式产生了逆反心理，纷纷呼吁停止庄园开放，到曾盛极一时的福建远华"红楼"开放数日后关门大吉，以及近年来人们对江苏筹建"南京大屠杀纪念馆"和北京曾有人倡议修筑"非典墙"等提出异议，都为我们修缮和开放"南霸天"旧址提供了良好的思考例证。为此，我们花资金去修缮"南霸天"遗址并瞄准商业价值而招徕游客，其良好的思想之下要慎之又慎，特别要站在道德、良知、法律、民族自尊心等多个角度去思考，并借鉴"刘文彩庄园"、远华"红楼"等例证的前车之鉴去成熟地运作。

故而，修缮和开放"南霸天"旧址，其一，要冷静思考并分析其时代意义，确定开放的"主基调"。比如是作为文物供史学界、学术界、舆论界以及其他对清末历史有兴趣者实地考察呢，还是要宣扬这所旧址中的奢华、荒淫、人欲横流呢？这些"主基调"一定要站在高扬时代主旋律，体现先进文化的角度去确立。之后，再进行旧址的修缮；其二，要在"主基调"下确立修缮的范围、规模、档次、格调，进行合理的投资，使其能够达到建议修缮和开放者的初衷，不造成仓促之下的人为浪费；其三，冷静进行市场分析，确定修缮和开放之后到底能捕捉和挖掘到多大的经济效益。之后，本着实事求是、与时俱进的态度，去理性进行市场的开发和宣传，使这所旧址的修缮和开放能真正带来良好的社会效益和经济效益。

因此，对修缮和开放"南霸天"遗址的建议，我提醒建议者、当政者、投资者要冷静对待。千万不要想当然地一时头脑发热，并在一腔激情之下去大兴土木、大动宣传干戈，最后成为一个悲剧而草草收场；成为又一个"刘文彩庄园"和厦门远华的"红楼"而饮恨人世！

请斟酌，建议修缮"南霸天"旧址者；请慎重，建议开放"南霸天"旧址者。

(2003年8月)

为官与为文

国学大师南怀瑾说，每个从政的官员都应该看小说。为什么？因为小说里的名字可能是虚构的，但其中反映的现实生活和民间疾苦却是真实深刻的。

国学大师的话，给我们引申出一个现实的问题：为官与为文。

眼下，官场在某些人眼中成了典型的名利场。这些人徘徊其间心态浮躁，尔虞我诈，投机钻营，无所事事。因此，他们沉迷于牌桌、球场、饭局、舞厅、桑拿间，张口谈的是官，闭口想的是发财。久而久之，使得官场生态环境严重缺氧、平衡受到破坏，一片乱七八糟的城市规划，相互推诿的朝令夕改，理想沦丧的人生苦短，吃拿卡要的腐败风气……。为此，净化官场风气，保护从政绿色生态，营造健康的为官氛围，是惩治腐败毒瘤、提高官场养分的当务之急。

官员，作为社会的精英阶层，理当成为有文化素养和文化修养的人。无知才无畏，没有文化才胆大妄为。所以，透过一起起发人深省的官员腐败个案，莫不因为其不学无术、胸无点墨、缺乏文化素养和决策水平而为政意识滑坡，为官理念错位，最后一步一步滑入了罪恶的泥潭而不能自拔。

文学是心泉中流淌而出的智慧、心血和养分，文学是爱恨、品德、才华、精神世界的展示和生命痕迹的镌刻。所以，南怀瑾的话告诉我们，为官者要不断提高其文化修养。只有在文化心态、文化素养上不断提高自己，增强自身分析问题、判断问题、处理问题的能力和水平，才能担当起为官的重任。

从政为官是做事的需要，从文既是做事的需要也是一个为官者静下

上善若水

心来踏实做人的需要。因而，从老一辈无产阶级革命家、人民领袖毛泽东等人既能把握国内国际风云，运筹于帷幄之中，决胜于千里之外，又能镇定自若抒发革命情怀吟诗作赋，到当今很多官员常有大作见诸报端，都是一个个光辉的典范。大凡在文学上有一定造诣的人，做官都思路清晰，为人耿直，公道正派；遇事冷静执著，办事井井有条。因而，某些人认为从事党政机关工作的官员们在报刊上发表诗歌、小说、散文、随笔等是不务正业，反而对部分人沉溺于麻将桌、卡拉OK厅等视为正常，都是对现实社会风气的误导和亵渎。

为官阶层文化理想的退化，文化精神的匮乏，带来的是执政能力的弱化和执政品质的低下，其执政后果不堪设想。因而，面对千变万化、风云际会和越来越复杂的社会形势，为官者提高自身文学修养，把对现实社会的所想所感所悔，用文学形式及时抒发出来，用心血凝聚的精神食粮去教化感化一代又一代，既是施政的需要，也是历史的需要，更是时代所赋予我们的义不容辞的责任。

因而，为官者为文，既是对为官者品德的锤炼，也是对为官者人生修养的磨砺，更是对为官者执政能力的考验！

但愿为官者都能多一些文学修养。

（2004年4月）

美与美文

美是虚幻的。美，是存活在人们心镜中的意境、构图。美，不同心境之下，有不同的感受和认同。正如环肥燕瘦，沉鱼落雁，闭月羞花。因而，由于人们对美的品评和认知的更迭，是伴随着时代和心境在轮回，所以，美在不同背景下，人们又释放出不同的叹息！

文学巨匠贾平凹主持并创办了一份杂志叫《美文》。创刊之初，就有异议。有人提出难道此刊登出的文章才美，而其他刊的文章就不美吗？面对别议，平凹先生无须过多诠释。因为美与不美，不是一本刊物的名字就能定乾坤。文章千古事，个中谁人识！所以，《美文》里登出的文章是否美，要读者去评说，世人去领悟。但是，有一点是肯定的，平凹先生力倡文美是为文喜文研文者的共同心声。

艺术大师吴冠中说，"现实生活中，美盲要比文盲多。"是的，十几亿中国人，随着科学文化的普及，希望工程的推行，文盲越来越少了，几乎灭绝。但是，美盲却越来越多了。因为，其一，美的标准随着时代更迭而变化莫测，虚幻不定；其二，美本身就是一门专业性极强的学问。审美意识、审美情趣、审美标准，若非美学科班出身，谁又识得几许；其三，美有鲜明的时代特征。

美的标准高深莫测、飘忽不定，使得无知无畏的美盲如雨后春笋，纷纷破土而出，各生其姿、各张其性。因而，使得人们在美的理性思辨中越来越感性化，一窝蜂。譬如，人造美女的凸现，"身体写作"的时兴，"性趣"丑闻的迭起，人体彩绘的抢眼，"女体盛宴"的惊现……，把美丑混淆，文明与野蛮颠倒，使得人类在美的是非曲直中更加难分清浊。而且这些最原始、最本能表现动物基本属性的东西又常常占了上

上善若水

风，使得本来就"美商"不高的人们在美与丑混淆的泥潭中越陷越深。——那些标榜感官刺激、感性第一者，正是抓住了人们审美视角的"盲区"，才大胆地把糟粕奉为精髓，把丑恶当成善美，在美盲越来越多的世界里大肆贩卖，以赚取污浊的名和利。

在身体与灵魂、理性与感性的二元论中，人，作为一种高级动物，既是自然人，更是社会人。生长在花花绿绿、色彩斑斓的大千世界中，就要为生活的圈子、地域、民族乃至国家负责。其言、行、举、止，都要为生存的环境和社会负责。所以，一味地追求身体的体验和表现，追求灵魂出窍，感官刺激，是对人类本能的亵渎和对自我生存环境的破坏。这种美，其本质是丑陋的！这种美，只能暂时博取"美商"尚在成长成熟中的美盲们一笑，终究，会被进步的时代所淘汰。

审美行为和判断的徘徊，使得从心泉中流淌而出的智慧、心血、品德的千古文章，也在人们的视野中忽美忽丑起来！所以，何为美文？一千个人有一千种说法。但是，笔者以为万变不离其宗。文学，就是人学；应该引导人们从真、从善，才能从美。故而，人类的文明、进步、发展，都是在美文的引导下在求变、求真、求美，并在这些"求"的过程中阔步向前。

所以，美文的定论是不言而喻的。——美文，就是崇高精神世界的展示，美好灵魂的传诵，高尚情怀的镌刻。

但愿我们在激扬文字中，能有更多的美文指点江山，向善向美！

（2004年4月）

纯美的心　纯美的文

　　刘勰在《文心雕龙》中云：言由心生。案头放着杜斌国先生即将出版的散文集《梦淡情真》清样稿。这部由南方出版社出版，海南省委书记、省人大常委会主任卫留成，原海南省委副书记蔡长松，著名作家韩少功分别作序，收入先生40多年来创作的30余篇文章的文集，透视出一名老公安民警生于民长于民、爱民为民的赤子之心，透视出一名大地之子北来南往、思乡思景、感天感地的铲铲之情，透视出一名求索者跋涉于艺术殿堂的寻美的心路历程。

　　吾与先生相识于海南建省、办经济特区初期的海口。那时，我在新华社海南分社工作，先生刚由中原大省郑州市公安局局长调任海口市公安局局长。在一次采访中，我们成了忘年交。之后，我由新华社调任《海南特区法制报》社总编辑。不久，先生也由海南省公安厅副厅长调任海南省委政法委常务副书记，成了我的顶头上司。在亦师亦长中，我们成了论师论道论文论友的挚友。此次先生文集出版，嘱我在5年前为先生散文《春夜蛙声》（收入此书）撰写读后感的基础上，为文集写一短文。阳春三月，万物吐绿，首都春意盎然，又时逢第29届奥运会圣火从北京开始全球传递之旅，时逢首个清明长假，在忙碌的工作之余，这本引题为一名老警察的心迹的美文集，便成了我在阳春三月里的滋补品和明志修心的珍馐佳肴。

　　俗话说，文如其人。此说应有三：一是外表，二是秉性，三是智慧。杜先生乍一看给人以粗犷之感，但与之深交，尤其拜读其大作后，才知历经世事沧桑的他，永远在内心深处固守着纯美的情怀和纯朴的秉性。这，正如卫留成在序中写道："老杜为人重情厚义。文如其人，他的文章便是真实的写照。"工作数十年中，再忙再累，他也要把工作生活中观察到的一人一事、一草一木，记录下来；日积月累，久而久之，这已成为他人生中不可或缺的重要方面。正因如此，才使他粗犷、威严的外表中，永远保持着一颗年轻而火热的心。看，收入此书的作品，有20世纪六十年代初先生的习作《小河水东流》，还有《故乡情思》、《风雨昆仑》、《走进海南》等跨度10年、20年、30年的作品，也有新近创作的《一把花生米的故事》。

  黑格尔说，艺术创作就是使思想情感外化为作品。收入文集的作品，无一不写照出这名老警察的质朴情怀，纯美境界。在故乡篇中，先生从《六岁志于学》的河北永年县高岳村学堂到河南泌阳县文昌宫内的《钟声》，到《春夜蛙声》中母亲的"疙瘩汤"和《柿子红了》中爷爷往窝窝头中夹放的冰柿子，再到感恩篇中《青松一片留后人》对父亲坦荡胸怀、高尚情操的赞美和《妻道平安》中对"平安是福"的领悟，以及《我的老师徐秋平》中受老师一句话激励后来居上、由丑小鸭变白天鹅的奇迹的刻骨铭心，海南篇的《雨林栈道行》中领导步履稳健、声音不大，却深沉有力的对"保护热带雨林"的论点等，无一不折射出这老警察对家乡、对父亲、对母亲、对师长、对领导，对平淡无奇的儿时乡村生活的思念，对清贫岁月的珍怀，对哺育自己的师长们的崇敬。

  夫致于学而立于志。文集中，透视出杜先生志存高远、锲而不舍、矢志不渝献身警察事业的公仆之心，透视出这名老警察爱民、敬民的朴素之爱。1963年11月，他在《小河东流水》中就托物言志道："小河东流，不论曲折、徘徊，披星戴月，终将汇入大海，达到目的！"在从警篇的《都兰从警记》中的学骑马到《睡觉》中按照老局长经验练好公安第一基本功"睡觉"和《酒缘》中以革命的名义随青海省都兰县公检法军事管制领导小组组长尹相辉学喝酒、学吃手抓肉、吃糌粑，再到《过年》给值班民警拜年，送上一盒热气腾腾的饺子……等等，无不透视出这位老警察的心里只有一个理：居安思危，人民警察的天职就是保卫平安、维护和谐！这既是一名老民警的朴素之情，也是党和人民对公安事业的最高要求。这些镌刻在这位从警30多年的老民警心底的炽热之情、纯真之爱，在这本文集中通过桩桩件件的细微之事，表现得淋漓尽致，跃然纸上。

  康德说，美是超功利的，它给予人的不是知识而是感觉。让人感受到快乐，感受到美满，感受到珍贵！《梦淡情真》读后，就给人超然物外，至纯至真至情至性至美的艺术享受。读后，很难让你与一名公安干警、政法领导干部联想在一起。文集的故乡、感恩、从警、海南四个篇章，记叙的都是20世纪中叶以来，一名乡村孩子，革命后代，北京大学生，青海、河南、海南三地从警者的生活、工作故事。书中没有血腥的格杀、刀光剑影的传奇、斗智斗勇的扑朔迷离，更没有刻意炫耀曾任两个省会城市公安局长时破大案、保平安的丰功伟绩，讲述的都是那年那月成长起来的公安干警受党教育，受人民养育，受火热工作生活磨砺的点点往事。正是这些往事，才最真实、最生动、最自然地烘托出这位老警察的崇高、可亲、可敬、可爱的一面！才使这本集子返璞归真、美轮美奂，读来亲切感人，读后意犹未尽，爱不释手！

（2008年4月）

上善若水

不老的岁月　成熟的歌谣

青山不老人亦老，岁月如歌歌如潮。当海南建省办经济特区的风潮已如往事更迭而去时，历经风风雨雨的大特区也如一首首成熟的歌谣，响彻在蓝天白云、大海椰林间，让人愈发陶醉和痴迷。

近日，由中华出版社出版的长篇小说《燃情岁月》，紧追海南经济大特区的历史脚步，以千禧之年为背景，用近乎白描的笔触，生动地再现了风华绝代岁月之下新一代特区人的爱恨情仇，展示了当今特区人由浮躁、狂热、冲动皈依平静、求实、成熟的心路历程，读后使人不得不为悠悠岁月而感叹，为特区人的成长成熟而赞美！

该书作者陆胜平，是特区人中的一份子。20世纪90年代初期，他怀着满腔热血从皖西来到海南。在这片充满神奇、幻想和令人痴迷的热土上，陆胜平经历了"闯海人"的种种磨难和辛酸，并用自己不屈不挠的奋斗精神体验了失落、徘徊、创业、成功等种种人生百味。为此，他坚持把岁月的磨砺凝结成智慧的结晶，用自己灵动的笔触创作出一批批读者耳熟能详、爱不释手的文学作品，回报特区给予他的机遇和关爱。

作为陆胜平岁月三部曲的第一部《疯狂岁月》，着重叙述了1993年海南经济最狂热时期的一批闯海人的经历。今天出版的第二部《燃情岁月》，以2000年，海南经济"退潮"后为经，以于岚、赵克胜、鲁潮、辰红、陆文高、贺英、田新、细妹、王英等为纬，向人们描述了这批"闯海人"为海南开发建设历经失落、彷徨、挣扎之后没有选择离开，而是坚定地留下来，并为今天的特区建设矢志不渝地奋斗的心路历程。

掩卷沉思，与其说是陆胜平在向我们展示21世纪之初的海南生活长卷，倒不如说是他用平实、委婉的笔触在引导我们走入刚刚发生或正在发生、发展的如歌岁月。他用手中的笔，在描写、剖析我们这些"闯海"者跌宕起伏、历经沧桑和磨砺之后，从疯狂到平静、从平静到求真、从求真到务实的创业路程。为此，每一个历经海南经济特区风风雨雨的人，展读这部长篇小说，就犹如在打开自身"闯海"的心路历程，在拔去正在尘封的岁月履痕，在品尝中国最年轻省份正在发生发展中为历史酿造的这杯浓烈、香醇的美酒。

从近年来陆胜平以每一年多的时间创作出一部长篇小说来看，其新近出版的《燃情岁月》与以前出版的《疯狂岁月》、《樱花胸针》相比，其思想性、艺术性、可读性等都不可同日而语。

其一，立言高远，思想性强，从一批"闯海"的小人物入手，折射出今天海南经济特区成长成熟的一面。在20万余字的字里行间，作者以小见大、以平出奇，始终围绕主人公于岚这条主线，揭示海南经济特区在历经房地产泡沫、金融整顿之后，找准自身产业优势，坚定、踏实地迈开平稳发展步伐的海南特区新形象。从在房地产虚热中起家后又因此而"套牢"的实业家鲁潮，在海南经济"退潮"后离开海南去昆明等地拼搏，最后还是选择海南为人生的创业地，再次移资海南从事红毛丹种植等农业开发；到在深圳创业9年，在海外镀金数载并成为澳联跨国公司董事的辰红，在公司总部派回国内独当一面时，面对大连、重庆、昆明、海南等地的选择，她毫不犹豫地选择了九十年代初"混"过一阵子的海南；以及赵克胜、田新、陆文高、贺英等一批批一直坚守在海南岛上的开发建设者，都情不自禁地发出该为海南做点什么的呼唤，都深深地折射出我们这些"闯海"者内心深处对宝岛的眷恋。这，既是作者的心声，也是我们这些"闯海"者的心声。据有关资料统计，在海南建省办经济特区之初，曾有号称十万人才过海峡的壮举，但而今留下来的不足5000人，是当年海南开发建设最热时期的二百分之一。所以，而今留在宝岛的创业者们，不但是海南经济特区成长成熟的拓荒

上善若水

者，更是满腔热血、百折不挠依恋海南的真情奉献者！这正如作者在书中借用辰红的思绪所表达的："当她肩负重任又回到海南岛，她发觉自己是拾回了梦，寻到了爱。她感谢上苍，她深深地祝福海南。她要为海南建设贡献自己的才能，也要在风光如画的海南建立自己的家园。"是呀，海南经济特区历经岁月洗礼后在成长成熟，开发建设者们也在与特区同呼吸共命运中成长成熟。

其二，紧扣时代主旋律，恰如其分地表达出"闯海人"历经浮躁之后皈依平静、拾回本真，热爱生命生活的崇高心灵。大浪淘沙，勇者胜。在20世纪的特区开发、建设狂潮中，不乏泥沙俱下。人们在历经这场亘古未有的变革中，心灵也在狂热中接受着洗礼。作者正是洞若观火地观察、分析到这场变革，并站在时代的高度，恰如其分的勾画出昔日房地产大亨赵克胜，风流才子于岚，坐台小姐细妹，为利益而不惜一切代价的辰红等一大批"闯海人"历经浮华之后回归生命本真的美好心灵。比如赵克胜与刑满释放后细妹的相处，不再是彼此之间肉体的狂欢，而是对红颜薄命的哀叹和对失足者的真心诚意的关爱；再如于岚得知与王英疯狂一夜后留下了"孽根"王于丹，他没有沿着疯狂的歧途继续走下去，而是怀着深深的愧疚和灵魂的自责，既恳切地帮助王英母女度过生活的难关，又不停地寻找恰当的时机向妻子吴莹莹忏悔，并力求通过改邪归正的言行来洗刷对妻儿的不贞。当于岚通过田新、贺英、赵克胜、陆文高等外围攻势向吴莹莹负荆请罪后，他又在深更半夜躲进卫生间打开水龙头冲洗自己，企图用洁净的水冲刷掉自己在疯狂年代所犯下的"罪责"。作者在书中写道："在凉凉的水流中，他想到自己对妻子的伤害，真是痛恨自己。他拉了矮凳坐下，在凉水的冲刷下，回忆起那疯狂无序的岁月，不堪言状的往事，自责自己去死吧！去死吧！"还如细妹，在天真淳朴、花样年华来到海南，因纯朴无知而由公司白领沦落为风尘女子，再由风尘女子误入贩毒的歧途。最终，细妹通过劳动改造走向了新生活，并与经济周报编辑部主任张晓敬喜结连理……这些，都从一个侧面反映出当今海南开发建设者历经风雨之后成熟的心态和积极、健康、向上的生活理念。

其三，结构严谨，错落有致，故事跌宕起伏，引人入胜。该书共分48章，20余万字，从章与章之间的上下启承，到每个人物出场之后故事的表述、延伸，都错落有致，浑然一体。比如女角色江琳、细妹、王英、辰红的出场，就跌宕起伏，错落有致。从江琳大胆、泼辣又骚动不安地勾引于岚，到细妹出狱后寻求新生活的渴望，再到王英母子猛然间出现在于岚眼前和辰红在救灾庆功大会上的重逢等等，故事情节一浪高过一浪，引人入胜。再如男角色于岚、赵克胜、陆文高、肖力生、张晓敬、鲁潮、武章清等人物的出场，都急缓有度，既让人物服从于故事，故事又引导人物，使他们一个个顺着作者的笔端跃然纸上，读来回味无穷、栩栩如生。与此同时，作者善布迷阵、擅讲故事，把人物与人物之间的冲突把握的分寸得当，使人读来故事性极强。比如，该书第19章写细妹因为自己照片见报而忧心忡忡、焦虑万分，最后不得不向张晓敬敞开心扉，讲述自己不堪回首的经历，让人在平静中悄然走入戏剧性的高潮，不得不随着故事的进展而担心起细妹的命运来！是呀，比七仙女、赵飞燕还美的细妹，怎么命运会如此崎岖不平，刚刚有一个稳定、舒心的工作生活环境，难道又要因失足的过失而夭折吗？难道真是顺了"红颜薄命"的俗语吗？正当人们为细妹的命运扼腕叹息时，作者又巧揭谜底，把生性憨厚、心地善良的男角色张晓敬推倒读者面前，使悬念峰回路转，使人物心路历程发展入情入理。——最终细妹以一颗真诚的心打动了真心诚意爱着她的张晓敬，张晓敬和细妹这对狭路相逢的有情人，不顾世俗的偏见坚定地走到一起，凸现出人性求真、求善、求美的一面。再如该书第20章就田新见到登有细妹照片的报纸后，心跳加速，血压升高，分外眼红的描写，更是跌宕起伏、令人回肠荡气。尤其是田新在电话中听徐总编说情敌细妹冒充她与赵克胜的外甥女时，肺都气炸了，不由怒火中烧，恨不得把勾走她丈夫赵克胜的细妹那"月牙儿"似的酒窝抠下来！以及徐总编听完田新对细妹的介绍后，目瞪口呆、手脚发凉，感到把一个诈骗犯、贩毒犯、坐台小姐、劳教人员的大幅照片登在了报纸头版，还在浑然不知中录用其为报社工作人员，吓得不知所措！……这些情节的描写和人物心理的剖析，都入情入理，让人不得不随着书中人物的命运而波澜起伏。

总之，这是一部"闯海人"写"闯海人"爱恨情仇、欢喜与激愤的长篇上乘佳作。透过书中的故事和人物命运，让人更进一步了解了海南经济特区如日中天的开发建设，和一批批"闯海人"立足现实、胸怀高远、兢兢业业、勤劳奉献的精神风貌，尤其是时过境迁、岁月更迭，海南经济特区愈发灿烂，"闯海人"愈发成熟的时代风采。

当然，该书也有诸多不尽人意和改进之处。比如人物的心理刻画还显单薄，叙述多、描写少；再如反映海南建设全貌的场面刻画还欠火候，以及故事还过于粗糙等，这些都有待于作者在岁月三部曲的最后一部《灿烂岁月》中得到提高和改进，我们祝愿胜平先生的创作日臻成熟，向读者不断奉献出惊世骇俗的上乘之作来！

（2004 年 3 月）

后　记

　　俗话说，十年磨一剑。今天汇集2003年至2013年，10年来自己发表于《人民日报》、《光明日报》、《法制日报》、《北京日报》、《海南日报》等报刊的作品，喜忧参半。喜的是，还能挑选出80多篇作品汇集成册！忧的是，自2004年5月自己的社会身份由主政一家省级专业报社到成为首都党政机关的一名国家公务员后，明显懒惰了！

　　所以，本书的作品，十有八九创作于2003年。虽然也有作品完成于近一两年，而且，这些作品经报刊登载后曾被全国多家文摘类媒体和网上转载，也引起过一点小小的关注，但是，俗话说"三天不写手生"！近八九年来，寥寥无几的创作不但明显感到"眼高手低"，而且感到愧对人生！

　　老子云："为学日益，为道日损。"俄罗斯伟大作家、思想家托尔斯泰也说："只有一个时间是重要的，那就是现在！"所以，今天这本小册子《上善若水》的出版，既是对我近10年来人生奋斗历程和人生思考的一个小结，也是"为学日益"抓住人生重要的时间——现在，向人生新的高度奋进而自励自勉的冲锋号角！

　　因本书中的文章大多创作于10年前，缺点、错误在所难免！尤其对世相的解剖、对人生的品味、对社会风气的呐喊，难免有诸多偏颇之处，还请读者朋友们批评、指正！

　　本书的出版，得到了中国长安出版社黄少平先生的鼎力支持，也有吴博、段瑞群等同志的辛勤劳作，在此一并致谢！

　　是为记，敬请广大读者批评、指正！

作者2014年3月
于北京慈云斋